मधुमेह से मुक्ति...
एक नयी आशा

डॉ. जगन्नाथ दीक्षित
'बिना प्रयास वजन घटाएँ' पुस्तक के मशहूर लेखक

सकाळ प्रकाशन

सकाळ प्रकाशन

Madhumeh Se Mukti... Ek Nayi Asha
First Published in Hindi by Sakal Media Pvt. Ltd.

मधुमेह से मुक्ति... एक नयी आशा

लेखक	:	डॉ. जगन्नाथ दीक्षित
प्रथम संस्करण	:	जनवरी 2021
हिंदी रूपांतर	:	डॉ. सुनेत्रा तावडे
अंतिम शुद्धिकरण	:	सुभाष फडके
मुखपृष्ठ	:	मधुमिता शिंदे, पुणे
टाइपिंग और डिजाईन	:	संदीप घावरे
प्रकाशक	:	सकाळ मीडिया प्रा. लि. 595, बुधवार पेठ, पुणे - 411002
ISBN	:	978-93-89834-35-2
अधिक जानकारी के लिए	:	020-2440 5678 / 88888 49050 sakalprakashan@esakal.com

महत्त्वपूर्ण सूचना :
इस पुस्तक में/अभियान में सूचित की गई 'जीवन शैली परिवर्तन योजना' टाइप 1 के मधुमेह के रोगियों, गर्भवती तथा स्तनपान करानेवाली महिलाओं के लिए उचित नहीं है।

'मोटापा और मधुमेह से मुक्त विश्व'
अभियान के हमारे गुरू
स्वर्गीय डॉ. श्रीकांत जिचकर जी को समर्पित

मैं इस पुस्तक को विनम्रतापूर्वक उन सभी डॉक्टरों को समर्पित करता हूँ, जो टाइप 2 मधुमेह के रोगियों का उपचार करते हैं।

एक प्रामाणिक अनुरोध के साथः

कृपया आप अपने नये सिरे से निदान हुए मधुमेही रोगियों तथा मधुमेह नियंत्रण न होनेवाले मधुमेह के रोगियों पर यह सीधी सरल 'जीवन शैली परिवर्तन' योजना आजमाएँ, अगर आपको अच्छे परिणाम प्राप्त हुए (मुझे विश्वास है कि वह आपको प्राप्त होंगे ही!) तो मानवता के हित में आप इसे अपने कार्य का संलेख बनाएँ।

प्रस्तावना

यह पुस्तक लिखने में मुझे लगभग छः साल लगे। सच कहें तो, 'मधुमेह' जैसी भयानक बीमारी, जिसने शतकों से मनुष्य जाति को अपना शिकार बनाया है, उसे ध्यान में रखते हुए देखा जाएं तो छः साल का समय अधिक नहीं हैं। मुँह से लेनेवाले हाइपोग्लायसेमिक एजंट्स और इन्सुलिन की खोज के पश्चात 'मधुमेही' की जिंदगी में महत्त्वपूर्ण सुधार हुए हैं। इन दवाइयों के उपयोग से रक्तशर्करा को नियंत्रण में रखना और रक्तशर्करा के बढ़ने से उत्पन्न होनेवाली पेचीदा परिस्थितियों से दूर रहना, बहुत से रोगियों को आसानी से संभव हो सका। इसके लिए उम्रभर दवाइयाँ लेना तो साधारण सी बात बन गयी। पाठ्य पुस्तकों में जिस रोग का वर्णन असाध्य तथा गति से बढ़नेवाला किया गया हो, उसके लिए तो यह स्वाभाविक ही है।

एक बार रोगी को 'मधुमेह' है, यह बात निश्चित हो गयी तो डॉक्टर और रुग्ण दोनों एक बात पर सहमत होते हैं कि 'रोगमुक्ति की कोई गुंजाईश नहीं है, लेकिन नियंत्रण तो संभव है।' स्वाभाविक रूप से, इस पराजयवादी मनोवृत्ति से डॉक्टर और रोगी, मधुमेह के विरुद्ध एक ऐसी मैच खेलने के प्रयत्न में लग जाते हैं, जिसका लक्ष्य ही सिर्फ 'उसे खोना नहीं' ऐसा होता है। लेकिन वह खेल के मूलभूत नियम को ही भूल जाते हैं कि, अगर आप मैच को अनिर्णित रखने की दृष्टी से ही खेलोगे, तो निश्चित रूप से आप उसे हार जाओगे। जब हम मधुमेह के विषय में सोचते हैं तब हमारे आसपास बिलकुल यही होता नजर आता है।

पिछले कई दशकों से, बहुत सारे डॉक्टरों तथा शोधकर्ताओं ने, अनेकों तरह की डाएट (आहार पद्धतियाँ) और व्यायाम ढूँढकर, इन दोनों का अलग अलग तरह से मेल करा के उपचार पद्धतियाँ बनायीं, जिनसे 'मधुमेह'से छुटकारा पाने का दावा किया। 'मधुमेह से छुटकारा' यह मधुमेह से पीडित लोगों के लिए एक आकर्षक जाल बना हुआ है। क्योंकि हर कोई इससे छुटकारा पाना चाहता है, लेकिन बहुत पैसे खर्च करने के बावजूद और उससे छुटकारा पाने के प्रयत्न में अपनी जिंदगी को दयनीय बनाने के बाद भी, कोई भी उससे हमेशा के लिए छुटकारा नहीं पाता है। ज़रूरतमंद पीडितों के लिए बहुत सारे बड़े दावों और महँगे उपाय तथा जीवनशैलियाँ (जिसमें कभी कभी छुपी किमतें भी होती हैं) बताई जाती है, जो और कुछ नहीं पीडितों को ठगने का सामान होते हैं।

मधुमेह से पीडित व्यक्ति इतने निराश हुए होते हैं कि वह किसी भी तरह का उपचार लेने को तैयार हो जाते हैं, फिर चाहे वह उपचार उन्हें इंटरनेट वेबसाईट या

सामाजिक मीडिया जैसे अप्रामाणिक स्रोत से ही क्यों न प्राप्त हुए हों। कुछ दिन पहले मैंने एक वीडिओ देखा, जिसमें मधुमेही व्यक्तियों को उनकी उंगलियों को कुचले हुए करेले में डुबोकर रखने को कहा गया। और उन्हें यह बताया गया कि जब वे अपने मुँह में कड़वा स्वाद अनुभव करेंगे, वे मधुमेह से मुक्त हो जाएंगे। रोगी इतने भी मूर्ख नहीं होते, लेकिन यह बात सिर्फ यही दर्शाती है कि वे कितने असहाय और निराश महसूस कर रहे होते है।

वहीं दूसरी तरफ उन शोधकर्ताओं द्वारा गंभीर दावे भी किए जाते हैं, जो 'इंटर्मिटन्ट् फास्टिंग', 'केटो डाएट', 'औषधि के रूप में अन्न' और अन्य कई तरह की अवधारणों पर काम कर रहे होते हैं। इनमें से कुछ लोगों के पास वैज्ञानिक डेटा और अनुसंधान (रीसर्च) या अवलोकन-अध्ययन (ऑब्जर्वेशन स्टडी) होता है, जिसके बलबूते पर वे ये दावे किया करते हैं। मधुमेही इन पद्धतियों को बडी आशा से अपनाते हैं, कुछ लोगों को इनसे अच्छे नतीजे भी मिलते हैं, लेकिन प्रश्न उभरता है, इनकी स्थिरता के बारे में।

पिछले छः सालों से हम 'मोटापा और मधुमेह से मुक्त विश्व' अभियान के माध्यम से साधारण लोगों की जीवनशैली में परिवर्तन लाने के लिये कडे प्रयास कर रहे हैं जिसके परिणामस्वरूप उनका वजन घटेगा और मधुमेह रुकेगा या नियंत्रित होगा। यह अभियान आम और खास दोनो ही तरह के लोगों में लोकप्रिय हो रहा है, क्योंकि यह पूरी तरह से मुफ्त है, इसके लिए किसीभी डॉक्टर या विशेषज्ञ की जरुरत नहीं है, साथ ही इसमें आपको किसी भी तरह की 'मशिन' या 'पोषक तत्त्वों' की खुराक खरीदने के लिए नहीं कहा जाता है और सबसे महत्त्वपूर्ण बात यह है कि कोई भी व्यक्ति बडे ही आनंद से पूरी जिंदगी इसका पालन कर सकता है।

हमारे वाट्सएप समूहों और फेसबुक पेज के माध्यम से इस समय हम 20,000 सें अधिक मधुमेही तथा 15,000 से भी अधिक प्री-डायबेटिक (पूर्व मधुमेही) रुग्णों के संपर्क में हैं। हमें मोटापा कम करने और मधुमेह को नियंत्रण या रोकने के विषय में बहुत ही उत्साहजनक परिणाम प्राप्त हो रहे हैं। मैंने इस विषय पर कुछ शोध लेख प्रकाशित किए हैं। इसमें और अधिक अध्ययन होने की जरुरत महसूस करने पर भी, मैं इस बात से आश्वस्त हूँ कि हमने जीवन शैली में जो बदलाव सूचित किए थे, वे बड़े काम के हैं। अब वे कैसे काम करते हैं, ये उसमें रुचि रखनेवाले के लिए एक अनुसंधान का विषय हो सकता है, हालां कि हमने हमारे स्टडीज् के माध्यम से इसे समझाने का प्रयास किया है।

इस अभियान के आरंभ से ही प्रख्यात एन्डोक्रायनॉलॉजिस्ट डॉ. तुषार बंडगर (Head of the Department of Endocrinology, Seth G. S. Medical

College and KEM Hospital, Mumbai) का समर्थन और आश्रय प्राप्त हुआ है जिससे मैं अभिभूत हो गया हूँ। औरंगाबाद के प्रख्यात डॉक्टर इंदूरकर और लातूर के डॉ. अष्टेकर जी के अभियान में सहभागी होने से जनप्रिय मतप्रवाह के विरुद्ध तैरने के लिए बहुत जरुरी शक्ति मुझे प्राप्त हुई है। बहुत से डॉक्टर्स, खुद के लिए, तथा अपने रुग्णों के लिए लाभकारी साबित होनेवाले इस अभियान का समर्थन कर रहे हैं। मुझे पूरा विश्वास है कि आनेवाले दिनों में 'जीवन शैली में परिवर्तन' टाइप 2 के मधुमेहियों के लिए अग्रणी उपचार पद्धति बनने वाली है।

इस अभियान में सहभागी अपने उन सहयोगियों के प्रति मैं आभार प्रदर्शित करना चाहूंगा, जो विश्व को मोटापा और मधुमेह से मुक्त करने की लक्ष्यपूर्ति के हेतु निःस्वार्थ भाव से काम कर रहे हैं। मैं इस महान देश के उन लोगों का हमेशा ऋणी रहूंगा जिन्होंने इस 'जीवन शैली परिवर्तन' पर विश्वास जताया है और उसे अपनाया है।

इस पुस्तक को हिंदी में प्रकाशित करनेवाले 'सकाळ प्रकाशन' के आशुतोष राम्गीर जी और ऐश्वर्या कुमठेकर जी के प्रति आभार प्रदर्शित करता हूँ।

इस पुस्तक के मुखपृष्ठ का डिझाईन करनेवाली मधुमिता शिंदे जी के प्रति मैं आभार प्रदर्शित करता हूँ। टाइपिंग और डिजाईन करने के लिए संदीप घावरे जी का आभार प्रदर्शित करता हूँ।

जिन पत्रिकाओं से मैंने अपने प्रकाशित अनुसंधान लेखों को पुनः प्रस्तुत किया, उन पत्रिकाओं की संपादकीय टीम तथा व्यवस्थापकों के ऋण में मैं रहना चाहूँगा।

अंततः मैं निश्चय ही मेरी पत्नी डॉ. अंजली, पुत्र ऋत्विक तथा पुत्री श्रेया का, उनसे प्राप्त समर्थन तथा प्रेम के प्रति आभारी रहूंगा।

यह मेरा विश्वास है कि जो लोग मोटापा तथा मधुमेह से छुटकारा पाने के लिए संघर्ष कर रहे हैं, यह पुस्तक उनके जीवन में आशा की किरण लेकर आएगी।

इस 'जीवन शैली परिवर्तन' को अधिक वैज्ञानिक तथा उपयोगी बनाने के लिए मैं पाठकों तथा डॉक्टरों के विचारों तथा सूचनाओं का बेसब्री से इंतजार करूंगा।

आप सभी को मेरी शुभकामनाएँ।

डॉ. जगन्नाथ दीक्षित

MBBS, MD (PSM), PGDHA, PGDHRM,

FISCD, FIAPSM, FIPHA

drjvdixit@gmail.com

79, Kalpataru, Mayanagar, CIDCO-N2,

Aurangabad - 431 006.

विषय सूची

1

यह पुस्तक क्यों?

सन् 2012 में वजन कम करने के लिए मैंने कई आहार योजनाएँ उपयोग में लाने के लिए प्रयत्न किए। और अन्य अनेक लोगों की तरह ही मैं उसमें बुरी तरह से असफल हुआ। भाग्यवश, मैंने स्वर्गीय डॉ. श्रीकांत जिचकर जी का एक यू ट्यूब वीडिओ देखा। मैंने उनकी सलाह के अनुसार अमल करना शुरू किया और मैं अपना वजन कम करने में और अपने पेट की चरबी घटाने में कामयाब हुआ। बाद में मैंने यह आहार योजना/जीवन शैली परिवर्तन अनेकों स्वयंसेवकों पर भी आजमाया। हर किसी का वजन और पेट की चरबी घट गयी। वहीं से 'मोटापा और मधुमेह से मुक्त विश्व' अभियान की शुरुआत हो गयी।

पहले हमारा पूरा ध्यान मात्र वजन कम करने पर ही केंद्रित था। जब हमने देखा की इस जीवन शैली परिवर्तन से HbA1c और खाली पेट इन्सुलिन के स्तर पर अनुकूल असर हो रहा है, तो मधुमेह की रोक पर भी यह अनुकूल सिद्ध हो सकता है, ऐसा हमने सोचा। धीरे धीरे हम मधुमेह के निवारण तथा नियंत्रण की ओर चल पड़े। पिछले कुछ सालों से, हजारों मधुमेही तथा पूर्व मधुमेही रोगियों ने इस अभियान में अपना नाम जोड दिया है। सार्वजनिक स्वास्थ्य अभियान में डेटा ज़मा करना, तथा दस्तावेज़ीकरण जैसी सीमाएँ होने के बावजूद हमें महसूस हुआ कि इस जीवन शैली परिवर्तन से बहुत सारे रोगियों को मधुमेह नियंत्रण या निवारण करने में मदद हो रही है, इसका ठोस सबूत है। मैंने मोटापा कम करना, खाली पेट रक्तशर्करा का स्तर नीचे आना, पूर्वमधुमेह नियंत्रण और मधुमेह नियंत्रण, पर इस आहार योजना से होनेवाले अनुकूल परिणामों पर चार अनुसंधान लेख प्रदर्शित किए। यद्यपि यह अनुसंधानात्मक लेख 'The Lancet' or 'British Medical Journal' में प्रकाशित नहीं हुए। फिर भी, वे कुछ ख्यातिप्राप्त पत्रिकाओं की सहकर्मीयों द्वारा समीक्षा करनेवाले जर्नल/पत्रिकाओं में प्रकाशित हुए।

बहुत से लोगों ने मुझे अनुसंधान और इसकी ज़रूरत के बारे में बताना चाहा। लेकिन मैं अपने पाठकों से विनम्रतापूर्वक यह कहना चाहता हूँ कि मैं गत 28 सालों

से, मेडिकल कॉलेजों में 'Community Medicine' विषय पढ़ा रहा हूँ। मैंने 'Principles and Practice of Biostatistics' और 'Principles and Practice of Medical Research' नामक दो पुस्तकें लिखी हैं और उनका क्रमशः सातवाँ तथा तीसरा संस्करण अभी बाजार में उपलब्ध हैं। दरअसल मुझे गर्व हैं कि ये पुस्तकें, रेफरन्स पुस्तकों की हैसियत से पूरे भारतवर्ष के MBBS तथा MD के छात्र उपयोग में लाते हैं। मेरा कहने का मकसद यह है कि 'मैं अनुसंधान के विषय से अवगत हूँ', यह बात मैं अपने पाठकों के ध्यान में लाना चाहता हूँ। बात दरअसल यह है कि इस तरह के सार्वजनिक स्वास्थ्य अभियान के लिए जो प्रक्रिया होती है, उसे समीक्षक समझ नहीं पाते। इन सब सीमाओं के बावजूद, हम इस क्षेत्र में सूक्ष्म से सूक्ष्म अनुसंधान करने का अथक प्रयास कर रहे हैं। मुझे पूरा विश्वास है कि हम जल्द ही मेडिकल जर्नल्स में अनुसंधानात्मक लेख प्रकाशित करने में कामयाब हो जाएंगे, जिन पर विशेषज्ञों को विचार करना होगा।

लेकिन, क्या इसका यह मतलब है कि हम हमारे अभियान में शामिल हुए हजारों लोगों के अनुभवों को नजरअंदाज करें, जिन्हें इस 'जीवन शैली परिवर्तन' से लाभ हुआ है? क्या हम 'डायबेटोलॉजी' (Diabetology) और इंडोक्रिनोलॉजी (Endocrinology) क्षेत्र के पांडित्यपूर्ण विचारों को भी, मात्र उन विशेषज्ञों के लिए नजरअंदाज कर दें जिनको सिर्फ अनुसंधानात्मक पत्रिकाओं में आए लेख स्वीकार्य होते हैं? क्या हम उन अच्छी तरह से स्वीकार्य किए गए मानवी शरीर क्रिया विज्ञान के सिद्धांतों को भी नज़रअंदाज कर दें, जिन पर यह आहार योजना कार्य करती है। इन सभी प्रश्नों को मेरा दृढ उत्तर है **'नहीं'**, जो हमारे अभियान से प्राप्त हुए विश्वास से उत्पन्न हुआ है।

मुझे मुख्य रूप से यह बात भी बतानी है कि हम कोई इस विश्व के बाहर की बात तो नहीं कह रहे हैं। यह बात तो सभी को पता है कि मोटापा कम करने से और खाली पेट इन्सुलिन की मात्रा को कम रखने से अच्छी सेहत प्राप्त करने में और मधुमेह को प्रतिबंधित या विलंबित या नियंत्रित करने में भी सहायता मिलती है। अगर जीवन शैली परिवर्तन से नीचे दिए गए चार उद्देश्य मापदंडों पर अनुकूल परिणाम हो रहे हों तो किसी भी डॉक्टर को कोई परेशानी नहीं होनी चाहिए, या उसके रुग्णों पर हानिकारक प्रभाव होगा इसकी चिंता भी नहीं करनी चाहिए;

1) वजन कम होना
2) कमर की परिधि में कमी
3) HbA1c में कमी
4) खाली पेट इन्सुलिन में कमी

हमारे सैंकडो रुग्णों में यह बदलाव होता हुआ हमने देखा है। हमारे विचार में, हमारे 'जीवन शैली परिवर्तन' को स्वीकार करने का या उसके प्रभाव का खंडन करने का एक बेहतरीन मार्ग है, कि आप खुद इसे तीन महीनों के लिए अपनाएँ, परिणाम देखें और बाद में तय करें। उचित ही कहा गया है, 'एक सटीक नाप हजारों विद्वत्तापूर्ण अनुमानों से योग्य होता है।' मैं, इस अवसर का फायदा उठाते हुए जो यह पुस्तक पढ़ रहे हैं, उन सभी पाठकों को निमंत्रण देता हूँ कि वे स्वयं केवल तीन महीनों के लिए इस 'जीवन शैली परिवर्तन' को निष्पक्ष रूप से अपनाएं और बाद में अपनी राय कायम करें।

इस अभियान के लिए डॉक्टरों से मिलनेवाले समर्थन को देखकर बहुत खुशी होती है। अब तक हमारे इस अभियान में अलग अलग 'पैथिज' की और अलग अलग विशेषज्ञ डॉक्टरों की संख्या लगभग 2000 से भी अधिक है जो ना केवल खुद के लिए बल्कि अपने रोगियों के लिए भी इस आहार योजना का अवलंब कर रहे हैं। हमें उनमें से अधिकतर डॉक्टरों में सकारात्मक प्रतिपुष्टियां (फीडबॅक) प्राप्त हो रही हैं। डॉ. बंडगर, डॉ. इंदूरकर, डॉ. अष्टेकर, डॉ. घैसास एवं डॉ. शहा जैसे फिजिशियन इस अभियान का जोरों से समर्थन कर रहे हैं।

हाल ही में मुंबई के के.ई.एम. हॉस्पिटल के Department of Endocrinology के स्नातकोत्तर छात्रों तथा अध्यापको नें मेरे साथ विचारमंथन पूर्वक मुलाकात की। इस मुलाकात में यह 'जीवन शैली परिवर्तन' मोटापा और मधुमेह पर काम करती है, इस पर आम सहमति हो गयी। अपनी संस्था के अंतर्गत पद्धतिबद्ध अनुसंधान का संचालन करके, इसके पीछे के निश्चित विज्ञान को खोज कर, वे हमारी सहायता करना चाहते थे। इस तरह के प्रयत्नों का स्वागत है।

मेरे मित्र डॉ. शाम और डॉ. रत्ना अष्टेकर के द्वारा नासिक में मधुमेही विशेषज्ञ, endocrinologists और फिजिशियन्स की एक संगोष्ठी आयोजित की गयी थी। जिसमें दो ज्येष्ठ फिजिशियन्स् डॉ. नितीन घैसास और डॉ. अभिमन्यू पवार जी ने तहेदिल से यह व्यक्त किया कि उन्होंने अपने रोगियों पर हुए इस आहार योजना के लाभकारी प्रभाव को देखा है और अपने रुग्णों के लिए इस लाभकारी आहार योजना की सलाह दी। बहुत से डॉक्टर्स जिस में सामान्य चिकित्सक भी शामिल हैं, अपने नये से निदान हुए मधुमेही रुग्ण को मधुमेह के लिए और कोई औषधि या दवा शुरू करने से पहले इस 'जीवन शैली परिवर्तन' पद्धति को बढ़ावा दे रहे हैं।

हमारे अभियान के मुख्यतः दो लक्ष्य है :

1) यह सरल 'जीवन शैली परिवर्तन पद्धति' 'मधुमेही के उपचार की अंतरराष्ट्रीय दिशादर्शिका' (International Guidelines for Treatement of Diabetes) में शामिल करनी चाहिए।

2) पूरा विश्व मोटापे तथा मधुमेह से मुक्त होना चाहिए।

हम इन दोनों लक्ष्यों की पूर्ति के प्रति अथक प्रयास कर रहे हैं। अपने रुग्णों पर इस आहार योजना का उपाय करने से डॉक्टर हिचकिचाते क्यों हैं? कुछ डॉक्टर ऐसा मानते हैं कि यह किसी पाठ्यपुस्तक में या किसी अंतरराष्ट्रीय स्वीकृति प्राप्त जर्नल में या वैद्यकीय संस्था के साहित्य में प्रकाशित होना चाहिए तभी वे इसे अपनाएगें। कुछ लोग उनके आहार विशेषज्ञों के द्वारा निर्देशित, बिना किसी अनुसंधान से बनाई गई, आहार योजना सहजता से स्वीकार करते हैं। और कुछ इसका क्यों विरोध करते हैं उसके कारण तो सिर्फ उन्हें ही पता हैं।

इस पुस्तक को लिखने का उद्देश यही है कि जो डॉक्टर्स मोटापा और मधुमेह का इलाज करते हैं उनके समक्ष कुछ सबूत पेश करूं। इसमें अनुसंधानात्मक लेख और जिन लोगों को इससे अनेकों रूपों में फायदा हुआ है, उनकी सफलता की कहानियों को लिखा गया है। इन फायदों में मोटापा कम होना, प्रीडायबिटिक का परिवर्तन (रिवर्सल), इन्सुलिन के डोस में कमी, मुँह के माध्यम से खानेवाली दवाइयों में कमी या दवाइयों का रोकना या मधुमेह का परिवर्तन (रिवर्सल) ये सभी सम्मिलित हैं।

इन में ऐसी और भी सफलता की कहानियाँ लिखी गयी हैं जो थाइरॉइड के कार्य में सुधार तथा रक्तचाप की दवाइयाँ इ. में कटौती के संबंध में हैं। मैं जानता हूँ कि ये सारे सबूत यादृच्छिक नियंत्रित (randomized controlled) जांच/ट्रायल या पद्धतिबद्ध समीक्षाओं से नहीं आए हैं। लेकिन अनुभवसिद्ध सबूत इतने प्रभावशाली हैं कि कोई उन्हें आसानी से नजरअंदाज नहीं कर सकता।

यह भी ध्यान देने योग्य बात है कि जीवन शैली परिवर्तन, खासकर सामान्य तथा पूर्व मधुमेही लोगों के डायबीटिस को रोकने वाली एक सर्वमान्य पद्धति है जो पूरे विश्व में स्वीकार्य है। मधुमेह रोगियों पर प्राग में आयोजित एक क्लिनिकल ट्रायल का समापन इसी बात पर हुआ कि 'जो मधुमेही दिन में दो बार खाना खाते हैं उनकी रक्तशर्करा उन मधुमेहियों से अधिक काबू में रहती है, जो दिन में छः बार खाना खाते है।' अतः हम जिसकी सिफारिश कर रहे हैं वह कोई इस दुनिया के बाहर की बात नहीं हैं। कसरत या व्यायाम का अनुकूल हस्तक्षेप के रूप में सभी ने स्वीकार कर लिया है। प्रश्न केवल खाने के आवर्तनों का है। अगर आप विश्व के मधुमेह के रोगियों के हालात देखेंगे तो आप को उनकी दुर्दशा दिखाई देगी। एक दवा से उनकी प्रगति दो दवाओं तक हो जाती है और अंततः इन्सुलिन की इंजेक्शनों तक। उनमें से अधिकतर किड़नियाँ और रेटिना खराब होने जैसी समस्याओं में फँस जाते हैं। ये सभी रोगी डॉक्टरों के कम मात्रा में, थोडी थोडी देर से खाने की सलाह

का पालन कर रहे होते हैं। यदि मधुमेही रोगियों के दस्तावेजों से यह साफ जाहिर होता है कि यह सलाह उनके किसी काम में नहीं आ रही है, तो फिर इस दूसरी पद्धति का उपयोग क्यों नहीं करते?

मुझे यह पूरी तरह से पता है कि मधुमेह के बारे में मेरे विद्वान फिजियन तथा मधुमेहतज्ज्ञ, मित्रों ने जितना पढ़ा हैं उनके मुकाबले मैंने 10% भी नहीं पढ़ा है। मैं यह बिलकुल नहीं कहना चाहता कि इस विषय का मैं विशेषज्ञ हूँ। जो डॉक्टर्स डायबिटीस का उपचार करते हैं, उनसे मेरी केवल इतनी विनम्र प्रार्थना है कि मानवता की खातिर इन सबूतों पर एक बार नज़र डालें जो मैंने इस पुस्तक में दिए हैं। इन तथ्यों को सत्यापित करने के लिए जिन लोगों की कहानियाँ मैंने इसमें दी हैं, आप बेशक उनसे बात कर सकते हैं। मैं यह समझता हूँ कि इस आहार योजना को मधुमेही के लिए अपनाते हुए आपको मधुमेह में उत्पन्न होनेवाली जटिलता तथा दीर्घकाल से चले आ रहे मधुमेह की चिंता हो रही होगी। मेरी आपसे यही बिनती है कि आप केवल 5 रुग्णों पर इसका उपयोग करें, जो विभिन्न श्रेणियों में हैं जैसे जिनको अभी अभी टाइप 2 मधुमेह हुआ है ऐसे मधुमेही और ऐसे मधुमेही जिनको सभी संभव दवाइयाँ देने के बाद भी उनका मधुमेह नियंत्रण में नहीं आ रहा है। अगर आपको इस के अच्छे परिणाम दिखाई दिए तो आप ऐसे सभी रोगियों पर इसे आजमा सकते हैं। धीरे धीरे आप पूरी सावधानी बरत कर अपने जटिल रोगियों पर भी इसे आजमा सकते हैं।

एक तरफ आप उपचार करनेवाले डॉक्टर्स और दूसरी तरफ मैं सार्वजनिक स्वास्थ्य विशेषज्ञ, हम दोनों के बीच कोई युद्ध नहीं चल रहा हैं। हम दोनों ही विश्व को सेहतमंद बनाने, सामान्य हित के काम में जुटे हुए हैं। फर्क तो बस इतना ही है कि आप इसे अपने दवाखानों में करते हैं और मैं समाज में। हमारी शक्तियाँ और कमियाँ दोनों ही अलग अलग हैं। अगर हम आपस में सहयोग कर लें और एक साथ काम करें तो मुझे विश्वास हैं कि मानवता के लिए वह एक शुभ समाचार ही होगा। एक साथ काम करके हम विश्व को मोटापे और मधुमेह से मुक्त करने के अभियान के लक्ष्य को पा सकते हैं।

■■■

2
क्या है यह अभियान ?

मैं इस आहार योजना का जून 2012 से पालन कर रहा हूँ। मेरा वजन 74.3 से कम होकर 66.5 कि. ग्रॅ. हो गया है और कमर की परिधि 2 इंच से घट गयी है। सितंबर 2013 में मैंने 'विनासायास वेट लॉस' 'Effortless Weight loss' और 'बिना प्रयास वेट लॉस' यह मेरी पुस्तकें मराठी, अंग्रेजी और हिंदी में प्रकाशित की जिसमें इस जादुई आहार योजना को समझाया गया था। यह मेरे लिए और इस अभियान के सभी नेतृत्व करनेवालों के लिए बडे गर्व की बात है कि इन पुस्तकों के कई संस्करण प्रकाशित हुए।

इस आहार योजना से वजन घटता है इस बात का सबूत तो शुरू से ही मिल रहा था, लेकिन यह मधुमेह के नियंत्रण तथा उसे रोक के रखने में भी प्रभावशाली है इसके सबूत तो लगभग इसके प्रयोगकार्य के साल भर बाद मिले। इस आहार योजना से HbA1c और खाली पेट रक्तशर्करा का स्तर नीचे आता है यह देखा गया। ऐसे अनुकूल परिणाम मिलने के बाद मैंने पूर्वमधुमेही रोगियों और नये मधुमेही रोगियों पर कुछ प्रयोग किए। उन प्रयोगों से जो निरीक्षण मुझे प्राप्त हुए उन्हें मैंने अनुसंधान लेखों के रूप में अनेक राज्यस्तरीय तथा राष्ट्रीय सम्मेलनों में पेश किया।

इस आहार योजना से सैंकडो लोगों को लाभ हुआ है। उनमें से कुछ लोगों ने इस आहार योजना का प्रचार करना शुरू किया। कुछ लोगों ने खुद पर ही प्रयोग किए। इनमें से कुछ लोगों ने मेरे व्याख्यानों का आयोजन किया। उनमें से बहुत से लोगों ने इस आहार योजना को अपनाया, उससे अच्छे परिणाम पाये और वे अपने समुदायों के प्रेरणास्त्रोत बन गए। यह बहुत जरूरी हो गया कि यह आहार योजना इस देश के सभी जरूरतमंद लोगों के पास पहुँचे। लोग व्याख्यानों को सुनते और प्रभावित हो जाते। कुछ लोग यह आश्वासन देते कि वह इस आहार योजना का पालन करेंगे। और कुछ मोबाइल पर मुझे इत्तला कर देते।

लेकिन पालनकर्ताओं की पूरी जानकारी रखना बिलकुल नामुमकिन था। साथ ही इस बात की भी जरूरत रहती थी कि उन्हें हमेशा प्रेरित करते रहें और उन्हें

अगर कोई कठिनाई महसूस हों तो उनकी मदद करें। जुलाई 2013 में डॉ. शिल्पा टोटला, जो इस आहार योजना की एक उत्साही पालनकर्ता हैं, उन्होंने हमारे सामने एक कल्पना रखी, हमारे योजना को लोगों तक पहुँचाने के लिए वाट्सएप ग्रुप तैयार करने की। इस कल्पना को विकसित करने के लिए डॉ. गणेश कुलकर्णी, औरंगाबाद के प्रसिद्ध Pediatrician का महत्त्वपूर्ण सहभाग रहा।

आज तक हमारे 212 वाट्सएप ग्रुप तैयार हो गये हैं, एक फेसबुक पेज और एक फेसबुक ग्रुप भी तैयार हो गया है। पुणे की केतकी राजवाडे को फेसबुक ग्रुप तैयार करने का पूरा श्रेय जाता है। डॉ. अंजली दीक्षित तथा अभिषेक छात्रबंद हमारे फेसबुक पेज की जिम्मेदारी निभाते हैं। हमने 2015 के अंत तक, कम से कम चार वाट्सएप ग्रुप और 400 सदस्यों का लक्ष्य सामने रखा था। 31 दिसंबर 2015 को हमारे दस वाट्सएप ग्रुपस् और 700 से अधिक सदस्य बन गये थे।

अब इस अभियान का प्रसार तेजी से हो रहा हैं। अब तक हमारे 236 वाट्सएप ग्रुपस्, 75 मधुमेह प्रतिबंध ग्रुपस्, एक फेसबुक पेज तथा एक फेसबुक ग्रुप बन गया है, जिसमें 48,000 से भी अधिक सदस्य हैं। हमारा लक्ष्य दस लाख या उससे भी अधिक सदस्य इस अभियान में जोडने का है। मुझे पूरा आत्मविश्वास है कि हमारे अभियान से जुडे नेतृत्वकर्ताओं के प्रतिबद्ध प्रयासों के कारण, हम हमारे लक्ष्य तक अवश्य पहुँचेंगे। मुझे लगता है कि यह मेरा कर्तव्य है, कि मैं अभियान के नेतृत्वकर्ताओं के योगदान को कृतज्ञ भाव से स्वीकार करूँ। हमारे अभियान का लक्ष्य है 'मोटापा और मधुमेह से मुक्त विश्व' बनाना।

हमारे आहार योजना का संदेश फैलाने के लिए मैं और हमारे सहयोगी लोगों को शिक्षा देने हेतु व्याख्यान आयोजित करते हैं। बाद में हम उन्हें हमारे वाट्सएप ग्रुप में आने की बिनती करते हैं। इन वाट्सएप ग्रुप में वे अपनी शंकाएँ पूछ सकते हैं, और हम उनका समाधान करते हैं। सदस्यों को प्रेरित करने के लिए हम रोज एक सफलता की कहानी या 'आज का सुझाव' देते हैं। सदस्य अपने HbA1c और खाली पेट रक्तशर्करा के विवरण (रिपोर्ट) इन ग्रुप्स् पर साझा कर सकते हैं और हमारे सुझाव प्राप्त कर सकते हैं। मुझे पूरा विश्वास है कि हमारे सहयोगियों के अथक प्रयत्नों के सहारे जल्द ही हम अपने लक्ष्य तक पहुँचेंगे।

इस अभियान के कारण घटित हुई अनुकूल बातें

सबसे महत्त्वपूर्ण बात यह है कि समान विचारधारा के डॉक्टर्स तथा लोग एक साथ जुड़ गए हैं। मोटापा कम करने के व्यवसाय में बढ़ती शोषणवृत्ति के तरीकों पर थोड़ीसी रोक लगी है। मोटे लोगों की समझ में आ गया कि वज़न कम करना संभव

है और वह भी हर एक के लिए। इस समझ के कारण लोगों में सकारात्मकता आयी। जो लोग एक किलोमीटर चलने तक की कल्पना भी नहीं कर सकते थे, अब वही लोग 10 किलोमीटर, 21 किलोमीटर के मॅरेथॉन में सहभागी होने का विचार करने लगे। उनमें से कुछ लोगों ने वह किया भी।

क्या खायें और क्या ना खायें इसके बारे में लोगों में अनुशासन विकसित हुआ। उन्होंने स्वास्थ्यप्रद भोजन करने की आदत को अपनाया। दो आहारों के बीच बेकार जंक फूड खाना रूक गया। सुबह-शाम के दो आहारों में किसी भी अन्नपदार्थ को खाने के लिए प्रतिबंध न होने के कारण, पहले उन्हें जो ग्लानि की भावना होती थी वह दूर हो गई। लोग अपने खाने के हर एक निवाले का मज़ा लेकर खाने लगे क्योंकि उनकी अन्न के प्रति संवेदनशीलता तीव्र हो गयी। मधुमेह के मरीजों में सकारात्मकता बढ़ गयी। उन्होंने जबरदस्ती अपने आप को यह विश्वास दिलाया था कि मधुमेह उनका जीवन भर का साथी है। अब वही उससे छुटकारा पाने के लिए प्रवृत्त हो गये।

पूर्वमधुमेही रोगियों को कुछ ही महीनो में मधुमेह रहित होने का निश्चित मार्ग मिल गया। इस आहार योजना के कारण बहुत सारे मधुमेहियों की मधुमेह की दवाएँ या उनकी मात्राएँ कम हो गयी। इसके परिणाम स्वरूप मधुमेही को भी आशा की किरण दिखाई देने लगी। समाज का भला चाहनेवाले बहुत से डॉक्टर्स इस अभियान के साथ जुड़ गये। उन्होंने इस आहार योजना को पहले खुद अपनाया और फिर अपने मित्रों, रिश्तेदारों तथा रोगियों को इसे अपनाने की सलाह दीं। यह भी ध्यान देने योग्य है कि औरंगाबाद के प्रसिद्ध मधुमेह विशेषज्ञ डॉ. संजीव इंदूरकर और लातूर के मधुमेह विशेषज्ञ डॉ. अष्टेकर जी ने इस आहार योजना का अध्ययन किया और साथ ही हमारे अनुसंधान में सक्रिय रूप से सहयोग दिया। HbA1c और खाली पेट इन्सुलिन का परीक्षण महाराष्ट्र में लोकप्रिय हो गया।

पहले हम जब भी रोगी को खाली पेट इन्सुलिन परीक्षण करने की सलाह देते थे तब बहुत बार ऐसा होता कि वह 'खाली पेट रक्तशर्करा' के रिपोर्टस् लेकर आता था। अब आजकल ऐसा नहीं होता। इन दोन परीक्षणों के कीमतों में भी अब उल्लेखनीय कटौती हुई है। 3-4 साल पहले, इन परीक्षणों की कीमत, पूरे महाराष्ट्र में लगभग रु. 1200 से 1700 के करीब थी। हमारे लगातार प्रयत्नों से, महाराष्ट्र की सभी महत्त्वपूर्ण प्रतिष्ठित परिक्षणशालाओ में (laboratories) इन दोनों परीक्षणों को 550 से 770 रुपयों में किया जाता है। यह इसलिए संभव हुआ क्योंकि हमारा अभियान ऐसी गतिविधियों में कोई निहित स्वार्थ नहीं रखता।

अब यह अभियान सामाजिक मीडिया के ज़रिए 37 विभिन्न देशों के 45,000 से भी अधिक सदस्यों तक पहुँच गया है। आज की तारीख में यू ट्यूब पर मेरे मराठी, हिंदी तथा अंग्रेजी भाषाओं में दिए जानेवाले व्याख्यान 30 लाख से भी अधिक लोगों द्वारा देखे गए हैं। बहुत से राज्यों तथा शहरो में नये वाट्सएप ग्रुप भी बनाएँ गएँ हैं। यह अभियान बड़े ज़ोरो शोरों से आगे बढ़ रहा है।

नयी गतिविधियाँ :

अभी अभी एक बहुत ही महत्त्वपूर्ण घटना घटी है, वह है ADORE की स्थापना, एक ऐसा न्यास (ट्रस्ट) जो इस अभियान के लक्ष्य को पाने के लिए पूरी तरह से समर्पित है। ADORE (Association for Diabetes and Obesity Reversal) यह नाम पुणे की हमारी सच्ची निष्ठावान अनुयायी श्रीमति शरयू चव्हाण ने सुझाया। इसका लोगो (चिह्न) भी एक अनुयायी और समन्वयक, नागपुर के श्री. महेंद्र पेंढारकर ने डिझाईन किया है। इस न्यास का पंजीकरण नवंबर 2018 में पुणे में किया गया। न्यास के इस पंजीकरण से हमें इस अभियान के विस्तार के लिए बहुतसी गतिविधियों का आयोजन करने में सहायता मिलेगी, साथ ही सतर्क अनुसंधान की मदद से सबूत इकट्ठा करने में भी मदद मिलेगी। अब जब यह 'धर्मार्थ न्यास (चैरिटेबल ट्रस्ट)' स्थापित हो गया है, हम दान भी स्वीकार कर सकेंगे और उन पैसों का उपयोग इस न्यास के लिए कर सकेंगे।

दूसरी गतिविधि है हमारे ADORE EWL नाम के app का विकास। इससे अभियान में अपना नाम दर्ज करने की प्रक्रिया सरल और सुव्यवस्थित हो जाएगी। इससे मधुमेह और पूर्वमधुमेह के रोगियों की पूरी जानकारी रखने में भी मदद मिलेगी। इस माध्यम से लोगों की शंकाओं का हम अधिक प्रभावशाली रूप से उत्तर दे सकेंगे और हमारे समन्वयकों का कीमती समय बच जाएगा। वाट्सएप ग्रुप के सदस्यों की अधिकतम संख्या के लिए हाल में 256 की मर्यादा है। अतः हमे सैंकडों वाट्सएप गुट (ग्रुप) बनाने हैं।

कम से कम दस लाख लोगों को अभियान में जोड़ने के हमारे लक्ष्य को देखते हुए, इतने सारे लोगों के वाट्सएप गुट का प्रबंधन करना निश्चित ही नामुमकिन है। इसलिए हमने टेलिग्राम को अपनाने का निर्णय लिया। टेलिग्राम का फायदा यह है कि इसमें एक गुट में एक लाख सदस्य समा सकते हैं। साथ ही सदस्य इस में जुड़ने से पहले ही इस पर लिखे गए संदेशों को देख सकते हैं। जो सदस्य हमारा एप डाऊनलोड करेंगे, वे अपनेआप टेलिग्राम गुट में शामिल होने के लिए लिंक प्राप्त करेंगे। हम आशा करते हैं कि हमारे अभियान की गतिविधियाँ अधिक प्रभावशाली और केंद्रित हो जाएगी।

एक और महत्त्वपूर्ण कार्य की शुरुआत हमने की है और वह है 'विद्यार्थी जागरूकता अभियान।' इसे हमने नासिक जिला परिषद के उत्साही चीफ एक्झिक्यूटिव्ह अफसर डॉ. नरेश गीते जी की सहायता से नासिक में शुरू किया है। इसमें हमारा लक्ष्य है स्कूल की 8 वीं से 10 वीं तक के छात्रों को बार बार खाने के खतरे से, शीत पेयों से, बहुध अधिक मीठे पदार्थों से, नमकीन और तले हुए पदार्थों से होनेवाले दुष्परिणामों से अवगत कराना। और हर रोज कम से कम एक घंटा शारीरिक गतिविधियाँ करने के लिए बढावा देना जिससे उनका स्वास्थ्य अच्छा रहे, यह भी हमारा एक लक्ष्य है। अगले छः महीनों में नाशिक के कम से कम 200,000 स्कूली छात्रों तक पहुँचने की हमारी इच्छा है। अगर बच्चे कम उम्र में ही इस बात से सहमत हो गए तो हमें उनके लिए भविष्य में कोई अभियान चलाने की ज़रूरत नहीं पडेगी।

adoretrust.org

हमने हमारी adoretrust.org नाम की वेबसाइट भी शुरू की है। इससे हमारे अभियान के बारे में सभी प्रकार की जानकारी लोग आसानी से पा सकते हैं। आपको इसमें अलग अलग अनुसंधानात्मक लेखों तथा यू-ट्यूब के व्याख्यानों की लिंक आसानी से मिल सकती है। आनेवाले व्याख्यानों और कार्यक्रमों की जानकारी आप समाचार और कार्यक्रम विभाग में पा सकते हैं।

'मधुमेह वापसी केन्द्र' यह भी एक और महत्त्वाकांक्षी गतिविधि है। इन केन्द्रों का लक्ष्य है जीवन शैली परिवर्तन से मधुमेह को वापस भेज देना। इसके पहले केन्द्र का उद्घाटन स्वर्गीय डॉ. श्रीकांत जिचकर जी के जन्मदिवस पर 14 सितंबर 2018 को नागपुर में किया गया। दूसरा केन्द्र औरंगाबाद में 15 अक्तूबर 2018 को खोला गया। नासिक और ठाणे के केन्द्रों में भी काम शुरू हुआ है। डॉ. उदय गुत्ते, डॉ. नीतिन घैसास, डॉ. कुमठेकर, डॉ. मृणालिनी केळकर, डॉ. माधुरी किर्लोस्कर, डॉ. बापट और डॉ. पुजर जैसे वरिष्ठ फिजिशियन हमें इसमें सहायता कर रहे हैं। इन चारों केन्द्रों में 400 से भी अधिक मधुमेह के मरीजों ने अपना नाम दर्ज किया हैं। हमें पूरा विश्वास है कि इन केन्द्रों की प्रथम वर्षगांठ पर इनमें से आधे मधुमेही दवाइयों से मुक्त हुए होंगे। नज़दीकी भविष्य में हम महाराष्ट्र के अलग अलग 30 से भी अधिक शहरों में इन केन्द्रों का कार्य शुरू करने की सोच रहे हैं। स्पष्ट रूप से तो मधुमेह उपचार में यह एक तरह की क्रांति ही है। इसकी शुरुआत भारत देश में हुई, इसका हमें बहुत ही अभिमान है।

मोटापा और मधुमेह आज के युग के मुख्य स्वास्थ्य संबंधी मुद्दे हैं। हमें इनको रोकने के लिए सरल पद्धति चाहिए।

आवश्यक पद्धति -

1) बिलकुल मुफ्त हों

2) इसमें किसी भी डॉक्टर या विशेषज्ञ की जरूरत ना हो

3) व्यक्ति इसे अपनी पूरी जिंदगी अपना सके।

मुझे लगता है कि इस अभियान में सुझायी गयी आहार योजना इन तीनों बातों में खरी उतरती है। मेरी आप सभी से बिनती है कि कृपया इस आहार योजना के बारे में पूरी जानकारी लें और इसे तीन महीनों के लिए निष्पक्षता से अपनाएँ। आप खुद ही अपने आप पर हुए परिणामों को देंखे और अगर आप आश्वस्त हो गये हो तो फिर हमारे साथ इस अभियान में जुड़ जाइए। मुझे पूरा विश्वास है कि आप सभी के सहयोग से हम निश्चित रूप से हमारे विश्व को मोटापे से और मधुमेह से आझाद करा सकते हैं। मैं आपको और हम सभी को इस लक्ष्य को पाने के लिए शुभकामनाएँ देता हूँ।

■■■

3
आहार योजना : जीवन शैली परिवर्तन

जिनकी उम्र 18 से कम है उनके लिए वज़न कम करने की यह योजना उपयोगी नहीं होती। इस उम्र में शरीर के बहुत से हार्मोन्स जैसे शारीरिक विकास के हार्मोन्स, टेस्टोस्ट्रेरोन, इस्ट्रोजेन और प्रोगेस्टेरोन आदि अपनी शारीरिक विकास की क्षमता की उच्चतम स्थिति में होते हैं। इसलिए इस उम्र में कुछ भी खाया जाय, मोटापा कम ही देखा जाता है। हालांकि शरीर में चरबी का संचयन हो सकता है लेकिन उसका वितरण समान रूप से होता है और व्यक्ति बेढंगा नहीं दिखना देता। वहीं प्रौढ व्यक्तियों में चरबी पेट में जमा हो जाती है और व्यक्ति का पेट बढने लगता है। इस आहार योजना से युवा लोग कम उम्र में ही खाने पीने की अच्छी आदतें विकसित करेंगे, इससे आगे चलकर उन्हें अपनी बाकी जिंदगी में वजन बढ़ना और मधुमेह तथा रक्तचाप जैसी बीमारियों से लडना नहीं पड़ेगा।

इस पुस्तक में सुझायी हुई आहार योजना जो वजन कम करने के लिए और मधुमेह के प्रतिबंध हेतु उपयोगी है वही डायबिटीस के रोगियों के लिए भी बहुत उपयुक्त हैं। हर एक को अपनी HbA1c और खाली पेट इन्सुलिन (शर्करा नहीं) का परीक्षण करवाना चाहिए। HbA1c से हमें पिछले 3 महीनों की औसत रक्तशर्करा का पता चलता हैं। खाली पेट इन्सुलिन, इन्सुलिन प्रतिरोध और उपस्थित मधुमेह का एक प्रातिनिधिक/परोक्षी संकेत है। यह परीक्षण हर किसी को करना चाहिए। इससे व्यक्ति के पूर्वमधुमेह होने के संकेत पहले ही मिल जाते हैं। सेहतमंद और मधुमेही व्यक्तियों के लिये इन परीक्षणों के परिणाम नीचे दिखाए गये हैं -

सेहतमंद और मधुमेही व्यक्तियों की HbA1c और खाली पेट इन्सुलिन की मात्रा

	Healthy **सेहतमंद**	**Prediabetes** **पूर्व मधुमेही**	**Diabetes** **मधुमेही**
HbA1c	5.6 तक	5.7 से 6.4 तक	6.5 और उससे अधिक
खाली पेट इन्सुलिन	10 तक	10 से अधिक	-

मधुमेही को इन परीक्षणों के परिणाम और वह डायबिटीस के लिए जो दवाईयाँ ले रहे हैं, उनके बारे में मुझे या हमारे प्रबंधकों को बता देना चाहिए। यदि हम उन्हें इस आहार योजना को अपनाने की अनुमति देते हैं तो ही वे इसे अपनाएँ। इस आहार योजना से जो व्यक्ति पूर्वमधुमेही है, वे 3-4 महीनों के अंदर 'मधुमेह से मुक्त' स्थिति में आ सकते हैं। जो मधुमेही किसी भी तरह की दवा नहीं ले रहे हैं वे भी 6 से 9 महीनों में मधुमेह से मुक्त की स्थिति में आ सकते हैं। ऐसे मधुमेही रोगी जो अलग अलग किस्म की दवाइयाँ ले रहे हैं लेकिन फिर भी उनकी रक्तशर्करा नियंत्रण में नहीं आ रही है, उनकी दवाओं की मात्रा भी कम हो सकती है।

पिछले कुछ सालों से विभिन्न वैद्यकीय पत्रिकाओं में छपे हमारे अनुसंधानात्मक लेखों और साथ ही अपने रुग्णों के अनुभवों के बलबूते पर मैं यह यकीन के साथ कह सकता हूँ। अभी तक हमने टाइप 2 के मधुमेही रोगियों पर अनुसंधान किया है। हमारी आहार योजना टाइप 1 मधुमेही रोगियों पर भी उपयोगी सिद्ध होगी ऐसा दावा करने के लिये पर्याप्त सबूत हमारे पास नहीं है। हम ऐसे रोगियों पर इसे आजमा रहे हैं। हमें यकीन है कि कुछ ही दिनों में इस मोर्चे पर भी कुछ ना कुछ अनुकूल साध्य होगा।

इस जीवन शैली परिवर्तन के प्रभावों को समझने के लिए हमें इन्सुलिन का हमारे शरीर पर होनेवाला प्रभाव और रक्त के अंदर की इन्सुलिन की मात्रा जानना जरूरी है। रक्त में इन्सुलिन का बढा हुआ स्तर (Hyperinsulinemia), पेशीयों में इन्सुलिन का प्रतिरोध, मोटापा और मॅच्युरिटी-ऑनसेट डायबिटीस (MODY) इन परस्पर संबंधी घटनाओं के कारण एक दुष्चक्र शुरू हो जाता है।

पेशी में ग्लुकोज के प्रवेश और ऊर्जा पाने के लिये उसका पेशी में उपयोग करने के लिए रक्त में विद्यमान इन्सुलिन जिम्मेवार होता है। इन्सुलिन के प्रभाव के कारण यकृत तथा मांसपेशियों में ग्लुकोज का ग्लायकोजेन में परिवर्तन हो जाता है। साथ ही अतिरिक्त ग्लुकोज का फैटी ऐसिड में परिवर्तन करने का और 'ट्रायग्लिसराइड्स' के रूप में मोटे पेशियों में उनका संचयन करने का भी वह कारण होता है।

एक बचत करने वाला हार्मोन होने के कारण इन्सुलिन उर्जा का संचयन करता है। शरीर में इन्सुलिन का होना या ना होना तय करता है कि ऊर्जा पाने के लिए इंधन के रूप में कार्बोहायड्रेटस् का उपयोग किया जाए या फैटस् यानी चरबी का। रक्त में इन्सुलिन का स्तर बढ़ने पर शरीर ऊर्जा के लिए कार्बोहायड्रेटस् का उपयोग करता है और अतिरिक्त ग्लुकोज का चरबी में रूपांतरण होकर वह पेशी में संचित हो जाता है। रक्त में इन्सुलिन की मात्रा कम होने के कारण चरबी का क्षय करके फैटी ऍसिड बनाने की प्रक्रियासे ऊर्जा प्राप्त की जाती हैं।

इससे आपको यह समझने में मदद मिलेगी कि मोटापे का मूल कारण रक्त में इन्सुलिन की मात्रा का बढ़ना है। आइए जानते हैं कि हमारा दैनिक कार्यक्रम कैसा होता है। (आप अपना दैनिक कार्यक्रम भी देख लें) जगने के बाद, हम चाय/कॉफी या दूध कम या ज्यादा शक्कर मिलाकर पीते हैं। सुबह 8.30 से 10 बजे तक हम ब्रेकफास्ट कर लेते हैं। सामान्य रूप से उस में पोहा, उपमा, सूजी का हलवा, इडली, रोटी, चावल, फल, ब्रेड, डोसा, पराठा या पूरी लेते हैं। इन सभी पदार्थों में कार्बोहायड्रेटस् काफी मात्रा में विद्यमान होते हैं। उसके बाद हम 1 से 2 बजे के बीच दोपहर का भोजन करते हैं। शाम 3.30 से 4 बजे हम फिर से चाय या कॉफी लेते हैं और उसके बाद 6 बजे कुछ खाते हैं जो फिर से कार्बोहायड्रेटस् से भरा हुआ होता है। दिन के आखिर में रात के 9 बजे के आसपास हम रात का खाना खाते हैं। कुछ लोग आइस्क्रीम जैसा मीठा खाना पसंद करते हैं तो कुछ पान खाने के आदी होते हैं।

इससे आप को पता लगेगा कि हम पूरे दिन में 5 से 7 बार कुछ ना कुछ खाते हैं। हम जो अन्नपदार्थ लेते हैं उनमें से अधिकांश पदार्थों में कार्बोहायड्रेटस् की मात्रा बहुत होती है। दूध और सोयाबीन, मूँगफली, अंडे, चिकन, मटन और मछली छोडकर, हमारे बाकी सभी रोज खानेवाले पदार्थों में 70 से 93% तक कार्बोहायड्रेटस् होते है। अधिक तर भारतीय लोग उन्हें प्राप्त होनेवाली ऊर्जा में से 75 से 95% ऊर्जा कार्बोहायड्रेट से पाते हैं। इसका एक कारण यह भी है की प्रोटीन तथा चरबी की अच्छी मात्रा होनेवाले खाद्यपदार्थ महँगे होते हैं। स्वाभाविक रूप से भारत जैसे गरीब देश में बहुत से लोग कार्बोहायड्रेटस् पूर्ण आहार का सहारा लेते हैं और प्रोटीन्स और चरबी अल्प मात्रा में लेते हैं।

खाना खाने के तुरंत पश्चात् कुछ अंश में इन्सुलिन स्त्रवित हो जाता है। यह बात ध्यान में रखने योग्य है कि इन्सुलिन के स्त्रवित होने की मात्रा लगभग उतनी ही होती है, चाहें आप एक कप चाय पिएं या एक सेब खाएं या दो रोटियाँ खाएं। जैसा कि हमारे दैनिक कार्यक्रम का ऊपर वर्णन किया है, हमारे शरीर में हर दिन 5 से 7 बार इन्सुलिन स्त्रवित होता है। भोजन के पाचन के अंतिम उत्पादों का उपयोग करने के लिए स्त्रवित इन्सुलिन की आवश्यकता होती है।

हमारे शरीर में पैदा हुए अतिरिक्त इन्सुलिन की वजह से बहुत से हानिकारक प्रभाव होते हैं। पहला तो यह है कि यह ग्लुकोज को चरबी में परिवर्तित करता है और उसे वसा ऊतकों (ऍडिपोज टिश्यू) में जमा करके रखता है जिससे हम मोटे हो जाते हैं। यह चरबी पूरे शरीर में जमा हो जाती है और खासकर पेट में। दूसरा हमारे शरीर की कोशिकाओं को इस तरह से रक्त में बढे हुए इन्सुलिन की मात्रा की आदत नहीं होती। धीरे धीरे ये कोशिकाएं इस अनचाहे इन्सुलिन को अंदर आने के लिए प्रतिबंध करती हैं। तकनीकी भाषा में इसे 'इन्सुलिन प्रतिरोध' कहा जाता है। अगर ऐसे आदमी के नींद

से उठने के तुरंत बाद रक्त में इन्सुलिन की मात्रा की जाँच की जाए यानी खाली पेट इन्सुलिन स्तर, तो वह उच्च (high) दिखाई देती है। अगर खाली पेट इन्सुलिन का स्तर 20 से अधिक हो, तो उसे 'Hyperinsulinemia' कहा जाता है। सच कहे तों यह स्तर 'झीरो' याने 'शून्य' के आसपास होना चाहिए। इन्सुलिन प्रतिरोध की वजह से रक्त में ग्लुकोज होनेपर भी, कोशिकाएं उसका उपयोग ऊर्जा निर्माण हेतु नहीं कर पाती।

और दूसरी तरफ, इन्सुलिन प्रतिरोध की वजह से ग्लुकोज की चरबी में होनेवाले परिवर्तन की प्रक्रिया शुरू ही रहती है। इसकी प्रतिक्रिया में पॅनक्रियाज् (Pancreas) अधिक से अधिक इन्सुलिन बनाने का प्रयत्न करते हैं। इसका बाद में परिणाम टाइप 2 मधुमेह के रूप में दिखाई देता है। यह समझना जरूरी है कि रक्त में इन्सुलिन के स्तर का बढ़ना, मोटापा, इन्सुलिन प्रतिरोध और टाइप 2 मधुमेह के लिए जिम्मेदार होता है।

पहले Hyperinsulinemia पाया जाता है या इन्सुलिन प्रतिरोध यह एक विवाद का विषय है। लेकिन इन्सुलिन प्रतिरोध का निदान रक्त में बढ़े हुए खाली पेट इन्सुलिन का स्तर देखकर ही किया जाता है। इन्सुलिन का बढ़ा हुआ स्तर अन्य हानिकारक प्रभावों के लिए जिम्मेदार होता है। रक्त में चरबी का स्तर (lipids) बढ़ जाता है। यह चरबी धमनियों के खुरदरे पृष्ठभाग पर जम जाती है जिससे उनका लचीलापन कम हो जाता है और वह लुमेन को सँकरा बना देती हैं। इससे धमनियों के फटने और रक्तस्राव होने का खतरा होता है। हृदय को रक्त की कम आपूर्ति का परिणाम हार्ट अटैक हो सकता है, और दिमाग में रक्तस्राव पैरालिसिस (Stroke) का कारण बन सकता है। अंततः यह तो स्पष्ट है कि रक्त में इन्सुलिन का उच्च स्तर मोटापा, हाइपरटेन्शन, हार्ट अॅटैकस् और पैरालिसिस जैसे संकटों का कारण होता है।

जब हमने उपर बताये हुए बहुतसे स्वास्थ्य के मुद्दों का मुख्य कारण, याने इन्सुलिन का उच्च स्तर, पहचान लिया है, तो फिर मोटापा कम करने के लिए जीवन शैली परिवर्तन को समझ लेना बहुत ही आसान है। अग्न्याशय (पैनक्रियाज्) 24 घंटे छोटी मात्रा में इन्सुलिन स्त्रवण करते हैं, जिसे बुनियादी स्त्रवण कहते हैं। यह 24 घंटों में 18 से 32 युनिटस् तक का होता है। इस स्त्रवण को कम करना हमारे नियंत्रण के बाहर की बात है और उसकी कोई आवश्यकता भी नहीं है। जब जब हम खाना खाते हैं, तब तब इन्सुलिन स्त्रवण होता है। इन परिस्थितियों में स्त्रवण होनेवाले इन्सुलिन को हम निश्चय ही रोक सकते हैं। क्योंकि हमारे खाने की मात्रा के बावजूद इन्सुलिन स्त्रवण की मात्रा समान रहती है, इसलिए यहीं अच्छा है कि हम दिनभर में कम से कम बार खायें।

सामान्य रूप से एक व्यक्ति को दिन में दो बार भूख लगती है। बहुत से लोगों के लिए यह दिन में 12 से 2 के बीच का समय होता है और रातको 7 से 10 के बीच का समय होता है। अगर हम रोज इन्ही समयों पर याने दिन में सिर्फ दो बार

खाएं तो इन्सुलिन केवल दो बार स्रवित होगा। यह इन्सुलिन उस खाने के अंतिम उत्पाद के पाचन के लिए जरूरी होगा। रक्त में इन्सुलिन का स्तर घटने से, पहले तो यकृत तथा आंतरपेशियों में होनेवाला ग्लायकोजेन ग्लुकोज को छोड़ने के लिए टूटेगा। बाद में वसा ऊतकों (ऍडिपोज टिश्यु) की चरबी से लिए गए फैटी एसिडस् का उपयोग ऊर्जा को प्राप्ति के लिए किया जाएगा। स्वाभाविक रूप से शरीर में जमा हुई चरबी घटेगी और व्यक्ति का वजन कम हो जाएगा। रक्त के ग्लुकोज का स्तर कम होनेपर प्रतिक्रिया के रूप में होनेवाला ग्लुकेगॉन का स्रवण भी इस प्रक्रिया में मदद करेगा।

मैं जब पाठकों को दो ही बार खाना खाने की सलाह दूंगा तो पाठकों के मन में बहुत सारे सवाल उमडेंगे। 'अगर इन दो खानों के बीच मुझे भूख लगे तो?' यह अन्य प्रश्नों के साथ आनेवाला सबसे महत्त्वपूर्ण प्रश्न है। याद रखिए कि भूख अक्सर मानसिक होती है। जब तक संभव हों इन दो खानों के या भोजनों के बीच किसी को कुछ भी नहीं खाना चाहिए। अगर किसी को बहुत ही अधिक भूख महसूस हो रही हो तो वह घर में बना हुआ छाछ, शक्कर या शक्कर के विकल्पो के बिना बनी हुई चाय (25% दूध + 75% पानी) पी सकती/सकता है या फिर टमाटर के एक या दो टुकडे खा सकती/सकता है। दूसरे मान्य पदार्थों में नींबू पानी या फिर नारियल पानी शामिल है। अच्छे परिणाम के लिए व्यक्ति को कुछ भी खाने से परहेज़ करना चाहिए।

इन दो भोजनों में आपके खाने पर कोई भी प्रतिबंध नहीं है, इतना ही नहीं मधुमेह के रोगी को मीठा खाने पर भी प्रतिबंध नहीं है, क्या यह अच्छी खबर नहीं है? आप शाकाहारी या मांसाहारी किसी भी प्रकार का भोजन कर सकते हैं। आप फल, सब्जियाँ, मिठाई, मसालेदार या तला हुआ खाना खा सकते हैं, यानी कि वजन बढ़ने के डर से बेखौफ़ होकर आप कुछ भी खा सकते हैं। आप को अपनी भोजन की थाली को तीन भागों में विभाजित करना चाहिए।

- पहला भाग हरे पत्तोंवाली सब्जियाँ, अंकुरित धान, ककडी, टमाटर और गाजर होना चाहिए।
- दूसरा भाग अन्य जड़ कंद, फल, सब्जियाँ, दाल, अंडे, चिकन, मछली आदि।
- और तिसरे भाग में चपाती, रोटी, पराठा और चावल होने चाहिए।

याद रखिए, यह सभी खाने के पदार्थ प्रत्येक भोजन में होने ही चाहिए, ऐसा बिलकुल जरूरी नहीं हैं। उपर जो सूची दी है उनमें से आप हमेशा जो खाते हैं जो आपको पसंद है, उन पदार्थों को आप चुन सकते हैं। चपाती/रोटी/पराठा/चावल की मात्रा कम करके अंकुरित धान सब्जियाँ, दाल की मात्रा बढ़ाने से वजन जल्दी से कम होता है।

मेरे निरीक्षण के हिसाब से, पहले महीने में 2 से 4.5 किलो तक वजन कम होता है। सबसे महत्त्वपूर्ण बात यह है कि सबसे पहले पेट की चरबी कम होती है।

दो महीनों में आपके कमर का आकार कम होता है। जब की अन्य वजन कम करने की पद्धतियों में आपके चेहरे की चरबी कम हो जाती है, जिससे आप बीमार दिखने लगते हैं। जब 'इंचो' में वजन घटता है तो वह व्यक्ति तंदुरूस्त और स्मार्ट दिखने लगता है और उसका आत्मविश्वास बढ़ जाता है।

अब मैं आपको चाय/कॉफी और दूध के बारे में कुछ बताना चाहता हूँ। आप दो भोजनों के बीच बिना शक्कर वाली चाय या कॉफी पी सकते हैं। अगर आप दूध के बिना भी चाय पी लेते हैं तो वह और अधिक अच्छा है। दूध से बचिए। अगर आप को दूध पसंद है तो आप भोजन के समय ले सकते हैं। अगर आप को ग्रीन टी या लेमन टी पसंद है और आप खर्चा कर सकते हैं तो आप उसे ले सकते हैं। आप फल भी खा सकते हैं लेकिन केवल भोजन के समय अन्य समय पर नहीं।

कुछ लोग मुझसे पूछते हैं, 'ब्रेकफास्ट का क्या?' मेरा उत्तर है बड़ा सा 'नहीं!' आपको दिन में सिर्फ और सिर्फ दो ही बार खाना है। आपको इतनी आझादी है कि आप उसे ब्रेकफास्ट कहे, ब्रंच कहे, लंच कहे, डिनर या फिर सपर! आपको एक और बात का विशेष ध्यान रखना है कि आपको अपना भोजन अधिक से अधिक 55 मिनटों में पूरा करना है। ऐसा इसलिए क्योंकि अगर आप 55 मिनटों से भी अधिक समय लेकर खाते रहेंगे (जो अक्सर पार्टियों तथा शादी के बुफे में होता है) तो शरीर में फिर से इन्सुलिन स्त्रवित हो जाएगा। साथ ही आप अपनी चाय या कॉफी में शुगर फ्री या अन्य किसी भी शक्कर के विकल्प का उपयोग ना करें क्योंकि उसके मधुर स्वाद से इन्सुलिन स्त्रवित हो जाता है।

व्यायाम

व्यायाम उतना ही महत्त्वपूर्ण है जितना आहार परिवर्तन और भोजन की आवृत्ति। अपने दिन का एक घंटा व्यायाम के लिए बचाकर रखिए। इस व्यायाम मे एक शरीर के लचीलेपन के लिए, दूसरा हृदय और फेफडों की शक्ति के लिए और तीसरा मांसपेशियों की मजबूती तथा ताकत के लिए उपयुक्त, ऐसे तीन व्यायामों का अंतर्भाव होना चाहिए। पाठशालाओं में दी जानेवाली शारीरिक व्यायाम (पी. टी.) की शिक्षा लचीले पन के लिए काफी है। दिन में 45 मिनटों तक 4.5 से 5 कि. मी. चलना हृदय तथा फेफडों के लिए अच्छा व्यायाम साबित होता है। इसके साथ ही आप योगासन, सूर्यनमस्कार, डिप्स, स्क्वॅटस् (Squats), वेट लिफ्टिंग, तैरना, सायकिल चलाना आदि व्यायाम कर सकते हैं। उसी तरह का व्यायाम हर रोज करने से बचें, आप इसे बारी बारी से बदल सकते हैं। व्यायाम से शरीर पर प्रत्यक्ष और अप्रत्यक्ष प्रभाव पडता है जिससे वजन कम करने में सहायता मिलती है।

कभी कभार कुछ असामान्य व्यायाम करना, जैसे पर्वतारोहण या सामान्य से 3 या 4 कि.मी. ज्यादा चलना भी अच्छा रहता है। इससे वजन कम करने में बहुत अधिक फायदा होता है। इस जीवन शैली परिवर्तन में आपको सिर्फ दो बार खाने की सलाह दी जाती है लेकिन आपको इसकी तसल्ली करनी होगी कि यह आहार संतुलित आहार हो। इससे हमें लगभग 60% कैलोरीज् कार्बोहायड्रेटस् से मिलनी चाहिए, 25 से 30% चरबी से, और बाकी की प्रोटीन से। आपको अंकुरित धान, गाढ़ी दाल, चीज़, दूध, मूँगफली के दाने, सोयाबीन, अंडे, मांस, मछली जैसे खाद्य पदार्थों को आहार में सम्मिलित करना चाहिए जिससे आहार में प्रोटीन की मात्रा और दर्ज़ा दोनो में वृद्धि हो। हररोज हरी पत्तेदार सब्जियों तथा मोसमी फलों को भी आहार में सम्मिलित करना चाहिए जिससे आवश्यक विटामिनों तथा खनिज पदार्थों की जरूरत पूरी हो जाती है।

वजन कम करने के लिए तथा मधुमेह का प्रतिबंध करने के लिए सुझायी गयी आहार योजना :

बिना प्रयास वजन कम करने की आहार योजना

मिशन : मोटापा और मधुमेह से मुक्त विश्व

सिद्धांत : डॉ. दीक्षित और डॉ. जिचकर जी का यह जादुई सूत्र अत्यधिक इन्सुलिन के स्रवण को प्रतिबंधित करता है, जिससे जहाँ पर जो अधिक चरबी जमा हुई होती है, वह कम हो जाती है। शरीर के इन्सुलिन के प्रति संवेदनशीलता को बढ़ाने से मधुमेह या तो विलंब से होता है या उसका प्रतिबंध होता है।

परिणाम : वजन कम होना, इंच कम होना (सर्वप्रथम पेट के) मधुमेह की रोकथाम होना और अन्य कई

1) ध्यान रहें : यह आहार योजना 18 साल से कम उम्र के युवकों के लिए नहीं है। मधुमेही को डॉ. दीक्षित या समन्वयकों से एक बार बात कर लेनी चाहिए और अगर वे 'हाँ' कहें तो ही इस आहार योजना को अपनाए।
2) दिन में सिर्फ दो बार भोजन लें। आप को उसी वक्त भोजन कर लेना चाहिए जब आप को सचमुच की भूख लगे। यह समय अलग अलग लोगों के लिए अलग अलग हो सकता है। सामान्यरूप से अधिकतर लोगों को सुबह 9 बजे और शाम 6 बजे तथा दोपहर 1 बजे और रात 9 बजे भूख लगती है। आपको अपना भोजन 55 मिनिटों में खत्म करना चाहिए।
3) इन दो भोजनों के बीच अगर आप कुछ लेते हैं, चाहे वह कितनी भी मात्रा में हो, वह शक्कर, गुड़, शक्कर के विकल्प, तथा शहद के बिना हों। इनमें निम्न पदार्थ सम्मिलित हैं -

   अ) टमाटर - एक से ज़्यादा नहीं।

ब) पतली छाछ - आप को अगर रक्तचाप की बीमारी नहीं है तो आप उस में नमक डाल सकते हैं।

क) पतली चाय जिसमें 25 प्रतिशत दूध और 75 प्रतिशत पानी हो।

ड) ब्लैक टी, ब्लैक कॉफी या ग्रीन टी

इ) नींबू पानी

फ) मलाई रहित नारियल पानी

4) भोजन का समय एक ही रखने का प्रयास करें। 15-20 मिनिटों के अंतर की अनुमति हैं।

5) किसी अत्यावश्यक कारण से ही आप इस आहार योजना से बच सकते हैं। दूसरे दिन से फिर से डटकर आप इसे पुनः आरंभ करें।

6) कम से कम 45 मिनट तक का व्यायाम करें। आपके हृदय की गति को बढानेवाला कोई भी व्यायाम करें। हमारी सिफारिश है द्रुत गति से चलना। 45 मिनिटों में 4.5 किलोमीटर चलना। यह व्यायाम हफ्ते में कम से कम पाँच बार करना चाहिए।

7) योजना के पहले दिन यह तीन चीजें जरूर करें -

   1. सुबह खाली पेट आप वजन मशीन पर अपना वजन करें। वजन पर नजर रखने के लिए इसी मशीन का उपयोग करते रहें।
   2. लेटने की स्थिति में नेवल (नाभि) में कमर की परिधि लें। (खड़े होकर लिया गया नाप दोषपूर्ण हो सकता हैं) इन दोनों नापों की हर महीने पुनः जाँच करते रहें।
   3. खाली पेट इन्सुलिन और HbA1c लैब में जाकर जाँच पडताल करवाएँ और तीन महीनों बाद फिर से जाँच करवायें।

8) अपना वजन कितना होना चाहिए यह भी जान लें। अधिकतम वजन = सें.मी. में लंबाई - 100। उदाहरण के तौर पर अगर आपकी लंबाई 170 सें.मी. है तो आपका अधिकतम वजन 170 - 100 याने 70 कि. ग्रॅ. होना चाहिए।

9) जब आप वजन तथा पेट की चरबी कम करने में अनुकूल परिणाम पाएँ, तब आपसे हमारी बिनती है कि आप अपनी सफल कहानी सबसे कहें और इस नेक मिशन में सहयोग दें।

मधुमेहियों को इस योजना में जो बदलाव करने चाहिए वे हैं :

(इस आहार योजना को शुरू करने से पहले आप अपने डॉक्टर, जो आप पर उपचार कर रहे हैं, उनकी सलाह लें।

- मीठा खाने से परहेज़ करें, (शक्कर, गुड, शक्कर के विकल्प और शहद) अपने भोजन में भी इसे ना लें। मीठे फल भी ना खायें।
- दो भोजनों के बीच आप पानी, घर में बनाई गई पतली छाछ या ग्रीन टी या ब्लैक टी (सभी शक्कर और शक्कर के विकल्प के बगैर) ले सकते हैं।
- Hypoglycemia के प्रति सावधानी बरतें।
- HbA1c परीक्षण हर महीने और खाली पेट इन्सुलिन टेस्ट हर तीन महीनों बाद करते रहें।

हमारी संस्कृति तथा धर्म में भी दो बार भोजन को ही बढ़ावा दिया गया है। आयुर्वेद में कहा गया है 'dwaukalbhunjati' (द्वौकालभुंजन्ति) जिसका मतलब है, दो वक्त भोजन करना। वेदों में कहा गया है, 'जो दिन में केवल दो बार भोजन करता है, उसे उपवास का पुण्य प्राप्त होता है।' जैन धर्म में 'Beasanna' (बिसान्ना) की संकल्पना है। जो है सिर्फ दो बार भोजन करना और दो भोजनों के बीच सिर्फ गुनगुना पानी पीना। एक जैन संत ने मुझे बताया कि उनके धर्म में 48 मिनिटो में भोजन समाप्त करने की सलाह दी जाती है। एक पुस्तक में मैंने पढ़ा है कि दिन में केवल दो बार खाना, प्राचीन ग्रीक लोगों के शारीरिक तथा मानसिक सशक्तता का रहस्य माना जाता था। संशोधक डॉ. मैटसन भी आजकल की दिन में अधिक बार खाने की प्रथा के विरुद्ध हैं। उनका यह कहना है कि आजकल जो हररोज तीन बार भोजन की और एक बार स्नैक की प्रथा चल रही है वह एक उत्क्रांतिवादी दृष्टिकोण से अप्राकृतिक है।

युगों से हमारे संतजन हमें दिन में दो बार भोजन करने के लिए कह रहे हैं। एक मशहूर कहावत है कि 'जो दिन में एक बार खाता है वह योगी है, दो बार खाता है वह भोगी है और जो तीन बार खाता है वह रोगी है।' संतजन धर्म, संस्कृति यहाँ तक कि आधुनिक अनुसंधान भी बार बार ना खाने के लिए कह रहे हैं। हमें इस सलाह को मानना चाहिए। तो पाठकों, वजन कम करने की यह एक सरल पद्धति है। यह पद्धति न केवल हमारा वजन कम करती है बल्कि मधुमेह, रक्तचाप और हार्टअॅटॅक जैसे रोगों को हमसे दूर रखती हैं।

महत्त्वपूर्ण सूचना :

- यह आहार योजना टाईप 1 के मधुमेहियों के लिए नहीं है।
- महिलाओं को गर्भावस्था के दौरान और प्रसूति के बाद नौ महीनों तक इस योजना का पालन नहीं करना चाहिए।
- टाईप 2 के मधुमेहियों को इस आहार योजना को अपनाने से पहले अपने उपचार करनेवाले डॉक्टरों से सलाह मशवरा कर लेना चाहिए।

■■■

4

वजन घटाना
(शोध पत्र के साथ सफलता की कहानियाँ)

शोध पत्र (रीसर्च पेपर) का शीर्षक : भोजन की बारंबारता और वजन का घटना : औरंगाबाद में संपन्न हुए सार्वजनिक स्वास्थ्य अभियान के छः महीनों तक के फॉलो अप के परिणाम (International Journal of Clinical Trials जुलाई-सितंबर 2014/खंड 1/अंक 2 में प्रकाशित)

परिचय : विकसित तथा विकसनशील देशों में 'मोटापा' प्रमुख स्वास्थ्य समस्या है। अमरिका में मोटापे को एक प्रमुख निवारण करने योग्य जोखिमकारक घटक के रूप में पहचाना जाता है, जो आम पुरानी बीमारियों की व्यापक रेंज में योगदान देता है, जैसे उच्च रक्तचाप, हृदय रोग और उदरमेह। इन्सुलिन प्रतिरोध की बढ़ती हुई खतरे की स्थिति, साथही ग्लुकोज इन्टॉलरन्स और मोटे मरीजों मे पाया जानेवाला इन्सुलिन पर निर्भर न रहनेवाला उदरमेह (NIDDM) को भी इस पेपर में अच्छी तरह से प्रलेखित किया है। इन्सुलिन एक ऐसा हार्मोन है जो शरीर में कार्बोहायड्रेटस् का परिवर्तन ऊर्जा में करने के लिए जिम्मेदार होता है। इसकी गैरहाजिरी में या जब इसका स्तर कम हो, तब शरीर चरबी से ऊर्जा लेने की ओर परावर्तित हो जाता है। अगर कोई ऐसा अन्नपदार्थ सेवन करता है जिस में कार्बोहायड्रेट है, तब इन्सुलिन बहुत अधिक मात्रा में स्रवित होता है। प्रोटीन या प्रथिन तथा चरबी का इन्सुलिन के स्रवने पर कम असर होता है।

'कार्बो-इन्सुलिन कनेक्शन' का सिद्धांत, स्वर्गीय डॉ. श्रीकांत जिचकर जी ने 1997 से 2004 तक लोकप्रिय किया। उन्होंने वजन कम करने के लिए और मोटापा रोकने के लिए दिन में सिर्फ दो बार खाने की कल्पना की वकालत की। लेखक ने खुद इस सिद्धांत को जनवरी से मार्च 2013 तक अपने ऊपर आजमाया और 8 किलो वजन घटाया और पेट की परिधि को भी 2 इंच कम किया। वजन घटने के और मोटापा रोकने की इस आसान पद्धति की सफलता से प्रभावित होकर लेखक ने 'बिना प्रयास वजन घटाना' नामक एक पुस्तक भी लिखी जो सितंबर 2013 में

प्रकाशित हुई। तब से लेखक आम लोगों के लिए व्याख्यानों का आयोजन करते हैं, जिसमें उन्हें वजन कम करने के लिये दो बार भोजन करने की शिक्षा देते हैं। लेखक ने महाराष्ट्र के बहुत से शहरों तथा गांवों में लोगों के समक्ष व्याख्यान दिए हैं। इस सार्वजनिक स्वास्थ्य अभियान के प्रोत्साहित करनेवाले परिणाम इस पेपर में आपको मिलेंगे। यह इस अभियान में हिस्सा लेनेवाले 446 लोगों के छः महीनों के परिणामों का फॉलो अप है।

पद्धति : यह अध्ययन एक आत्म नियंत्रित सामुदायिक परीक्षण है। इस अध्ययन का कालावधि 1 जुलाई 2013 से 30 जून 2014 तक था। इस में 1 जुलाई 2013 से 31 दिसंबर 2013 तक नाम दर्ज किए गए। इन व्यक्तियों को इस अध्ययन में तब दाखिला दिया गया जब उनसे, लेखक द्वारा महाराष्ट्र के गाँवो और शहरों में वजन कम करने के व्याख्यानों के दौरान सूचित सहमति प्रपत्र लिया गया। जो लोग वजन कम करने के व्याख्यानों में आये हुए थे उन के द्वारा भरी गयी हुई पूर्व परीक्षण प्रश्नावली लेखक के पास थी। इस प्रश्नावली में जनसांख्यिकीय जानकारी और आहार का पूरा इतिहास, जिस में भोजन की बारंबारता, भोजन की मात्रा और खाये जाने वाले पदार्थों के प्रकारों पर खास जोर दिया गया था। लेखक इन व्याख्यानों में आनेवाले लोगों का मार्गदर्शन करते थे कि वे कितनी बार इन्सुलिन का स्त्रवण करते हैं और बाद में उनके दोपहर का भोजन और रात के भोजन का समय तय करने के लिए कहते थे। इच्छुक सहभागियों से लेखक ने प्रश्नावली लेकर संग्रहित की। हर पंधरा दिन बाद फोन पर इसका फोलोअप लिया जाता था। कुल मिलाकर 446 व्यक्तियों ने इस अभियान में भाग लिया।

अभियान में दी गयी आहार की सलाह

- दिन में कौन से समय आपको सचमुच भूख लगती है वह पहचानें। सामान्य रूप से आदमी को दिन में दो बार ही भूख लगती है। कुछ लोगों को सुबह 9 और शाम को 6 बजे, तो अन्य लोगों को दोपहर 1 और रात 9 बजे भूख लगती है।
- आप अभी जो खा रहे हैं, उसी खाने को इन दो वक्तों पर खाये। आप को सिर्फ उस मात्रा को दो भागों में विभाजित करना है।
- जो बडी मात्रा है (जैसे 60 से 70 प्रतिशत) उसे दोपहर के भोजन के समय लें और बाकी की रात के खाने के समय लें।
- आप किसी भी तरह के खाद्यपदार्थ खा सकते हैं, खाद्यपदार्थों पर कोई पाबंदी नहीं।
- आप इन दो भोजनों के बीच शक्कर मिली हुई चाय/कॉफी, फल, मेवे या और कोई खाद्यपदार्थ नहीं खा सकते।

- आप को शक्कर के विकल्पों का भी उपयोग नहीं करना हैं क्योंकि इसकी मधुर स्वाद से इन्सुलिन स्रवित हो जाता है।
- अगर आप इन दो भोजनों के बीच भूख महसूस करें तो आप छाछ या नारियल पानी पी सकते हैं।
- हर पंधरा दिन बाद आप अपना वजन, एक ही वजन काँटे पर जाँच लें।
- अपनी कमर की परिधि को हर महीने जाँच लें।

परिणाम : अधिकांश सहभागी 40 से भी अधिक उम्र के थे। इस में पुरुषों की अपेक्षा स्त्रियों की संख्या अधिक थी। बहुत से सहभागियों को शक्कर वाली चाय से शक्कर बिना की चाय लेने के बदलाव में कुछ कठिनाइयाँ आयीं लेकिन एक हफ्ते में वह ठीक हो गया। एक हफ्ते में बहुत से सहभागियों को शरीर में हलकापन महसूस होने लगा और उनकी ऊर्जा का स्तर भी बढ़ गया। छः महीनों से जो इस आहार योजना का पालन कर रहे थे, ऐसे 428 लोगों के वजन तथा कमर के परिधि में नीचे दिए गए बदलाव दिखाई दिए :

वजन घटना : पहले महीने में औसतन 1.5 कि.ग्रॅ. वजन घट गया, 4.2 कि.ग्रॅ. तीन महीनों में और 6.8 कि.ग्रॅ. छः महीनों में।

कमर की परिधि घटना : पहले महीने में औसतन 0.5 सें.मी. घट गयी। तीन महीनों में 1.5 सें.मी. और छः महीनों में 3.5 सें.मी.। सबसे महत्त्वपूर्ण बात यह है कि इनमें से किसी भी सहभागी पर इसका उल्टा असर नहीं हुआ। कुल मिलाकर 446 सहभागियों में से 18 लोग पालन नहीं कर पाये। उनके कारण कुछ इस तरह के थे; भूख बरदाश्त न कर सकना (9), त्यौहारों और यात्रा के कारण इस आहार योजना का पालन न कर पाना (8) और मायग्रेन के तेज़ होने कारण (1)।

परिचर्चा : परिणामों से यह साफ नज़र आता है कि दिन में केवल दो बार भोजन करना प्रभावशाली रूप से वजन कम करता है, साथ ही साथ कमर की परिधि भी घटती है। और तो और इस पद्धति के कुछ अन्य खास पहलू भी हैं :

- किसी को कुछ पैसा खर्च नहीं करना पड़ता।
- किसी को इसके लिए डॉक्टर की जरूरत नहीं पडती।
- कोई भी व्यक्ति इस आहार योजना का पालन पूरी उम्र, बगैर किसी कठिनाई के कर सकता है।

यह वजन घटाने की सरल पद्धति बहुत ही असरदार है और इससे शरीर पर कोई भी दुष्प्रभाव (साइड इफेक्ट) नहीं होता। कुछ लोगों को अपनी भूख पर काबू पाना मुश्किल हुआ और एक की मायग्रेन की बीमारी तेज़ हो गई इसलिए वह योजना को पूरा नहीं कर सके।

सीमाएँ : यह पूरी जानकारी स्वयं रिपोर्ट की पद्धति पर आधारित है। इसलिए सहभागी द्वारा दी गयी जानकारी का कोई प्रति-परीक्षण नहीं किया जाता। साथ ही इस में सहभागी होनेवाले लोग महाराष्ट्र के अलग-अलग शहरों से आए हुए होते हैं, इसलिए उनके द्वारा दी गयी पूरी जानकारी को सत्यापित करना मुश्किल है। यह भी हो सकता है कि दिन में सिर्फ दो बार खाने से कुछ लोगों को उनके हमेशा के खाने से मिलनेवाली कैलोरीज् की अपेक्षा कुछ कम कैलोरीज् मिलती होंगी, इसलिए उनके परिणामों पर इस बात का आंशिक रूप से अनुकूल असर हो सकता है।

निष्कर्ष : आज के युग में हर किसी पर वजन कम करने की धुन सँवार है। काफ़ी लोग आहार योजनाओं पर तथा व्यायामों की योजनाओं पर ज्यादा पैसे खर्च करते हैं, जिनसे उनको बहुत ही कम फायदा होता है और कभी कभी तो बिलकुल ही फायदा नहीं होता। वजन कम कराने की गतिविधियों ने बहुत से लोगों के लिए शोषक व्यवसाय का रूप धारण कर लिया है। गरीब तथा अज्ञानी लोगों का शोषण किया जाता है। वहीं वजन कम करने की इस सरल पद्धति में बिलकुल पैसा नहीं जाता, इस में डॉक्टर की जरूरत नहीं होती और अन्य वजन कम करने की सफल पद्धतियों की अपेक्षा यह पूरे जीवन भर के लिए अपनायी जा सकती है। इसीलिए इस सरल पद्धति की सबके लिए हिमायत की जा रही है। सार्वजनिक स्वास्थ्य अभियान के रूप में इस संदेश का प्रसार करने की जरूरत है।

वजन कम होने की सफल कहानियाँ

1) **संतोष दत्तात्रेय वाणी,** नासिक (महाराष्ट्र)

उम्र : 46 साल, लंबाई : 168 सें.मी.

नौकरी : पुलिस, समूह : 45-EWL-ND

मेरे एक सह-कार्यकर्ता, श्री. भाऊसाहेब सानप ने मुझे इस आहार योजना के बारे में बताया। मैंने यू-ट्यूब पर डॉ. दीक्षित सर का भाषण सुना और इस आहार योजना का पालन करने का फैसला किया।

18/08/2018 की मेरी रिपोर्ट इस प्रकार थी –			
वजन :	89 किलो	कमर की परिधि :	44 इंच
HbA1c :	5.7		

05/12/2019 की रिपोर्ट –			
वजन :	78 किलो	कमर की परिधि :	41 इंच
HbA1c :	5.7		

सुबह का व्यायाम : 1 घंटा पैदल चलना

भोजन - दोपहर 01.30 बजे

रात - 08.30 बजे (दो भोजन के बीच पानी)

मुझे बहुत हल्का महसूस हो रहा है। इसके अलावा मुझे अपने पिछले सभी कपड़ों को आल्टर करना पड़ा। मैं जीवन भर इस जीवन शैली को जारी रखूंगा।

डॉ. दीक्षितजी, उनकी पूरी टीम के उत्कृष्ट कार्य के लिए उनको को धन्यवाद देता हूँ।

2) **अपर्णा योगेश गोन्हे,** स्वयंसेवी मधुमेह मुक्ती केंद्र, नासिक

उम्र : 43 वर्ष, लंबाई : 165 सें. मी.

वजन : 65 किलो,

मेरी सहेली और मेरी ननद से मुझे डॉ. दीक्षित की आहार योजना के बारे में पता चला; मैं बचपन से ही थोडीसी मोटी हूँ, लेकिन अब 40 साल की उम्र के बाद मुझे ऐसा लग रहा था कि अपना वजन कम होना चाहिए। मैं घूमने जाती थी, लेकिन थोड़ा चलने के बाद मुझे थकान महसूस होती थी, फिर मैंने इस आहार योजना को आजमाने का फैसला किया और फिर परीक्षण किया। तो HbA1c 7.2 था इसका मतलब शुगर है। बहुत बुरा लगा। घर पर माता-पिता किसी को भी शुगर नहीं हैं, लेकिन मुझे इतनी कम उम्र में। जब फॅमिली डॉक्टर के पास गयी, तो उन्होंने मुझे गोलियां दीं और मुझे रोना आ रहा था, लेकिन फिर मेरी सहेली वैशाली भालेराव और ननद नीलम गायधनी के कहने के अनुसार, मैंने 3 सितंबर 2018 से आहार योजना शुरू की। जब सर से बात की, तो मैंने 2 दिनों के लिए गोलियां ली थीं, इसलिए डॉ. दीक्षित सर के अनुरोध पर, गोलियां तुरंत बंद कर दी और एक बहुत कठोर योजना शुरू की। उन्हें रिपोर्ट भेजी। शुरुआत में मेरे एडमिन बेलगाम के भालचंद्र बेलूर थे, उन्होंने बहुत मार्गदर्शन किया; फिर मैं नासिक समूह में शामिल हो गयी, और फिर मैंने अपने दिल से नियमित रूप से डाएट करना शुरू कर दिया, दैनिक सफलता की कहानी पढ़कर सोचती थी कि कब मेरी सफलता की कहानी प्रकाशित होगी। लेकिन आज ये बताते हुए बहुत खुशी है कि नासिक समूह में शामिल होने के बाद, नासिक डीआरसी चलना शुरू हो गया, वहां मैंने अपना नाम वॉलेंटियर के रूप में दिया, और फिर हर बुधवार को सबका मार्गदर्शन मिलता गया, डॉ. रत्ना अष्टेकर, संदीप सोनवणे सर, मोरे सर, मोरे मैडम ने मुझे प्रोत्साहन और मार्गदर्शन दिया। शुरू में मेरा HbA1c - 7.2 था और अब यह घटकर 5.4 रह गया है। एक साल के दौरान मेरा वजन 79 किलो से घटकर 65 किलो हो गया है।

मैं नासिक में नियमित रूप से DRC के साथ एक वालेंटियर के रूप में काम करती हूं। वहां मुझे आहार के बारे में सभी को काउंसिलिंग करने का मौका मिला। इस बीच, बारिश के मौसम से पहले डॉ. दीक्षित सर ने बारिश में बाहर कैसे निकले; इसलिए घर पर व्यायाम करके कॅलरी जलाने की अवधारणा डॉ. रत्ना अष्टेकर को दी। और फिर मैडम ने हमारी टीम को दी। इसमें मैं भी थी। व्यायाम का वीडियो करने का फैसला किया; इसलिये मैं बहुत खुश थी, लेकिन स्कूल में व्यायाम करने के बाद कभी भी व्यायाम नहीं किया था। इसलिए थोड़ा डर लग रहा था और मेरे साथ टीम की सभी लड़कियां जुडो चॅम्पियन थी लेकिन मैं नहीं थी। फिर भी रत्ना मैडम ने बहुत मेहनत ली। उन्होंने लगभग 2 महीने तक हर दिन 2 घंटे हमसे प्रॅक्टिस करवाई, और फिर हमारा वीडियो आया, मराठी में होने के कारन, ये ऐसा वीडियो है जिसे आम लोग आसानी से समझ पाएंगे। अब व्यायाम न करने के कोई कारण नहीं बताए जा सकते हैं और यह निश्चित रूप से सभी को स्वस्थ रखने में मदद करेगा। लेकिन मैं रोज 45 मिनट के लिए चलती थी,और समूह पर व्यायाम का वीडियो देखने के बाद, मैं अब नियमित रूप से व्यायाम करती थी।

मैं मधुमेह से मधुमेह पूर्व स्थिति में आ गयी थी लेकिन मैंने ये तय किया था कि मैं अपनी सफलता की कहानी मधुमेह मुक्त होने के बाद दूंगी और मैं मधुमेह मुक्त होने के बाद ही दे रही हूँ। समय-समय पर आहार योजना का पालन नहीं हो सका। आहार योजना शुरू करने से पहले, मुझे मधुमेह था, लेकिन अब मैं मधुमेह मुक्त और वो भी बिना किसी दवा लिए। और यह किमया केवल डॉ. दीक्षित के आहार योजना के कारन हुई, सर और उनकी सभी टीम को बहुत-बहुत धन्यवाद।

मैं हर किसी को इस योजना के बारे में बताती हूं और हर कोई पूछता है कि मैं इतनी पतली कैसे हो गयी, यह बहुत अच्छा लगता है, और एक और बात पतली होने के कारन मैं छोटी लगती हूँ, मेरी सभी सहेलियां पूछती हैं कि क्या डॉ. दीक्षित डाएट करने से वजन के साथ साथ उम्र भी कम होती है। बहुत अच्छा लगता है, बहुत हल्का महसूस करती हूँ, उर्जावान महसूस करती हूँ। इसकी वजह है डॉ. दीक्षित की आहार योजना को अपनाना। मैं अपने जीवन के इस चमत्कार के लिए डॉ. दीक्षित सर की बहुत आभारी हूं।

3) अपर्णा बडे

ईडब्ल्यूएल 68 एनडी।

अगस्त 2019 से, मैंने वह आहार योजना शुरू की है। मैंने 90% आहार योजना का पालन किया। यह केवल उत्सव के दिनों में और बाहरी यात्राओं पर ही टूटता है। लेकिन अगले दिन मैं डाएट प्लान पर वापस जाती हूं।

मेरे परिणाम अगस्त 2019 में			
वजन :	93 किलो	पेट की परिधि :	49 इंच
ऊपरी बांह की मोटाई :	14 इंच		

जनवरी 2020 का विवरण			
वजन :	81 किलो	पेट की परिधि :	46 इंच
ऊपरी बांह की मोटाई :	13 इंच		

आहार योजना का पालन करते समय HbA1c और फास्टिंग इन्सुलिन की जांच की गई, लेकिन मैं गैर मधुमेह थी इसलिए मैंने दोबारा जांच नहीं की। 2 महीने के बाद, मैं सभी परीक्षण कराऊंगी।

मैं हाइपोथायराइड और घुटने के दर्द से पीड़ित हूं और उच्च रक्तचाप भी। मैं हर सुबह टेम्सन 40 की 1 गोली ले रही हूं, फिर भी दबाव 80-150 होता है।

इस आहार के साथ, मैं डॉ. रत्ना अष्टेकर और उनकी टीम के साथ दैनिक व्यायाम करती हूं। शुरुआत में बहुत परेशानी हुई। घुटने में दर्द के साथ, मैं व्यायाम करती हूं क्योंकि चलना मुश्किल है। मैं यह बताना चाहूंगी कि व्यायाम को आहार के साथ शामिल करने से, पेट की परिधि और ऊपरी बांह की मोटाई कम हो गई है। मुझे अब भी वज़न घटाने के लिए लंबा रास्ता तय करना है। पर मैं इसी रास्ते पे चलूंगी। हमें तकलीफ़ हुई तो भी ये रास्ते पे चलना फायदेमंद और मुफ़्त है।

मैं डॉ. दीक्षित सर, उनके सहयोगियों और डॉ. रत्ना अष्टेकर और उनकी टीम की बहुत आभारी हूं।

4) दिनकर दामले

दिनकर दामले जी का दीक्षित डाएट करते हुए सायकलिंग अभियान का अनुभव।

मैंने 18 जनवरी 2020 के सुबह मुंबई से साइकिल चलाना शुरू किया और 25 जनवरी 2020 के शाम तक लगभग 550 किमी तय करके अरंबोल, गोवा पहुंचा। मेरे साथ अन्य 9 साइकिल सवार (सब 25 से 35 साल उम्र के, सिर्फ मै 65 साल का) थे। हर दिन तकरीबन 80 किमी साइकिलिंग करनी पड़ी, उसमें बहुत सारे उतार चढ़ाव थे क्योंकि हमने सागर किनारे जानेवाला रास्ता चुना था। कभी कभी 15 से 22 किमी का लगातार चढ़ाव या उतार, खराब रास्ते, त्वचा को जलाती कड़ी धूप का सामना करते हुए साइकिलिंग करनी पड़ी।

पूरे सफ़र में हमारा मनोबल बढ़ाने के लिए वाहन था, जो हमारे बैग्स तथा हमें निर्जलीकरण से बचाने के लिए भरपूर पेयजल का वहन करता था।

हम सूर्योदय होतेही साइकिलपर सवार होते थे और सूर्यास्त तक पेडलिंग करते थे (बीच में केवल नाश्ता और दोपहर के भोजन के लिए रुकते थे) ऐसा केवल अंधेरेमे साइकिलिंग ना करनी पड़े इसलिए करते थे। रातको ठहरनेके लिए हमने आरामदायक होटल आरक्षित किए थे, उस वजहसे हमें अगले दिन साइकिलिंग करने का दमखम रखने में मददगार साबित हुआ।

पहलेही दिन साइकिलिंग शुरू करने के बाद 40-45 मिनट में मेरी साइकिल का अगला पहिया अचानक निकल गया और मैं धड़ाम से गिर गया और दोनों घुटने और कोहनी बुरी तरह से घायल हुए। मैंने स्थानीय साइकिल शॉप से साइकिल की मरम्मत करवाई और तुरंत सफ़र पे निकल पड़ा, और जख्मी घुटनें तथा कोहनी के बावजूद, जैसे पहले तय किया था वैसे सागरी महामार्ग से मुंबई-गोवा साइकिल सफ़र सफलता पूर्वक संपन्न किया, ऐसा करते समय बेलगावी स्थित 'मराठा लाइट इनफैंट्री रेजिमेंटल सेंटर' MLIRC के प्रवेशद्वार पर लिखा हुआ वाक्य याद दिलाता रहा 'जब कठिन समय आता हैं तब मजबूत लोग और निखरके सामने आते हैं।'

यह पूरे सफ़र में मैंने 'सिर्फ़ दो बार खाना' जीवनशैली (जो 3 डी, डॉ. दीक्षित डाएट से मशहूर हैं) जारी रखी। उसका अगले दिन की साइकिलिंग पर कोई विपरीत परिणाम नहीं हुआ। इससे यही साबित होता है कि ऐसे अतिपरिश्रम भरे दिनों में भी डॉ. दीक्षित जीवनशैली का आचरण जारी रख सकते हैं। यह हमारा/री दृढनिश्चय/इच्छाशक्ति ही है जो 'दो बार खाना शुरू' ना करने के हमारे 'मानसिक अवरोध' पर मात कर सकता हैं। जाते जाते एक बात बताता हूं, मेरे अन्य युवक साथी दिनभर कुछ ना कुछ खाते रहते थे मगर मैं सिर्फ दो बार खाके भी दिन के अंत में कैसे उत्साही रहता हूं यह आश्चर्य से पूछते थे। उनमें से कुछ लोग जल्दी ही हमारे अभियान में शामिल हो जायेंगे। श्री. दिनकर दामलेजी हमारे समन्वयक है जिनका मधुमेह मुक्ति का सफ़र इस तरह हैं:

21 जून 2018 से 3डी जीवनशैली शुरू की, उस समय के रिपोर्ट्स :			
HbA1C :	6.9%	फास्टिंग इन्शुलिन :	38.6
वजन :	104 किलो	कमर की परिधि :	114 सें. मी

27 जानेवारी 2020 के रिपोर्ट्स:			
HbA1C :	5.6%	फास्टिंग इन्शुलिन :	7.2
वजन :	74 किलो	कमर की परिधि :	84 सें. मी

कोईभी दवाइयां नहीं ली और अब भी नहीं ले रहें है।

5) **सौरभ कुलकर्णी,** जैक्सनविले, FL, USA

उम्र : 24 साल 10 महीने

मैंने सितंबर 2019 में भारत का दौरा किया और मुझे इस अनोखे आहार योजना के बरे में पता चला और मैंने दीक्षित सर के वीडिओज यू-ट्यूब पर देखे और इस आहार योजना से प्रभावित हो गया और इस का पालन करने लगा।

मेरे सितम्बर 2019 के रिपोर्ट कुछ ऐसे थेः-			
फास्टिंग शुगर :	98	पीपी शुगर :	161
HbA1C :	6.3	कमर का घेर :	41 इंच
वजन :	103 किलो		

मैं अमेरिका में जंक फूड बहुत खाता था और इसके परिणाम भयानक थे।

मैंने सितंबर 2019 से इस आहार योजना के साथ-साथ अधिक परिश्रम भी किया (8-10 किमी प्रति दिन दौड़ता था) और जिम में कोई अतिरिक्त कसरत नहीं करता था।

इस क्षण के बाद, मैंने पूरी तरह से जंक फूड खाना बंद कर दिया और घर में पकाया हुआ खाना ही खाने लगा और जितना संभव हो सके बाहर के भोजन/फास्ट फूड से परहेज किया। मैंने आहार योजना का पालन किया और मैं अभी भी नियमित व्यायाम के साथ-साथ इसका पालन करना जारी रख रहा हूं और अब मैं इसके सुंदर परिणाम देख रहा हूं।

मेरे अभी के रिपोर्टस् कुछ ऐसे हैः-			
फास्टिंग शुगर :	75	पीपी शुगर :	98
कमर का घेर :	32 इंच	वजन :	79 किलो

मेरी कमर 9 इंच से घटी और वजन 24 किलो कम हुआ हैं।

मैं इस आहार योजना का बहुत बहुत आभारी हूं।

6) **श्रीमती चंदा नितिन अरागे,** अंधेरी, मुम्बई

उम्र : 51 वर्ष, लंबाई : 155 सें. मी.

पेशा : अकाउंटेंट

मेरे एक रिश्तेदार के माध्यम से डॉ. दीक्षित से परिचय हुआ था। इसके अलावा, यू-ट्यूब के माध्यम से, मुझे इस डाएट प्लान के बारे में अधिक जानकारी मिली और मैंने मई 2018 से इसकी शुरुआत की।

जैसे कि उम्मीद थी, पहले कुछ दिन मुश्किल थे लेकिन मैंने छाछ, चाय और पानी पीकर आदत बना ली, बाद में मैं आश्चर्यजनक रूप से सिर्फ दो बार भोजन करने मैं कामयाब हो गयी और यह मेरी जीवन शैली बन गयी है।

मई 2018 में मेरा वजन 78.40 किलोग्राम था और अभी मेरा वजन 66.20 किलोग्राम है।

दीक्षित सर, अर्चना मैडम और अनिल सोनार सर का धन्यवाद। अपनी सफलता को देखते हुए मैंने अपने पति सहित कई लोगों को इस कार्यक्रम की पूरी जानकारी दी है।

वजन घटाने में मेरी सफलता के लिए सभी सहयोगी टीम को धन्यवाद।

यह जीवनशैली मैं अभी पूरी तरह से अपनाउंगी।

7) **डॉ. प्रमोद काशीनाथ भोईर,** सरलागाँव, तहशील - मुरबाड, जिला - ठाणे
आयु : 34 वर्ष, व्यवसाय : चिकित्सा (बीएचएमएस) साधारण प्रॅक्टिस
समूह : 40 ईडब्लूएल

जून 2018 से पहले मेरा वजन 95 किलो था। जून से पहले, मुझे अचानक गले में खराश और भी दूसरी तकलिफ होने लगी। रात में तीन से चार बार पेशाब करने के लिए उठना पड़ता था। सुबह नाश्ते के बाद, मुझे अपने क्लिनिक में सुस्ती महसूस होती थी। मैंने अचानक खुद को निरुत्साही महसूस किया। मेरे गाँव की यात्रा के दौरान, मई महीने की छुट्टियों मे मैंने बहुत सारे आम खाए। मेरे भोजन का समय सुबह, दोपहर और रात तय है। लेकिन क्लिनिक से सटे होटल की वजह से, मैं अक्सर चाय, कॉफी पी रहा था और कुछ स्नॅक्स भी खाता रहता था। इस आदत के परिणामस्वरूप, मेरा वजन बढ़ रहा था।

जब मैंने अपना HbA1c चेक किया तो यह 6.8 दिखा। मैं चिंतित हो गया और अपने सहयोगी, मधुमेह विशेषज्ञ डॉ. योगेश पाटिल को फोन किया और उन्होंने मुझे दवाई मेटफॉर्मिन एसआर लेने के लिए कहा। मैंने दवाई भी शुरू की। एक दिन मुझे वाट्सएप ग्रुप पर डॉ. दीक्षित के बारे में जानकारी मिली।

यह मधुमेह के बारे में होने के कारण, मैंने इसे ध्यान से पढ़ा और यू-ट्यूब पर उनका व्याख्यान सुना। डॉ. जिचकर के बारे में व्याख्यान भी सुना। शुरुआत में, मुझे आहार योजना का पालन करने के लिए कठिन था, क्योंकि मुझे बारबार खाने की आदत थी। लेकिन मैंने अपना मन बना लिया और व्यायाम करना शुरू कर दिया और दवाइयां बंद कर दी। मैंने केवल 17 दिनों के लिए दवाएं लीं।

फिर डॉ. दीक्षित के बारे में सुना। मैंने अपनी दवाएं बंद कर दीं। मैं डेढ़ घंटे तक नियमित व्यायाम करता था और कार्डियो भी करता था। कभी-कभी, मैं रागी की

रोटी खाता हूं। चूँकि हमारे क्षेत्र में चावल अधिक से अधिक उगाए जाते हैं, मैं चावल से बनी रोटी खाता था, लेकिन बाद में इसे कम कर दिया गया और अंडा, प्रोटीनयुक्त आहार को बढ़ा दिया गया। 27 सितंबर को, जब मैंने एचबी1सी और फास्टिंग इन्सुलिन फिर से चेक किया, तो वे दोनों 6.0 पर आ गए।

मैंने पहले तीन महीनों में 9 किलो वजन कम किया। मेरे भोजन का समय सुबह 9:00 बजे और रात 9:00 बजे है। मैं अपने भोजन में अपनी पसंद की हर चीज खाता हूं। मैं मीठा नहीं खाता, इसलिए मैंने चीनी के साथ चाय पीना बंद कर दिया, इसके बजाय मैं ग्रीन टी पीता हूँ। कभी-कभी मैं दोपहर में छाछ पीता हूं। आहार में चिकन, अंडा, ताजी मछली अधिक हैं। अगर मुझे भूख लगती है, तो मैं पानी पीता हूं। शुरू में, मैं नारियल पानी पीता था, लेकिन इसके कारण मुझे बार-बार पेशाब जाना पड़ता था, फिर मैंने नारियल पानी पीना भी बंद कर दिया। कभी-कभी जब हम बाहरगांव जाते हैं और भोजन का समय बदलता है तो मैं न्यूनतम चावल और मीठा खाता हूं।

दिवाली की छुट्टियों और गणपति त्योहारों के समय मीठा खाना बढ़ जाता है लेकिन यह पहले की तुलना में कम है।

अब मेरा वजन 83 से 84 किलोग्राम है। 27 सितंबर, 2018 के बाद, मैं हर तीन महीने में HbA1c करता हूं, यह 6 पर स्थिर है। एक बार यह 6.2 पर चला गया है यह दीवाली की छुट्टियों और डॉ. दीक्षित आहार का पालन ना करने के वजह से। आज यानी 13 फरवरी, 2019 को मेरा HbA1c 5.9 है और फास्टिंग इन्सुलिन 8.0 है। मैं इसे देखकर बहुत खुश हूं।

मैं हर तीन महीने में अपने दैनिक व्यायाम को बदलता हूं, कभी-कभी साइकिलिंग, योग और प्राणायाम करता हूं। लेकिन मैंने योग शुरू करने के बाद से मानसिक और शारीरिक रूप से फिट और ऊर्जावान महसूस करता हूं। ये मेरा अपना निजी अनुभव हैं।

डॉ. दीक्षित सर और पेंढारकर सर के लिए धन्यवाद, मैं खुद डॉ. दीक्षित डाएट को फॉलो करता हूं और अपने मरीजों, रिश्तेदारों और दोस्तों को भी फालो करने के लिये बताता हूँ।

8) पूनम गुजराथी, बंगळूरु (मूल नाशिक से)

उम्र : 46 वर्ष, व्यवसाय: एक मल्टिनेशनल कंपनी में महाप्रबंधक

मैं अगस्त 2019 से EWL76 समूह का सदस्य हूं।

मुझे डॉ. दीक्षित जी की जीवनशैली के बारे में अप्रैल 2019 में पता चला; और मैंने उसका अनुसरण तुरंत शुरू किया। मुझे यह बताने में हर्ष हो रहा है कि मेरा

निरंतर प्रवास होते हुए भी मैंने इस आहारयोजना का ठीक से पालन किया। मैं EWL76 समूह में अगस्त 2019 में प्रविष्ट हुआ।

मेरे अगस्त 2019 के परीक्षण रिपोर्ट इस प्रकारः			
HbA1c :	5.6	खाली पेट इन्सुलिन :	25.7
वजन :	98.7 किलो	लंबाई :	5 फूट 10 इंच

मेरे फरवरी 2020 के परीक्षण रिपोर्ट इस प्रकारः			
HbA1c :	5.5	खाली पेट इन्सुलिन :	17.4
वजन :	88.5 किलो		

मेरा वजन 10 किलो कम हुआ; और उस कारण मैं अत्यंत प्रोत्साहित हूँ।

मैं पिछले 10 वर्षों से मध्यम से कठिन व्यायाम (उदा. दीर्घ अंतर चलना, धीमी-दौड (जॉगिंग), सूर्यनमस्कार, ट्रेकिंग, साईकलिंग आदि) कर रहा हूं, अपितु 500 ग्राम वजन भी स्थायी रूप से कम नहीं कर सका हूँ।

किंतु यह आहारयोजना शुरू करने के बाद वजन लगातार कम होने लगा। यह मेरे लिये सचमुच एक जीवनपरिवर्तक अनुभव है। मेरे सुधरे हुए परिणाम एवं वजन के व्यतिरिक्त मैं बहुत प्रफुल्लित भी रहता हूँ। मुझे यह बताने में हर्ष हो रहा है कि मैं सुनिश्चित रुप से प्रत्येक सप्ताहांत में (अर्थात् रविवार) आधी मेरेथान (Half Marathon), अर्थात् 21 किमी पैदल चलता/धीमे-दौड़ता हूं।

दिसंबर एवं जनवरी इन प्रत्येक महिनों में मैं 500 किमी से अधिक पैदल चला हूँ।

मैं इस आहारयोजना का प्रचार प्रत्येक से - कुटुंब में, मित्रों में, सहकर्मियों में करता हूँ। मैं इस महान अभियान के लिए डॉ. श्री. दीक्षित जी के मनःपूर्वक आभार मानता हूँ। समय समय पर दिये हुए मार्गदर्शन के लिए मैं श्री. शोभित अरोरा जी एवं सुश्री. केतकी कुलकर्णी जी का आभारी हूँ।

9) **डॉ. पल्लवी अलुरवार,** चंद्रपूर

उम्र : 42 साल, वज़न : 60 किलो

व्यवसाय : रोगनिदानतज्ज्ञ (पॅथॉलॉजिस्ट)

समूह : 31-EWL पूर्व-मधुमेही

बहुत बार मुझे मेरे वज़न और इंचों में हुई घटौति की प्रगति सभी तक पहुंचाने की इच्छा हुई लेकिन उसके बारे में लिखने और फोटो भेजने के लिए समय निकाल नहीं पाई। लॉक डाऊन ने इन जरूरी बातों के लिए समय दिया।

मैं और मेरे पति ने (डॉ. रवी अलुरवार) सितंबर 2018 में दीक्षित आहार पद्धति की शुरुआत की। उस समय मेरा HbA1c - 6.1, वज़न - 60 किलो था।

ना मैं गोलमटोल थी, ना मुझे मधुमेह था!! फिर भी जिससे मैं तंदुरुस्त और पतली हो सकूंगी, ऐसी कोई भी आहार पद्धति की ओर रुख करना चाहती थी। और अब में डॉ. दीक्षित आहार पद्धति से बहुत खुश हूं।

मैं खाने की शौकीन हूं और मीठे पदार्थ मेरे पसंदीदा हैं।

पिछले 5 सालों से मैं आहार पर नियंत्रण रखते आई हूं, लेकिन रात में खाने की तीव्र इच्छा होती थी और त्याग की भावना मन में आती थी।

जब मैंने डॉ. दीक्षित जी से इस आहार पद्धति के बारे में सुना, तब मुझे लगा कि दिन में दो बार 55 मिनिटों के दायरे में मैं सब कुछ खा सकती हूं, जो बाकी किसी भी आहार पद्धति में संभव नहीं था, इसलिए खुद को दोषी न ठहराकर 4 महीनों तक मैंने सभी मीठे पदार्थों और चर्बीयुक्त पदार्थों का आनंद 2 भोजनों के दौरान उठाया।

उस में अद्‌भुत बात यह थी कि मेरा वज़न (ग्राम में भी) नहीं बढ़ा।

अब मुझे संतुष्टि हुई है, इसलिए मुझे ऐसे लगा की सभी दीक्षित आहार पद्धति से वज़न घटाते हैं, तो मैंने भी वज़न घटाना गंभीरता से लेना चाहिए। उसके बाद पिछले 8 महीनों में मीठे पदार्थ और बेकरी के उत्पादन का आस्वाद लेना कम करना शुरू किया है।

मैं झुम्बा (एक नृत्य प्रकार) प्रेमी हूं, इसलिए रोज़ सुबह 1 घंटा झुम्बा करती हूं। जिसने मुझे पिछले 4 सालों से सही में तरोताजा रखा है। अब मेरा वज़न - 55 किलो, HbA1c - 5.8 हैं। और मैं बहुत खुश हूं।

मुझे हमेशा के लिए यह आहार पद्धति जारी रखने की इच्छा है। भारतीय खाद्य संस्कृति के लिए सर्वश्रेष्ठ आहार पद्धति।

10) आरती संदीप शुक्ल, जकार्ता, इंडोनेशिया

उम्र : 45 साल, लंबाई : 160 सें. मी.

वज़न : 60.9 किलो, समूह : ईडब्लूएल पीडी-077

पिछले छह वर्षों से मै पित्त याने आम्लता की बीमारी से पीड़ित थी। जिसके फलस्वरूप मुझे कब्ज़ एवं बदहज़मी की समस्याएं भी तंग करने लगी थी। सन 2018 मे मुझे रजोनिवृत्ती से संबधित समस्याओं ने भी घेरना प्रारंभ कर दिया। मैंने इन व्याधियों के लिये आयुर्वेदिक/होमियोपॅथिक दवाइयाँ भी सेवन की पर उनसे केवल तात्कालिक लाभ ही मिल पाया।

मेरे पति को भी आम्लता की समस्या थी। उन्होनें दो साल पहले दीक्षित आहारयोजना का पालन करके आम्लता से मुक्ति पाई थी। इसलिए मैंने उनकी सलाह मानी और इसका लाभ उठाने का निश्चय किया। 10 अक्तूबर 2019 से मैंने डॉ. दीक्षित आहारयोजना का पालन करना शुरू किया। शुरुआती कुछ दिन मुझे कठिनाई आयी, पर जल्दही मुझे इस दिनचर्या की आदत हो गई। मुझे दूध और बहुत सारी शक्कर डाली हुई मसालेदार चाय पसंद है। और उसकी आदत छोड़ना मेरे लिये बहुत मुश्किल था। हालांकि मुझे मधुमेह की कोई शिकायत नहीं है। मैंने चाय पीने की आदत जरूर कम कर दी है। पर छोड़ी नहीं है। मैं सुबह 11 बजे और रात को आठ बजे खाना खाती हूँ। सुबह के भोजनमे मैं कोई एक फल, सलाद/रायता, 2/3 रोटियाँ, सब्ज़ी, और अंकुरित अनाज खाती हूँ। शाम के खाने में सलाद, 1 भाकरी/2 रोटियाँ, थोड़ा चावल कढ़ी/दाल का सेवन करती हूँ। कभी कभार सूखे मेवे, टोफू, सोया फूड, पनीर और मिठाई भी ग्रहण कर लेती हूँ। जहाँ तक कसरत का सवाल है तो मैं प्रतिदिन योगासनों के अलावा 45 मिनिट तक पैदल चलती हूँ। मार्च महिने से मैंने सप्ताह में दो बार पिलेटस् भी करना शुरू किया है।

मेरी इस दिनचर्या के फलस्वरूप पिछले नौ महिनों में मेरा वज़न 67 किलो से घटकर 60.9 किलो हो गया है। पेट का घेर 39.5 इंच से 38 इंच हो गया है। और HbA1c 5.6% से कम होकर 5.1% पे आ गया है। मेरी पित्त की तकलीफ़ 80% कम हो गई है। और घुटनों का दर्द तो जैसे ग़ायब ही हो गया है। मेरी अनिद्रा की समस्या में भी भारी कमी आई है और मेरी त्वचा पहले से बहुत निखर गई है। मेरी पाचनक्रिया मे अब बहुत सुधार आया है। इसलिए कुल मिलाकर मैं अब बहुत खुश हूँ।

मैं स्व. डॉ. श्रीकांत जिचकर, डॉ. जगन्नाथ दीक्षित, श्री संजय मोरे, डॉ. रत्ना अष्टेकर एवं उनके सहयोगियों की असीम आभारी हूँ, जिन्होंने मुझे मेरी व्याधियों और दीक्षित जीवनशैली के विभिन्न पहलुओं से अवगत कराया। मैं स्वयं तो इस आहार योजना का पालन कर रही हूँ, और अपने मित्रों और स्वजनों को भी इसे अपनाने के लिए प्रोत्साहित करूंगी।

■■■

5

पूर्वमधुमेह से वापसी (शोध पत्र के साथ सफलता की कहानियाँ)

शोध पत्र का शीर्षक : पूर्वमधुमेह की स्थिति में खाने की बारंबारता का परिणाम : एक स्व-नियंत्रित प्रतिबंधात्मक परीक्षण (यह लेख International Journal of Clinical Trials में नवंबर 2017 में प्रकाशित हुआ था।)

पृष्ठभूमि : National Diabetes Data Group (NDDG) ने पहले सामान्य ग्लुकोज होमोस्टेसिस और मधुमेह के बीच की चयापचय की स्थिति की संकल्पना से परिचय करवाया जिसे ग्लुकोज की असहनीयता या glucose intolerance कहा गया। डायबिटीस मेलीटस के निदान तथा वर्गीकरण करनेवाली विशेषज्ञ समिति ने 1997 में इस संकल्पना का विस्तार किया और इसमें जिनके खाली पेट ग्लुकोज (IFG) और ग्लुकोज सहनियता (IGT) के परिणाम खराब हैं ऐसे रुग्णों को सम्मिलित किया और इसे 'पूर्वमधुमेही' नाम दिया। इस अध्ययन का तर्क यह है कि अगर व्यक्ति केवल दिन में दो बार ही भोजन करे तो इन्सुलिन कम स्रवता है, जिसके कारण खाली पेट इन्सुलिन का स्तर भी कम हो जाएगा जो पूर्वमधुमेही स्थिति का प्रतिनिधित्व करता है।

पद्धतियाँ : यह एक स्व नियंत्रित प्रतिबंधात्मक परीक्षण पद्धति है। यह अध्ययन 1 जुलाई 2016 से 30 जून 2017 तक आयोजित किया गया। जब व्यक्ति का HbA1c 5.7 से 6.4 तक होता है तब पूर्वमधुमेह का निदान किया जाता है। उन सहभागियों को इस अध्ययन में सम्मिलित किया गया जिनके HbA1c का स्तर 5.7 से 6.4 तक का था। इन सहभागियों को दिन में केवल दो बार भोजन करने की, और हफ्ते में कम से कम 5 दिन, रोज 4.5 कि.मी. 45 मिनिटों तक चलने की सलाह दी गयी। उन्हें तीन महीनों बाद HbA1c और खाली पेट इन्सुलिन की टैस्ट फिर से लेने को कहा गया। नमूने के आकार की संख्या 48 थी। मूल्यांकन के लिए जो मापदंड निर्धारित थे, वे थे HbA1c और खाली पेट इन्सुलिन।

परिणाम : अध्ययन में 33 पुरुष तथा 15 स्त्रिया थीं। (n = 48) इनमें पूर्वमधुमेही रोगियों के HbA1c और खाली पेट इन्सुलिन स्तर में महत्त्वपूर्ण कमी दिखाई दी। यह अंतर 0.01 से भी कम P मूल्य के साथ सांख्यिकीय रूप से महत्त्वपूर्ण था। सभी पूर्वमधुमेही तीन महीनों में नॉन-डायबेटिक यानी गैर-मधुमेह के स्थिति में आ गये थे।

निष्कर्ष : पूर्वमधुमेही रोगियों के लिए दिन में केवल दो बार भोजन लेना और 45 मिनिटों तक हर रोज 4.5 किलोमीटर चलना, इस से HbA1c और खाली पेट इन्सुलिन के स्तर में सांख्यिकीय रूप से महत्त्वपूर्ण कमी दिखाई देती है। यह देखा गया कि सभी 48 सहभागी, 3 महीनों के अंदर गैर-मधुमेही स्थिति में परिवर्तित हो गये।

पूर्वमधुमेही के वापसी की सफलता की कहानियाँ

1) रूपल मनी :

उम्र 43

मैंने यह वजन घटाने की योजना 14 जनवरी 2018 से शुरू की। तीन महीने पूरे होने के बाद मेरे टैस्ट के परिणाम ऐसे थे :

HbA1c	पहले : 6.1%	अभी : 5.4%
खाली पेट इन्सुलिन	पहले : 6.76	अभी : 6.15
वजन	पहले : 74.5	अभी : 67.3

कमर की परिधि 2 इंच कम हो गयी।

शुरू के प्रथम माह में थोडी कठिनाई हुई। मुझे चाय पीने की आदत थी, लेकिन जैसा कि कहा जाता है, यह सब आपके दिमाग में होता है और हाँ, मैंने सबसे कठिन आदत... चाय पीना छोड दिया। पहले महीने में मैं नियमित रूप से चल भी न पायी। और बहुत सारी जिम्मेदारियों के कारण अभी भी नहीं चल पा रही हूँ। घर और बाहर के कामों का संतुलन रखने में मैं यह नहीं कर पाती। पहले महीने में मैंने 2 किलो घटाया। और हर महीने के पूरे होने पर मैंने एक वक्त चाय/कॉफी लेकर अपने आप को पार्टी दी। दूसरे महीने में चलना और दौड़ना शुरू किया। तीसरे महीने में केवल दौड़ना जब भी संभव हो शुरू किया। मेरे दौड़ने की दूरी 5 से 7.5 कि.मी. है। मुझे हायपोथाइरॉइड, उच्च रक्तचाप था और मैं मधुमेह के कगार पर थी।

अब मैं बहुत हल्का, तंदुरूस्त और अधिक फुर्तीला महसूस करती हूँ।

डॉ. दीक्षित महोदय मैं सच्चे दिल से आपके प्रति आभार प्रदर्शित करना चाहती हूँ।

2) श्रीमती मयुरा रणजीत मोरे

सातारा, उम्र 44 वर्ष

मैंने इस आहार योजना को 1 फरवरी 2018 से शुरू किया। मेरे टेस्ट के रिपोर्टस् निम्न थे :

वजन :	78 किलो
HbA1c :	6.1
खाली पेट इन्सुलिन :	8.9
औसत ब्लड ग्लुकोज :	128

आपकी इस आहार योजना का नियमित रूप से 3-4 महीनों तक पालन करने के बाद, मेरे नये रिपोर्टस् निम्न थे :

वजन :	70 किलो
HbA1c :	5.40
खाली पेट इन्सुलिन :	4.7
औसत ब्लड ग्लुकोज :	108

मैं नियमित रूप से 45 मिनिटों तक चलती हूँ। 3-4 महीनों में मैंने 8 किलो वजन कम किया है और मैं पूर्वमधुमेही से गैर-मधुमेही बन गयी हूँ।

इसका पूरा श्रेय आपके द्वारा उचित तरीके से निर्धारित योजना को जाता है। मैं आपकी बहुत आभारी हूँ और मैं इस योजना का आगे चलकर भी पालन करूंगी।

3) डॉ. रंजन एस्. थत्ते

Ph.D., बदलापूर (पश्चिम), महाराष्ट्र

एक प्राइवेट कंपनी में रिसर्च और डेवलपमेंट विभाग में मैनेजर के पद पर कार्यरत हूँ।

उम्र : 54 वर्ष, लंबाई : 164 सेंमी.

15 जनवरी 2018 को यू-ट्यूब पर वीडिओ देखने के बाद मैंने डॉ. दीक्षित महोदय के इस आहार योजना की शुरुआत की। उस वक्त मेरे रक्त परीक्षण के नतीजे निम्न थे :

HbA1c :	5.9 (यह परिणाम पूर्वमधुमेह स्थिति दर्शाता था।)
खाली पेट इन्सुलिन :	11.7
वजन :	70 किलो
कमर :	90 सें.मी.

तीन महीने इस आहार योजना का कठोरता से पालन करने और नियमित रूप से व्यायाम करने के बाद जो उत्साहजनक नतीज़े थे वह इस प्रकार थे :

HbA1c :	5.6 (गैर-मधुमेही)
खाली पेट इन्सुलिन :	5.2
वजन :	64 किलो, 6 किलो से घट गया
कमर :	87 सेंमी, 3 सेंमी से कम हो गयी

शुरू में, पहले सात दिनों तक दो भोजनों के बीच कुछ भी न खाना कठिन लगा, लेकिन बाद में इसकी आदत सी हो गयी। मैं दो बार बिना शक्कर की चाय भी पी लेता था और नियमित रूप से शीघ्र गति से 6 से 7 किलोमीटर चलता भी था, साथ में योग भी करता था। इन दो भोजनों के बीच कभी अगर मैं अस्वस्थ महसूस करता था तो मैं घरपर बनायी हुयी छाछ और बिना शक्कर के नींबूपानी लेता था।

मैं इस आहार योजना का पालन पूरी उम्र भर करूंगा और इस योजना का प्रसार भी करूंगा।

इस तरह की गज़ब की योजना बनाने के लिए डॉ. दीक्षित जी का धन्यवाद। साथ ही मैं पूरी EWL टीम को उनकी टिप्पणियों के लिए और श्री. अरुण नावगे महोदय को उनके प्रोत्साहन के लिए धन्यवाद देना चाहूँगा। अंत में मैं अपने पत्नी का भी बहुत आभारी हूँ, जिसने मेरी इस आहार योजना का, दोपहर तथा रात के समय पालन करने के लिए समयपर + 20 मिनिट में खाना बनाया जो इस आहार योजना का सबसे महत्त्वपूर्ण हिस्सा है।

4) राजेश टोळ, पुणे

उम्र : 45 साल, लंबाई : 164 सेंमी.

मुझे अपनी सफलता की कहानी आपको सुनाने में बडा आनंद आ रहा है।

संक्षिप्त पृष्ठभूमि : सन 2011 में मेरी एंजिओप्लास्टी हुई और तबसे मुझ पर इलाज शुरू है। मैंने 28 अप्रैल 2018 को लिपिड प्रोफाईल टेस्ट किया जिसमें मुझे बडे ही आश्चर्यकारक नतीजे दिखाई दिए। मेरा LDL काफी कम हो गया था और अधिक महत्त्व की बात यह है की HDL उल्लेखनीय ढंग से बढ़कर 39 हो गया (जो पिछले छः सालों से 33-34 की बीच ही था)

मैंने इस नयी जीवन शैली को 11 फरवरी 2018 से आजतक अपनाया है।

- इस आहार योजना के नियमों का मैं 75-80 प्रतिशत पालन करता हूँ।
- मैं भोजन के समय सबकुछ खा लेता हूँ। (कभी कभी समोसा, वडा-पाव, भेल-पूरी, चाट जैसा जंक फूड भी मैं खा लेता हूँ)

- मैं हफ्ते के छः दिन 45 मिनिटों तक कठिन व्यायाम करता हूँ जैसे 7.5 किलोमीटर चलने का व्यायाम और स्ट्रेचिंग के व्यायाम के साथ ही कठिन ट्रेकिंग भी करता हूँ। मैं ट्रेकिंग के दौरान इस आहार योजना का पालन नहीं करता। फिर भी मैं एक ही वक्त खाने का प्रयास करता हूँ, ना कि दिनभर खाता रहता हूँ।
- महीने में एक बार मैं पर्वती या सिंहगड चढकर जाने का व्यायाम करता हूँ। मैं पर्वती हिल को कम से कम 7-8 बार बिना रूके हुए एक ही साँस में चढ सकता हूँ और वह भी तब, जब कि मैंने उसके पहले वाले दिन शाम को 6 बजे खाना खाया हुआ होता है। मुझे कभी थकान महसूस नहीं होती।

नीचे मेरे टेस्ट के परिणाम दिए हैं :

	11 फरवरी 2018	**28 अप्रैल 2018**
वजन	63.5	58.0
HbA1c	5.8	5.3
खाली पेट इन्सुलिन	16	4.32 (गैर-मधुमेही)
शरीर की चरबी	26%	20.5%
आंत की चरबी	9.5%	7%
चयापचयी (मेटाबॉलिक) आयु	46	40
कमर	33"	30.5" (वजन घटने की गुणवत्ता भी काफी अच्छी थी)

लिपिड प्रोफाईल टेस्ट के परिणामों में हुआ सुधार

	3 सितंबर 2017	**28 अप्रैल 2018**
सिरम कोलेस्ट्रॉल	122	117
ट्रायग्लिसराइड्स (Triglycerides)	197	98
HDL	33	39
कोलेस्ट्रॉल/HDL अनुपात	3.70	3.0
LDL/HDL अनुपात	2.01	1.54
VLDL कोलेस्ट्रॉल	39.4	19.6
डायरेक्ट LDL-C	66.2	60.0

अन्य महत्त्वपूर्ण तथ्य :

- मैंने दिन में बहुत पानी पिता हूँ, 3.5+ लिटर हर दिन।
- इस आहार योजना की शुरुआत करने से पहले कठिन ट्रेकिंग या व्यायाम के बाद मेरे घुटनों में हल्का सा दर्द होता था। अब वह रूक गया है।
- हर तरह के इलाज के बावजूद सालों से HDL बिलकुल बढ नहीं रहा था। इस काल के दौरान वह महत्त्वपूर्ण ढंग से बढ़ गया है।
- एक ही उल्टी बात मैंने देखी कि BMR घटकर जो 11-02-18 को 1470 था, वह 28-4-18 को घटकर 1410 हो गया है।
- इससे पहले भी मैंने कुछ सुप्रसिद्ध आहार विशेषज्ञोंद्वारा सुझाए गए आहार तरीकों का पालन किया था, लेकिन इस के जैसे नाटकीय परिणाम उन आहार योजनाओं से नहीं प्राप्त हुए।
- किसी दिन यदि मुझे खाने की बहुत ही अधिक चाह होती है तो मैं तीन या चार बार भी खाना खा लेता हूँ।
- भोजन के वक्त मैं साधारण महाराष्ट्रीयन खाना खाता हूँ। मेरा भोजन का समय है सुबह 8.30-9 बजे और शाम को 5.30-6 बजे तक।

इन सारे परिणामों की वजह से मुझे यह जीवन शैली हमेशा के लिए अपनाने की सच में प्रेरणा मिली है।

हमें इस नयी जीवन शैली का मार्ग दिखाने के लिए मैं, स्वर्गीय डॉ. जिचकर और डॉ. दीक्षित जी के प्रति सच्चे दिल से आभार प्रदर्शित करना चाहता हूँ।

5) देवेंद्र अकोलकर, पुणे

I.T. प्रोफेशनल, उम्र : 44 साल,
गुट : 2 EWL, लंबाई : 174 सेंमी.

गलत खानपान की आदतों की वजह से और काम के दबाव से मेरा वजन बढ गया था। साल 2011 में मैं काम करते हुए बेहोश हो गया और मुझे अस्पताल में दाखिल किया गया। मुझे स्तर 2 का (हाइपरटेंशन) उच्च रक्तचाप का निदान किया गया। इसके बाद मैंने अपनी जीवन शैली बदलने का निर्णय लिया और बैडमिंटन खेलना, ट्रेकिंग, योगा/प्राणायाम और साइकिल चलाना शुरू किया। मैंने पुणे से गोवा (500 कि.मी.), पुणे से कन्याकुमारी (1500 कि.मी.), भुवनेश्वर से हैद्राबाद (1100 कि.मी.) साइकिल पर यात्रा की। लेकिन उससे कुछ अधिक वजन भी ना घटा और ना लिपिड प्रोफाईल में सुधार आया।

मैंने 1 सितंबर 2017 को डॉ. दीक्षित महोदय का व्याख्यान पुणे में सुना और सख्ती से उनकी आहार योजना का पालन करने का निश्चय किया। इस आहार योजना के अनुसार अपने कामकाज का समय भी मैंने बदल दिया।

1 सितंबर 2017 से 26 मई 2018 तक के मेरे टैस्ट के नतीजों की तुलना :

1 सितंबर 2017 को :	
HbA1c :	6.0 (पूर्वमधुमेही)
खाली पेट इन्सुलिन :	8.8
वजन :	84 किलो
कमर की परिधि :	42.2 सें.मी.

लगभग 7 महीनों के बाद:	
HbA1c :	5.3 (गैर-मधुमेही)
खाली पेट इन्सुलिन :	11.2
वजन :	74.5 किलो
कमर की परिधि :	37 सें.मी.

कुल मिलाकर 9.5 किलो वजन कम हुआ और मैं पूर्वमधुमेही से गैर-मधुमेही की स्थिति तक 7 महीनों में पहुँच गया। खाली पेट इन्सुलिन का स्तर थोडा सा बढ़ा हुआ दिखाई दिया लेकिन मेरे कमर की परिधि 5.2 सें.मी. से कम हो गयी।

मेरी दिनचर्या : मैं 45 मिनिटों में 4.5 कि.मी. चलता हूँ, अब उसे बढाकर मैंने 5 कि.मी. किया है। जो लगभग एक महीने में 120 कि.मी. हो जाता है।

मैं औरों को भी इस आहार योजना से लाभान्वित होने के लिए प्रोत्साहित करूंगा। डॉ. दीक्षित और उनकी टीम का बहुत बहुत आभार।

6) **सुषमा उमेश कुलकर्णी,** पुणे

उम्र : 47 साल, व्यवसाय : नौकरी, लंबाई : 159 सें.मी.

14 फरवरी से 27 अप्रैल 2018 तक के तुलनात्मक परिणाम :

	14-02-2018	**27-04-2018**
खाली पेट इन्सुलिन	6.8	5.8
वजन	60	59.5
HbA1c	6	5.2

मैंने इस आहार योजना की शुरुआत फरवरी के मध्य से की थी। लेकिन वायरल फिवर के कारण, मैं इसे पूरा नहीं कर पायी। परंतु 12 मार्च से मैंने फिर से इस आहार योजना का पालन करना शुरू किया। मैंने 5-6 बार भोजन के दौरान मिठाई खाई है।

परिणामों से यह साफ दिखाया कि मात्र 1.5 महीनों में पूर्वमधुमेही से गैर-मधुमेही स्थिति में आ गयी।

डॉ. दीक्षित तथा उनकी टीम को यह मुमकिन करने के लिए बहुत बहुत धन्यवाद।

7) **मारुति सावंत,** नांदेड

उम्र : 69 साल, अवकाश प्राप्त नौसेना अधिकारी, बजाज ऑटो से अवकाश प्राप्त और अभी बैंक में डाइरेक्टर के पद पर कार्यरत तथा एक सामाजिक कार्यकर्ता।

8 जनवरी 2018 से 17 अप्रैल 2018 तक के तुलनात्मक परिणाम :

	8 जनवरी 2018 को	**17 अप्रैल 2018 को**
HbA1c	5.5	5.3
खाली पेट इन्सुलिन	11.68	9.92
वजन	96 किलो	88 किलो
कमर की परिधि	121 सें.मी.	117 सें.मी.

कुल मिलाकर मैंने 8 किलो वजन घटाया और HbA1c 0.2 से कम हो गया। मैं पूर्वमधुमेही से गैर-मधुमेही स्थिति में चला गया, खाली पेट इन्सुलिन 1.76 और कमर की परिधि 4 सें.मी. से कम हुआ। नौकरी के दौरान मैंने अपना वजन 85 से 90 किलो की श्रेणी में कायम रखा था। लेकिन अवकाशप्राप्ति के बाद मैं 96 किलो तक पहुँच गया। मैंने वजन कम करने के लिए दो वर्षों से अलग अलग पद्धतियों को अपना कर देखा, लेकिन उससे कुछ खास सफलता हासिल नहीं हुई।

मेरी दिनचर्या : मैं दिन में दो बार शाकाहारी भोजन लेता हूँ और उसके बीच सिर्फ गुनगुना पानी लेता हूँ। मैं सुबह तीन घंटे व्यायाम करता हूँ। एक घंटा प्राणायाम, एक घंटा योग या हल्की शुरुआती कसरत और एक घंटा ट्रेडमील पर चलना। घुटने के दर्द के कारण, मैं दिन में सिर्फ चार कि.मी. चलता हूँ।

मेरे एक मित्र ने इस आहार योजना की सलाह मुझे दी और व्याख्यान की वीडिओ लिंक भेज दी। साथही मैंने 15 अप्रैल 2018 को पुणे में डॉ. दीक्षितजी

का व्याख्यान सुना। मुझे बहुत आनंद हुआ और मैं चिंतामुक्त हो गया। मैंने इस व्याख्यान की लिंक 300 लोगों को भेजी जिससे उनको यह आहार योजना पालन करने की प्रेरणा मिलें। डॉ. दीक्षित महोदय तथा उनके टीम को धन्यवाद।

8) विद्या गोरक्षर, शहापूर, ठाणे

उम्र : 48 साल, मैं एक प्राइवेट कंपनी में मॅनेजर के पद पर काम करती हूँ।

2 जनवरी 2018 से 27 मई 2018 के परिणामों की तुलना :

	2 जनवरी 2018 को	**27 मई 2018 को**
लंबाई	159 सें.मी.	-
HbA1c	6.2	3.81 (गैर-मधुमेही)
खाली पेट इन्सुलिन	11.75	7.09
वजन	74.7 किलो	66.9 किलो
नाभि के यहाँ के कमर की परिधि	31 इंच	29 इंच
नीचे के पेट की परिधि	38 इंच	32 इंच

कुल मिलाकर 7.8 किलो वजन कम हुआ, HbA1c 2.39 से कम हो गया। मैं गैर-मधुमेही स्थिति में परिवर्तित हो गयी, खाली पेट इन्सुलिन 4.66 से कम हो गया और नाभि के यहाँ की कमर की परिधि 2 इंचों से कम हो गयी।

मात्र 5 महीनों में नीचे के पेट की परिधि 6 इंच कम हो गई। कुछ पारिवारिक कारणों से व्यायाम में दो महीने का अंतर होने के बावजूद यह परिणाम प्राप्त हो गये।

हार्मोनल असंतुलन और सबक्लिनिकल हायपोथायरोडिझम के कारणों से मेरा वजन बढ़ रहा था। मैंने वजन कम करने के लिए बहुत से उपाय किए, जिम के सत्र भी किए लेकिन बहुत अधिक फायदा नहीं हुआ। मुझे अपने बढ़ते वजन से बड़ी चिंता हो रही थी। इस आहार योजना ने ना केवल मुझे अपना वजन कम करने में मदद की बल्कि इसने आत्मनियंत्रण की भावना दी। वाट्सएप गुट में हुए अनुभवों के आदान-प्रदान से तथा प्रोत्साहन मिलने की वजह से मुझे अकेलेपन और असहाय स्थिति से बाहर आने में मदद मिली।

मुझे अपने एक मित्र/सहेली से वाट्सएप पर भेजी गयी लिंक के कारण इस आहार योजना के बारे में पता चला।

डॉ. दीक्षित महोदय और उनकी टीम को धन्यवाद।

9) विजय पाटील, पुणे

उम्र : 48 साल, आई.टी. प्रोफेशनल की हैसियत से काम

4 फरवरी 2018 से 24 अप्रैल 2018 तक के परिणामों की तुलना :

	4 फरवरी 2018	**24 अप्रैल 2018**
HbA1c	5.9	5.4
खाली पेट इन्सुलिन	12.7	5.8
वजन	81.3 किलो	74.3 किलो
कमर की परिधि	101 सें.मी.	99 सें.मी.

कुल मिलाकर 7 किलो वजन घटा और HbA1c 0.5 से कम हुआ। खाली पेट इन्सुलिन 6.9 से कम हुआ और कमर की परिधि 2 सें.मी. से कम हुई सिर्फ 90 दिनों में।

मेरे एक मित्र ने इस आहार योजना की यू-ट्यूब वीडिओ लिंक मुझे भेजी। इस वीडिओ को देखने के बाद, मैंने 4 अप्रैल 2018 से इस आहार योजना की शुरुआत की। पूर्वमधुमेही स्थिति से मैं मधुमेह से मुक्त हो गया। मुझे बहुत ही अच्छा और फुर्तीला लग रहा है। मैं पूरे सप्ताह इस आहार योजना का पालन करता हूँ लेकिन कभी कभी सप्ताह के अंतिम दिनों में चूक जाता हूँ। मैं तीस दिन योग करता हूँ और 4 दिन 50 मिनिटों में 5 कि.मी. चलता हूँ। मैं अपनी पत्नी को उसके समर्थन के लिए और अपने मित्र को इस आहार योजना के बारे में मुझे बताने के लिए धन्यवाद देता हूँ। साथ ही डॉ. दीक्षित महोदय और उनकी टीम को भी धन्यवाद देता हूँ।

10) श्रीमती भारती चव्हाण, पुणे

मेरी उम्र 49 साल है और मैं पुणे में रहती हूँ।

मेरी माँ 15 सालों से मधुमेह की रोगी है और उसे हृदय की बीमारी भी है। उससे संबंधित हर मसले से उसे परेशान होते हुए मैंने देखा है।

इसलिए मैं पिछले आठ वर्षों से तलजाई हिल 1 घंटे में चढ़ती थी। लेकिन कोई फायदा नहीं हुआ। मुझे दिन में छः से सात बार खाने की आदत थी।

मुझे वाट्सएप द्वारा डॉ. दीक्षित जी के बारे में लिंक प्राप्त हुई जिसे मैंने कई बार देखा और उससे मेरे जीवन में परिवर्तन आया। इसने मुझे इस बेहतरीन आहार योजना को शुरू करने के लिए प्रोत्साहित किया।

मैंने 9/2/2018 को इस योजना को शुरू किया और मेरे परिणाम इस तरह से हैं।

लंबाई :	151 सें.मी.	कमर की परिधि :	37 इंच
वजन :	60.50 किलो	खाली पेट इन्सुलिन :	6.59
HbA1c :	5.70		

उपरोक्त परिणामों के अनुसार मैं पूर्व मधुमेही स्थिति में थी।

3 महीनों की आहार योजना का पालन करने के बाद, मेरे परिणाम कुछ ऐसे थे :

कमर की परिधि :	34 इंच	वजन :	54 किलो
खाली पेट इन्सुलिन :	5.60	HbA1c :	5.30

मैं पूर्वमधुमेही से गैर-मधुमेही बन गयी। इस बेहतरीन आहार योजना के कारण मैं अब बहुत ही आत्मविश्वासपूर्ण महसूस कर रही हूँ और मैं आपकी बहुत आभारी हूँ। मुझ में हुए इस परिवर्तन का पूरा श्रेय आपको जाता है। जैसा कि भगवद्गीता में वर्णन किया है, दीक्षित महोदय सही मायने में कर्म-योगी हैं। मैं इस आहार योजना का पूरी जिंदगी पालन करूंगी।

मेरा डॉ. दीक्षित और प्रबंधकों को तहे दिल से धन्यवाद!

11) **शिवाजी साबले,** चेन्नई

उम्र : 48 साल, लंबाई : 160 सें.मी.

मैंने इस आहार योजना को 16 जनवरी 2018 से शुरू किया।

	16 जनवरी 2018	**17 अप्रैल 2018**
HbA1c	6.1	5.2
वजन	72 किलो	67 किलो
कमर की परिधि	100 सें.मी.	95 सें.मी.

कुल मिलाकर 5 किलो वजन घट गया और HbA1c 0.9 घट गया और कमर की परिधि भी 5 सें.मी. घट गयी, केवल 90 दिनों में।

मेरे मित्र मि. वासुदेव गायकवाड जी ने इस आहार योजना के बारे में मुझे बताया। मैं रोज 50 मिनिटों तक चलता या दौडता हूँ। मैं दिन में दो बार भोजन लेता हूँ और दो भोजनों के बीच ग्रीन टी या छाछ लेता हूँ। मैं तरोताज़ा और खुशहाल महसूस करता हूँ। मैंने इस आहार योजना को ऐसे ही जारी रखने का निर्णय लिया है।

डॉ. दीक्षित जी और उनके दल को भी धन्यवाद!

12) अश्विनी गरूड, पुणे

उम्र : 38 साल, लंबाई : 152 सें.मी.

मैंने इस आहार योजना की शुरुआत 15 जनवरी 2018 को की थी।

17 जनवरी 2018 से 23 अप्रैल 2018 तक के रिपोर्ट की तुलना :

	17 जनवरी 2018	**23 अप्रैल 2018**
HbA1c	5.9	5.2
वजन	60.9 किलो	57.5 किलो
खाली पेट इन्सुलिन	8.7	4.79
कमर की परिधि	38 इंच	34 इंच

कुल मिलाकर 3.4 किलो वजन घट गया, HbA1c 0.7 से कम हो गया, कमर की परिधि 4 इंच कम हो गयी और खाली पेट इन्सुलिन 3.91 से घट गयी वह भी सिर्फ 90 दिनों में।

मैं डेढ़ महीने तक कोई व्यायाम नहीं कर पायी थी, क्योंकि मेरे गर्भाशय में सूज़न थी। फिर भी मात्र आहार योजना की वजह से मुझे यह परिणाम प्राप्त हुए। यह आहार योजना बेमिसाल है।

डॉ. दीक्षित महोदय और उनके दल को भी धन्यवाद!

13) स्मिता माली, पुणे

उम्र : 39 साल, लंबाई : 153 सें.मी.

मैंने इस आहार योजना की शुरुआत 1 फरवरी 2018 को डॉ. दीक्षित जी से सलाह मशवरा करने के बाद शुरू की।

मेरे परिणाम निम्न थे :

	1 फरवरी 2018	**25 मई 2018**
वजन	78.5 किलो	72.5 किलो (6 किलो घट गया)
कमर की परिधि	114 सें.मी.	99 सें.मी.(15 सें.मी. कम हो गयी)
HbA1c	5.8	4.3 (गैर-मधुमेही में परिवर्तन)
खाली पेट इन्सुलिन	18	9.59

मैं बहुत खुश हूँ क्योंकि मेरा वजन कम हो रहा है, जो पहले नामुमकिन लग रहा था। मेरा लक्ष्य था मधुमेह से मुक्ति पाना, जो इस आहार योजना को अपनाकर मैं पूरा कर सकी।

इस आहार योजना में हम वह सब खा सकते हैं, जो हमें पसंद होता है, इसलिए मैंने होली के दौरान पुरनपोली खायी, गुढीपाडवा को श्रीखंड और आम भी खाए, लेकिन सब एक सीमित मात्रा में।

मैं रोज 45 मिनट तक चलती हूँ और दो भोजनों के बीच सिर्फ और सिर्फ पानी पीती हूँ।

पहले 4-5 दिन इससे सामंजस्य बिठाना थोडा कठिन हुआ। लेकिन एक बार जब इसकी आदत हो गयी तो फिर कोई कठिनाई नहीं हुई। पारिवारिक समारोहों के कारण सिर्फ तीन बार मेरी यह आहार योजना बाधित हुई।

इन दो भोजनों के बीच 'क्या खायें?' इसके बारे में कभी मैंने सोचा ही नहीं, इसलिए मेरे लिए वह बहुत आसान हो गया। मैं बहुत सक्रियता, हलकापन, ताजगी और खुशी महसूस करती हूँ।

डॉ. दीक्षित महोदय और उनके सभी दल को बहुत बहुत धन्यवाद, जो मानवता की भलाई के लिए हमेशा कार्यरत रहते हैं, वह भी बिना पैसे के।

आप सभी को सलाम!

14) सुनीलकुमार मुलगे, कलबुर्गी (गुलबर्गा - कर्नाटक)

उम्र : 43 साल, लंबाई : 173 सें. मी.

वज़न : 98 किलो (शुरुआत में), व्यवसाय : वकील

3 सितंबर 2019 के जांच के परिणाम :			
HbA1c :	6.82	खाली पेट इन्सुलिन :	21.5
पेट की परिधि :	104 सें. मी.		

यू टयूब के जरिए मुझे डॉ. दीक्षित जी की आहार पद्धति के बारे में पता चला। संदीप सोनावणे सर के भाषण से प्रभावित होकर इस आहार पद्धति का निष्ठा से पालन करना तय किया।

3 सितंबर 2019 से इस सफर की शुरुआत हुई।

मेरा पहला भोजन - दोपहर 1.00 और

दूसरा भोजन - रात 8.00

दो भोजनों के बीच में सिर्फ बिना शक्कर की चाय

प्रोटीन के लिए मैं पनीर पराठा, ऑमलेट, भुर्जी और अंकुरित अनाज पर निर्भर रहा। ('मधुमेही' का निदान होने से मीठे पदार्थों को वर्जित किया)

शुरुआत में मुझे भूख की भावना होती थी लेकिन 1 हफ्ते में ही मेरे शरीर ने इस नई जीवनशैली को अपनाया। शारीरिक व्यायाम के बारे में बोला जाए तो, मैं रोज 10 किलोमीटर चलता हूं और उसके बीच जॉगिंग करता हूं। कभी घर पर मैं डंबेल और बारबेल से वेट ट्रेनिंग करता हूं।

23/12/2019 के जांच के परिणाम :			
HbA1c :	5.75	खाली पेट इन्सुलिन :	4.5
वज़न :	82 किलो	पेट की परिधि :	91 सें. मी.

वज़न घटने के साथ मेरा उच्च कोलेस्ट्रॉल भी सामान्य हुआ। मैंने चर्बीयुक्त आहार लेना बंद नहीं किया था इसलिए यह सचमुच अद्‌भुत है।

इस प्रकार मैंने साढ़ेतीन महीनों में 16 किलो वज़न घटाया।

मेरे लक्ष्य तक पहुंचने के लिए मुझे अभी भी 9 किलो वज़न घटाना हैं और यकीनन आनेवाले कुछ महीनों में मैं उसमें कामयाब रहूँगा।

पूरी जिंदगी 'जीवनशैली बदलाव' की इस योजना का अनुसरण करने का मैंने कठोर निश्चय किया है। मेरी सफलता की कहानी पढ़नेवालों के लिए मेरा संदेशा

''अगर 'मैं' इसका पालन कर सकता हूं तो आप भी कर सकते हो। इस 'जीवनशैली बदलाव योजना' में सुसंगति होना सबसे महत्वपूर्ण बात है। दो भोजनों के दौरान आप सभी पदार्थों को सही मात्रा में खा सकते हो, इसलिए प्रलोभनों को दूर रखिए और कभी नियमों को न तोड़िए।''

दिवंगत डॉ. जिचकर सर, डॉ. जगन्नाथ दीक्षित सर और संदीप सोनावणे सर का मनःपूर्वक धन्यवाद। मेरी सफलता इन्हें समर्पित करता हूं।

15) भूषण नांचे, पिंपरी, महाराष्ट्र

उम्र : 35 वर्ष, काम : असिस्टंट प्रोफेसर, DYPCOE, आकुर्डी, पुणे

PS to Satej D. patil MoS Home minister

मेरे दि. 15 फरवरी 2019 के रिपोर्ट इस प्रकार			
HbA1c :	7.6	फास्टिंग इन्सुलिन :	12.46
लंबाई :	165 सेंमी	वजन :	93.5 किलो
कमर :	42 इंच	पेट की परिधि :	46 इंच

दि. 1 जून 2019 के रिपोर्ट इस प्रकार			
HbA1c :	6.2	फास्टिंग इन्सुलिन :	2.00
वजन :	86.5 किलो	कमर :	40 इंच
पेट की परिधि :	44 इंच		

दि. 3 सप्टेंबर 2019 के रिपोर्ट इस प्रकार			
HbA1c:	5.9	फास्टिंग इन्सुलिनः	16.78
वजनः	81 किलो	कमरः	38 इंच
पेट की परिधिः	42 इंच		

दि. 20 जानेवारी 2020 के रिपोर्ट इस प्रकार			
HbA1c:	5.6	फास्टिंग इन्सुलिनः	14.78
वजनः	80 किलो		

यह डाएट प्लान चालु करने के 1 साल मे मेरा वजन 13.5 किलो कम हो गया।

कमर 5 सेंटीमीटर कम हो गई। HbA1c - 2.0 कम हो गया। (7.6 से 5.6) आजतक मैंने डायबेटिस के लिये कोई दवाई नहीं ली। डॉ. दीक्षित सर और टीम का बहुत धन्यवाद।

16) आरती अनंत मारुलकर, कोथरूड, पुना

लंबाई : 162 सें. मी., उम्र : 56 साल

मैंने इस जीवनशैली का अनुसरण डॉ. दीक्षित सर के यू-ट्यूब परिसंवाद देखने के बाद शुरू किया।

20 दिसंबर 2018 के मेरे जाँच के परिणाम ऐसे थे :			
वज़न :	73 किलो	HbA1c :	5.7
ख़ाली पेट इन्सुलिन :	24.89	कमर की परिधि :	42.5 सें. मी.

मैं आरती अनंत मारुलकर घरेलु तौर पे मेस, कैटरिंग का व्यवसाय करती हूँ। मेरा वज़न 73 किलो था। वज़न घटाना तो था लेकिन असरदार आहार योजना मिल नहीं रही थी। मैंने सर का वीडियो देखने के बाद मन में ठान लिया की वज़न तो घटाना है और फिर मैंने यह योजना शुरू की। शुरुआत में सिर्फ दो बार खाना बहुत कठिन था, पर थोड़े दिनों में मुझे इसकी आदत हो गयी, केवल 30 दिनों में मुझे हल्का महसूस होने लगा। वज़न कम होने का अहसास हो रहा था. बीपी की वजह से

होनेवाली तकलीफ़ भी कम है। मैं हर रोज़ 4 किमी चलती हूँ और 40 मिनट कसरत करती हूँ. मुझे अस्थमा की बीमारी है। सर अभी उसकी वज़ह से थोड़ी परेशानी हो रही है तो क्या करने से आराम महसूस होगा इसके लिए कृपया सुझाव दीजिये।

मेरी आहार योजना :

भोजन का समय : दोपहर 11.30 और रात 7.30 बजे.

व्यायाम : सुबह 40 मिनट चलना - 4 किमी

28/11/2019 के मेरी जाँच के परिणाम ऐसे थे :

वज़न : 60 किलो मेरे 12 महीनों के बाद के परिणाम : वज़न 13 किलो कम हो गया। पेट की परिधि 2 सेंमी कम हो गई।

17)डॉ. शिरीष राजे (पीएच. डी), सावरकर नगर, गंगापुर रोड नाशिक

आयु : 52

व्यवसाय : मैं सायकॉलॉजीस्ट हूँ। मेरा नाशिक में हर तरह के समुपदेशन का केंद्र हैं।

2018 में मेरे बढते हुए वजन की चिंता से मेरे नजदिकी मित्र एवं मार्गदर्शक स्व. इंजि. वसंतरावजी घटे साब की प्रेरणा और मार्गदर्शन पर मैंने डॉ. दीक्षित से संपर्क किया... उस वक्त मेरा वजन 94.5 किलो था। ऊस समय मैं निश्चित था कि मुझे मधुमेह नहीं हैं, इसलिये मैंने HbA1c करने की जरूरत नहीं हैं ऐसा कहा। लेकिन स्व. घटे साब ने यह करना जरुरी हैं, इस के सिवा डॉ. दीक्षित कुछ भी नहीं कहेंगे, ऐसा कहा।

तद अनुसार मैंने मजबुरी से (क्यो कि मुझे वजन कम करना ही था) HbA1c की जांच की। वह 7 आ गया। मैं हैरान हुआ क्यों कि मैं मधुमेही था और मुझे वह मालूम ही नहीं था। मैंने तुरंत मेरे रिपोर्ट, वजन, ऊँचाई इ. सब डॉ. दीक्षित को वाट्सएप किया। इस भले आदमी ने तुरंत मुझे मेसेज किया की उन्हे शाम 7 बजे फोन करो। मुझे बहोत अचरज हुआ कि इतने व्यस्त होते हुए भी वो हर व्यक्ती से व्यक्तिगत तौर पर जुडे हुए हैं। लोगों को निरोगी निरामय आरोग्य देने के लिये कितने प्रयास?

मुझे डॉ. दीक्षित में महामानव बाबा आमटे दिखाई देते है। इतनाही फर्क है कि वो कुष्ठ रोगियों की मन से सेवा कर के उन्हे मानव के रूप में सन्माननीय जीवन जीने की ऊम्मीद दे कर फिर से खुद के बल पर खडे करते थे। और हमारे डॉ. दीक्षित वजनवृद्धी एवं मधुमेह जैसे रोग ना हो इसलिये लड रहे है और अगर हो ही गया तो उस से मुक्त करने का पुण्यकर्म कर रहे है। ठीक है, मैंने उन्हे शाम को फोन किया। उन्होने कहा मैं बोल रहा हूँ उस तरह से आहार शुरू करो। दवाइ मत लो और डॉ. को भी मत दिखाओ।

अपना नियमित प्लान ही मुझे दिया, फर्क सिर्फ इतना था की अगर फल खाने हो तो भोजन के पहले खाओ। बस्। और मैंने मन से निश्चय किया कि डॉ. दीक्षित के मार्ग से ही मैं मधुमेह और वजन को नियंत्रित करूँगा। थोडा संघर्ष करना पडा लेकिन धीरेधीरे मुझे आदत हो गई...

10 मिनटो में 1 कि मी की रफ्तार से 2/3 किमी चलने में तकलीफ होनेवाला मैं थोडे समय में 10 से 12 किमी रोज चलने लगा, वो भी मुझे कम लगने लगा। यह देख के कुछ मित्रो ने मुझे सायकलिंग की सलाह दी। फिर मैं सायकलिंग की तरफ मुडा और वहाँ भी विक्रम करने लगा। इस से शारीरिक क्षमता इतनी प्रचंड बढ गई कि, मैं नासिक से गेट वे ऑफ इंडिया -210 किमी, नासिक से शेगाव - 430 किमी सायकल पे पुरे किये। 200 किमी, 300 किमी, 400 किमी कम समय में पुरा करने की सायकलिंग क्षेत्र की प्रतिष्ठित और लौकिक दिलानेवाली बीआरएम भी यशस्वी समय में पुरी की।

परिणाम यह हुआ कि 12.5 कि वजन कम हो गया और HbA1c 5.6 हो गया। मैं मधुमेहमुक्त हो गया और वजन भी नियंत्रित हुआ, बिना दवा से। आज मैं मीठा बहोत खाता हूँ। बीच बीच में शराब की महफिले भी होती हैं। रोज का खाना खाता हूँ इस वजह से यह दीक्षित व्रत भी कभी कभी टूटता हैं। कभी परदेशगमन, कभी उत्सव की वजह से गॉव जाना तो कभी सलग 7-7/8-8 दिन सायकलिंग से। लेकिन इस का मेरी शुगर पे कोई असर नहीं होता। सिर्फ वजन बढता हैं फिर दीक्षित योजना शुरू कर के ऊसे भी काबू में लाता हूँ।

मेरे सब मधुमेही और अतिरिक्त वजन वाले दोस्तो को बिनती हैं कि डॉ. दीक्षित योजना से आप भी निरोगी, निरामय एवं शक्तिशाली होके जियो। सिर्फ इतना याद रखो कि इस के लिये केवल प्रयास नहीं तो यश मिलने तक प्रामाणिक प्रयास जारी रखो। मैं बॉंड पेपर पे लिख के देता हूँ कि आप निश्चित रूप से यशस्वी होंगे। नहीं हुए तो मेरी तरफ से एक करोड रुपये ईनाम ले जाए... अनंत धन्यवाद डॉ. दीक्षितजी!!!

18) विश्वास माधव जोशी, पूना (महाराष्ट्र)

शिक्षा और अतिरिक्त पाठ्यक्रम गतिविधियां

1) बी.ई. (मेकॅनिकल) : फिलहाल एस्कॉर्ट construction equipment, डीलरशिप, पुणे में कार्यरत. पहले कमिन्स इंडिया लिमिटेड - कोथरूड इंजिन प्लांट में असेंब्ली मॅनेजर।

2) level 1 का टेनिस प्रशिक्षक

3) Tai-chi सॉफ्ट फॉर्म ऑफ मार्शल आर्टस् व्यावसायिक

4) माऊथ ऑर्गन (Harmonica) प्लेअर

मुझे इस योजना की जानकारी कैसे मिली?

मेरे डॉ. दोस्त के एक दोस्त डॉ. अविनाश गोखलेजी ने इस योजना का विस्तृत संदेश श्री. कुलकर्णी (श्री. नितालिकर के रिश्तेदार) द्वारा भेजा। उसके बाद मैंने यू ट्यूब पर वीडियो देखें। सर जी के बालगन्धर्व - पुणे के भाषण में भाग लिया और 9 दिसम्बर 2018 को इस योजना का अनुसरण शुरू किया।

अनुसरण पश्चात हुए लाभ इस प्रकार -

1) मेरा HbA1c 5.7 से 5.5 हुआ और मैं पूर्व-मधुमेही से मधुमेह-मुक्त हुआ।

2) खाली पेट इन्सुलिन 13.5 से 9.3 इतना नीचे आया।

3) मेरा वज़न 81 किलो से 72 किलो हुआ।

4) कमर 41 इंच से 36 इंच हुई।

आजकल मैं पुणे में 'डाईबेटिक रिव्हर्सल सेंटर' (DRC) में स्वयंसेवक के तौर पर काम करता हूं। इसके अलावा मैं

56- EWL - DM (मधुमेही सदस्य)

42- EWL - PD (पूर्व-मधुमेही)

85- EWL - ND (मधुमेह-मुक्त)

इन समूहों का एडमिन हूं।

मेरी प्रतिबद्धता और अपील-

चूंकि 3D - (डॉ. दीक्षित डाएट) आहार पद्धति व्यावहारिक, वैज्ञानिक, मौलिक हैं इसलिए मैं सभी सदस्यों से बिना किसी हिचकिचाहट के सवाल पूछने का आग्रह करता हूं। सिर्फ आप 90 दिन डॉ. दीक्षित द्वारा बोले गए हर एक शब्द का पालन करें और देखिए उसका सकारात्मक परिणाम!

इसे अपनी जीवनशैली बनाएं। मैं 'डाईबेटिक रिव्हर्सल सेंटर' के शोध कार्य में योगदान देना चाहूंगा। 3D योजना का पालन करने के लिए भाषण देकर, लोगों को शिक्षित और प्रोत्साहित करके एक समन्वयक के रूप में काम करना जारी रखूंगा।

धन्यवाद...!

19) शिरीष ज्ञानदेव चौधरी, निगडी, पूना

उम्र : 40 वर्ष, लंबाई : 173 सें. मी.

व्यवसाय : अभियंता

मुझे 6 और 7 फ़रवरी 2019 पर उच्च रक्तदाब एवं छाती में पीड़ा का कष्ट हुआ था। इस कारण मैंने हृदय और रक्त के सब परीक्षण करवा के डॉक्टर से उपचार की शुरुआत की। इसके अतिरिक्त मैंने वजन और कॉलेस्टेरोल वृद्धि के

कारण योग और व्यायाम भी शुरू किये। बीमारी की छुट्टी पर होने के कारण मैं दुसरे पर्याय भी ढूंढ ही रहा था।

उसी समय मुझे डॉ. दीक्षित जी की आहार योजना के बारे में पता चला। तत्पश्चात् मैंने यू-ट्युब पर उनका लाइफ रिचार्ज के विषय पर व्याख्यान देखा।

दिनांक 17 फ़रवरी 2019 के दिन मेरा रक्त परीक्षण विवरण इस प्रकार था।

वजन :	85 किलो	पेट की परिधि :	38 इंच
HbA1c :	5.9	खाली पेट इन्सुलीन :	3.4

संक्षेप में, मेरा वजन मेरी लंबाई के प्रमाण में 12 किलो अधिक था, कॉलेस्टेरोल भी ज़्यादा था, एवं मेरी मधुमेह की ओर यात्रा शुरू हो चुकी थी। इस कारण मैंने इस आहार योजना का अनुसरण करने का निश्चय किया।

मैं ने मेरे भोजनों का समय प्रातः 7:30 एवं शाम 7:30 का निश्चित किया।

मेरे सुबह के भोजन में मैं सलाद, अंकुरित मूंग-मटकी, मिश्र सादी (यानि बगैर तड़के की) दाल, 3 फुलके, सब्ज़ी, संत्रा/अनार लेता हूं। मध्यान्ह में मैं घर पर बनायी छाछ, हरी/काली चाय लेता हूँ। रात्रिभोजन में दलिया, 1 रोटी-फुलका, सब्ज़ी, संत्रा/अनार एवं दूध लेता हूं।

मैं हर दिन प्रातः 45-50 मिनट में 4.5 किमी चलता हूँ, और सूक्ष्म व्यायाम एवं प्राणायाम करता हूँ।

तीन महिनों के बाद दिनांक 27 मई 2019 के दिन किये हुए मेरे रक्त परीक्षण का विवरण इस प्रकार है।

वजन :	77 किलो	पेट की परिधि :	35 इंच
HbA1c :	5.6	खाली पेट इन्सुलीन :	4.5

छः महिनों के बाद दिनांक 30 सितंबर 2019 के दिन किये हुए मेरे रक्त परीक्षण का विवरण इस प्रकार है।

वजन :	73 किलो	पेट की परिधि :	33 इंच
HbA1c :	5.5	खाली पेट इन्सुलीन :	5.9

दिनांक 26 दिसंबर 2019 के दिन किये हुए मेरे रक्त परीक्षण का विवरण इस प्रकार है।

वजन :	72 किलो	पेट की परिधि :	32 इंच
HbA1c :	5.4	खाली पेट इन्सुलीन :	8.55

मेरी कोलेस्टेरोल की गोली बंद हो गई है।

डॉ. दीक्षित जी ने जैसे कहा है, जीवनशैली में बदलाव किये बिना हमें योग्य परिणाम नहीं मिलेंगे। इस कारण मैंने भी मेरी जीवनशैली में बदलाव किया। मेरी बार-बार होनेवाली चाय एवं सुबह का नाश्ता बंद हुआ है।

उपर वर्णित आहार योजना एवं जीवनशैली को अपनाने के कारण मैं अत्यधिक प्रफुल्लित रहता हूँ। काम में रुचि एवं मन की प्रसन्नता बढ़ी। मैं डॉ. जिचकर जी एवं डॉ. दीक्षित जी के उनकी दी हुई इस अभिनव एवं विनासायास योजना के लिए मनःपूर्वक आभार मानता हूं।

उसी तरह मैं EWL 61 समूह की सुश्री माधवी जी, श्री. अमोल जी, एवं अन्य एडमीनों के भी उनके समय समय पर दिये हुए मार्गदर्शन के लिये आभार मानता हूं।

मेरी पत्नी सौ. धनश्री के भी मैं मनःपूर्वक आभार मानता हूं। उसने मुझे आहारयोजना के पालन में सहायता की एवं मेरे आहार में से कार्बोदक कम करके प्रथिनपूर्ण रसोई बनाने की आदत बना ली।

मैं मेरे मित्र एवं रिश्तेदारों को इस आहार योजना की जानकारी देता हूँ और उन्हें वह शुरू करने के लिए प्रोत्साहित करता हूँ।

इस आहार योजना एवं जीवनशैली मैंने जारी रखी है।

धन्यवाद!!!

20) श्री. सुदीप जोशी, सूरत

उम्र : 41 वर्ष, लंबाई : 161 सें. मी.

भारत संचार निगम लिमिटेड में उप विभागीय अभियंता के पद पर कार्यरत

तुलनात्मक काल : 24 अक्टूबर 2018 से 24 जनवरी 2019

मेरा वजन 24 अक्टूबर 2018 में 71 किलो ग्राम था।

24 अक्टूबर 2018 पर :			
HbA1c :	5.7	खाली पेट इन्सुलिन :	13.05
वजन :	71 किलो		

24 जनवरी 2019 पर :			
HbA1c :	5.4	खाली पेट इन्सुलिन :	3.5
वजन :	61 किलो		

सन 2018 में महाराष्ट्र में मेरे गाँव औरंगाबाद में मेरी भेंट श्री. मकरंद कुरुड़कर और अस्थिविशारद डॉ. अक्षय मारावार से हुई। उन्होंने मुझे वजन घटाने की सलाह दी।

लॉन टेनिस और बैडमिंटन खेलने के बावजूद भी मेरा वजन मैं घटा नहीं पा रहा था। उन्होंने मुझे डॉ. दीक्षित सर का डाएट पालन करने की भी सलाह दी और HbA1c और खाली पेट इन्सुलिन जाँच ने के लिए कहा।

सूरत लौट कर मैंने रक्तपरीक्षण किए और डॉ. दीक्षित सर का व्याख्यान यू ट्यूब पर देखा। रक्तपरीक्षण के बाद फिर एक बार मैंने व्याख्यान देखा और इतना प्रेरित हुआ की 24 अक्टूबर 2018 से डाएट पालन करना शुरू किया। चार महीनों में मेरा वजन 10 किलो कम हुआ, HbA1c 5.4 पर और खाली पेट इन्सुलिन 3.5 पर आया। अब मेरा वजन 60 किलो ग्राम है और मैं मिठाई का सेवन भी करता हूं।

सप्ताह के पाँच दिन 10 किमी दौड़ना मेरा दिनक्रम है। वजन घटाने के बाद अप्रैल 2019 से मैंने दौड़ना शुरू किया और दस अर्ध मेरेथॉन दौड़े PB time 1 घण्टा 53 मिनटों में सफलतापूर्वक पूरी की। मेरे जीवन की पहिली पूर्ण मेरेथॉन दौड़ 'टाटा मुंबई मेरेथॉन 2020' मैंने 19 जनवरी 2020 को 4 घंटे 41 मिनटों में पूरी की जो मैं डॉ. दीक्षित जी के नेतृत्व में चल रहे अभियान 'मधुमेह और मोटापा मुक्त विश्व' को समर्पित करता हूं जिन के बिना मैं मेरी आज की स्थिति सोच नहीं सकता।

आज मैं DRC सूरत में समन्वयक और एक एडमिन के तौर पर अपनी जिम्मेदारी निभा रहा हूं।

DRC के अनुसन्धान कार्य में अपना योगदान देना चाहता हूं। इस जीवनशैली में बदलाव लानेवाले अभियान के बारे में लोगों को जानकारी देने के लिए और उन्हें प्रोत्साहित करने के लिए व्याख्यान देना चाहता हूं। मैं मेरी आखरी सांस तक इस अभियान में अपना योगदान देना चाहता हूं और देता रहूँगा। इस अभियान में यथाशक्ति योगदान देने वाले सभी के प्रति मैं आभार प्रदर्शित करता हूं। डॉ. दीक्षित सर के विश्व को मोटापा और मधुमेह मुक्त बनाने के इस सपने को साकार करने के लिए इस अभियान में और भी अधिक लोग यौगदान देंगे ऐसी मुझे आशा है।

21) सौ. वर्षा विद्याधर चौबे, चंद्रपुर, पुणे

आयु : 53 वर्ष, वजन : 53 किलो

व्यवसाय : लेखिका एवं गृहिणी

HbA1c : 7 (दिसंबर के परीक्षण)

औषधी : कोई नहीं

मैंने एक साल से इस जीवन पद्धति को अपनाया है। मैं रोज सुबह 45 मिनिटोंमे साडेतीन से चार किलोमीटर चलती हूं (दिनभर कुल मिलाके 6 से 7 किमी)। खाना सिर्फ दो बार और इनके बीच सिर्फ पानी। मेरा HbA1c 7 के आसपास होता है

वह कम होगा ऐसी उम्मीद है। हररोज का फल खाना बंद किया है फिर भी खाली पेट इन्सुलिन 1 से 3.6 हो गया है।

मैं आपको सकारात्मक परिणाम बताना चाहती हूं :-

1. चैन की नींद आती है।
2. त्वचा में निखार आया है।
3. नाखून और बालों में नयी जान आयी है।
4. दिनभर चुस्ती बनी रहती है।
5. थकावट की जगह फुर्ती ने ली है।
6. कुछ दिन पहले मैंने 30 किमी की कार्तिक वारी सुबह 7 से शाम के 6 बजे तक पैदल चलके पूरी की। उस दौरान भी दो बार भोजन के नियम का पालन किया और दरमियान सिर्फ पानी पिया।

डॉ. दीक्षित सर और उनके टीम की मैं आभारी हूँ।

22) गणेश अय्यर, ताकोर्डी, घाना, वेस्ट आफ्रिका, भारत - चेन्नई

उम्र : 52 वर्षे, समूह : EWL-31 - पूर्व-मधुमेही

व्यवसाय : शाखा प्रबंधक - (Unichem Gh. Ltd.) ताकोर्डी, घाना, वेस्ट आफ्रिका

26/01/2019 से इस आहार पद्धति का स्वीकार किया।

स्रोत - मेरे मित्र राजेश लोटलीकर - अक्रा - घाना

जनवरी - 2019 में पहली खून की जांच की।

आहार पद्धति का अवधि - 14 महिने

जांच के परिणाम :

जनवरी 2019 :			
HbA1c :	5.9	वज़न :	96 किलो
कमर :	38 इंच		

अक्तूबर 2019 :			
HbA1c :	5.4	खाली पेट इन्सुलिन :	10.26
कमर :	38 इंच		

मार्च 2020 :			
HbA1c :	5.01	खाली पेट इन्सुलिन :	7.56
वज़न :	74 किलो	कमर :	32 इंच

दोपहर का भोजन : 2.00

रात का भोजन : 8.00

दो भोजनों के बीच सिर्फ गर्म पानी या ग्रीन टी

कई सालों से सुबह के नाश्ते की आदत होने के कारण आहार पद्धति की शुरूआत में जोरों की भूख लगती थी और सिर चकराने लगता था। पर कुछ दिनों बाद मेरा शरीर इसका आदि हो गया।:

मेरे ध्यान में आया कि सुबह का नाश्ता करना, cereal का उत्पादन करनेवाले बहुराष्ट्रीय कंपनियों के समूह द्वारा निर्माण किया गया एक वहम हैं, इसलिए भूख से निपटकर आगे बढ़ना ही महत्त्वपूर्ण है।

मैं हफ्ते में 3 बार जॉगिंग और 3 बार चलने का व्यायाम करता हूं। मैं महीने में करीबन 3 लाख कदम चलता हूं और इसकी सहायता के लिए app है।

मुझे खाने का शौक था, विशेष रूप से मीठे पदार्थों का!! मैं मीठे पदार्थ और खाने/पीने के पदार्थ अतिरिक्त मात्रा में खाता था।

इस आहार पद्धति का पालन करने पर मेरी खाने की लालच कम होने लगी, अतिरिक्त खाना/पीना कम हुआ और मीठे पदार्थ खाने की तीव्र इच्छा कम होने लगी। कड़ी मेहनत का कोई विकल्प नहीं होता। 'पूर्व-मधुमेही' से 'मधुमेह-मुक्त' होने तक कि मेरी यात्रा इसकी गवाह देती है।

आजकल मुझे बहुत हल्का और जोशीला महसूस होता है। मन की शांति और एकाग्रता बढ़ गई है, इसी के साथ बड़ी मात्रा में प्रतिरोधक क्षमता भी बढ़ गई है। इस आहार पद्धति से होनेवाले लाभों के लिए मैं इसे जारी रखूँगा।

इस अभियान का प्रसार पहले से ही मैंने मित्रों, सहयोगियों, भारत और घाना के व्यापार भागीदारों तक पहुंचाना शुरू किया है।

इस आहार पद्धति की पहचान मुझसे करवानेवाले मेरे मित्र राजेश लोटलीकर जी को (अक्रा - घाना) धन्यवाद देना चाहूँगा।

उसी तरह मुझे मार्गदर्शन करनेवाले डॉ. संतोष ढुमणे जी का भी आभार।

सभी लोगों तक इस आहार पद्धति को पहुँचाकर मानवजाति के लिए महान कार्य करनेवाले डॉ. दीक्षित जी का तहे दिल से धन्यवाद।

'मधुमेह और मोटापा मुक्त दुनिया' का डॉ. दीक्षित सर का सपना साकार होने के लिए हम उन्हें शुभकामनाएं देते हुए प्रार्थना करते हैं।

भगवान की कृपादृष्टि उन पर हमेशा बनी रहें। धन्यवाद।

23) **सोपान विठ्ठल माने,** शेलगाव, ता. इंदापुर, जिला पूना

उम्र : 52 साल, लंबाई : 162 सें. मी.

व्यवसाय : खेती, समूह : 44-EWL-PD

मुझे मांसाहार और मिठाई बहुत पसंद थे। यह हमेशा खाने से मेरा वजन और मोटापा बढ गया। परिणामतः एसिडिटी, सिरदर्द तथा पेट में गड़बड़ और उल्टियां होने की संभावना जैसी कठिनाईयां बारबार त्रस्त करने लगी। मैंने हररोज पैदल चलके वजन तो कम किया लेकिन ब्लड शुगर कम नहीं हुआ। आयुर्वेदिक दवा का भी कुछ खास असर नहीं हुआ। एक दिन मेरी पत्नीने डॉ. दीक्षित सर द्वारा यू ट्यूब में प्रसारित भाषण सुनने की सलाह दी। मैंने उनका भाषण दो तीन बार सुना और प्रभावित हुआ। डॉ. संतोष सर से संपर्क किया। उन्होंने मुझे रक्त चिकित्सा करने की सलाह दी और मैंने रिपोर्ट उन्हें भेजने के बाद, मुझे 44-EWL-PD समूह में शामिल किया गया।

मैं अपने रिपोर्ट नीचे दे रहा हूँ।

31.01.2019			
HbA1c :	6.4	खाली पेट इन्सुलिन :	6.6
रक्तशर्करा :	150.54 mg/dl	वजन :	80 किलो
कमर की परिधि :	36 इंच		

13.05.2019			
HbA1c :	6.6	खाली पेट इन्सुलिन :	8.7
रक्तशर्करा :	157 mg/dl	वजन :	74 किलो
कमर की परिधि :	34 इंच		

27.07.2019			
HbA1c :	5.5	खाली पेट इन्सुलिन :	8.0
रक्तशर्करा :	111.15 mg/dl	वजन :	68 किलो
कमर की परिधि :	32 इंच		
FP :	88	PP :	115

मैंने यह प्लान शुरू किया। एक महिने पहले से रिपोर्ट चेक किया तो वे भी कम हो रहे थे। बाद में मुझे समूह में भी शामिल किया गया और मैंने थोड़ा व्यायाम क्रम किया तो मेरा HbA1c बढ गया। मैंने डॉ. भालचंद्र सर से संपर्क किया और उन्होने मुझे सलाह दी और मैंने उनका पालन किया। हप्ते में 6 दिन मैं 50 मिनिटों में 4.5

किमी चलता हूँ और एक दिन जिम और एक दिन साइक्लिंग करता हूँ और सातवें दिन पूरा आराम करता हूँ। इससे मेरा वजन 12 किलो कम हुआ और HbA1c 0.9 और कमर की परिधि 4 इन्च कम हुई। शुरुआत में मैं दोनो वक़्त के खाने के बीच में चाय बिस्कुट और मिठाई खाता था। अब सिर्फ दो ही वक़्त खाना खाता हूं। सुबह 12 से 12.30 और रात को 8 से 8.30 के बीच खाना खाता हूँ। मैं खाने से पहले एक कटोरी अंकुरित दाल खाता हूँ। पहले से दो वक्त ही खाना खाने की आदत से मुझे इस प्लान के परिपालन में कोई दिक्कत नहीं हुई। शुरू में बिना चीनी की काली चाय पीता था लेकिन अब दो वक़्त के खाने के बीच सिर्फ़ पानी पीता हूँ।

मैं यही जीवनशैली जिंदगी भर चालू रखूँगा तथा दूसरों को भी प्रेरित करता रहूँगा। मेरी जिंदगी बदलनेवाली जीवनशैली देनेके लिए स्व. डॉ. जिचकर, डॉ. दीक्षित और डॉ. भालचंद्र सर का बहुत बहुत आभारी हूं।

24) रोहित वर्मा, रायपूर

उम्र : 38 साल, लंबाई - 170 सें. मी.

नौकरी - सरकारी कर्मचारी (फूड कॉर्पोरेशन ऑफ इंडिया)

समूह - EWL - पूर्व-मधुमेही - 070

मैं सरकारी कर्मचारी हूं। ऑफिस में 8 घंटे बैठकर मेरा काम होता है, इसलिए काम के समय शारीरिक व्यायाम और चलना-फिरना लगभग ना के बराबर था। इस तरह की गतिहीन जीवन शैली से मार्च 2019 तक मेरा वज़न 96 किलो तक पहुंचा। उसका परिणाम घुटनों में गंभीर दर्द शुरू हुआ। इसलिए मैंने आर्थोपेडिक चिकित्सक की सलाह ली। उन्होंने कहा कि, आपका बॉडी मास इंडेक्स (B.M.I.) 33 है, इसका मतलब आप 'अतिरिक्त मोटापा' समूह में हो, इसलिए आपके घुटने दर्द करते है। इसके लिए कोई दवा नहीं है केवल वज़न घटाना यही एक इलाज है। फिर मैंने 2 महीनों तक आहार विशेषज्ञ द्वारा दी गई सलाह के अनुसार रोज दौड़ना और दिन में 5-6 बार थोड़ा-थोड़ा खाने की कोशिश की; पर कोई फायदा नहीं हुआ। मैं सोचने लगा कि वज़न घटाना एक असंभव काम है।

मधुमेह की पारिवारिक पृष्ठभूमि भी मेरे लिए एक गंभीर मुद्दा था। (ऐसे में एक दिन मेरी ऑफिस के सहयोगी ने (श्री. एन. डी. वराडे) बताया कि, आप डॉ. जगन्नाथ दीक्षित आहार पद्धति के बारे में यू ट्यूब वीडियो जरूर देखें। वज़न घटाने के लिए यह सबसे आसान पद्धति है। मैं इलाज ढूंढ ही रहा था, इसलिए मैंने पूरी वीडियो देखी। उनका भाषण इतना आश्वस्त करनेवाला था कि अगले दिन ही मैंने जरूरत के परीक्षण (HbA1c, खाली पेट इन्सुलिन और खून में शक्कर की मात्रा-

खाली पेट और खाने के बाद) किए और 10 मई 2019 से आहार पालन शुरू किया।

10 मई 2019 के जांच के परिणाम :	
खाली पेट खून में शक्कर की मात्रा :	103
खाने के बाद खून में शक्कर की मात्रा :	120
HbA1c :	6.1 (पूर्व-मधुमेही)
खाली पेट इन्सुलिन :	14.67
वज़न :	96 किलो
पेट की परिधि :	105 सें. मी.

आहार पालन के 94 दिन के बाद,

- 90% सख्त और अनुशासित आहार पालन
- रोज का 45 मिनिट तेज़ रफ़्तार से चलना/जॉगिंग
- 45 मिनिटों का योग विशेष रूप से सूर्य नमस्कार
- बाकी यौगिक व्यायाम ये जो मैंने प्राप्त किया वह मेरे लिए अद्‌भुत था।

14 अगस्त 2019 के मेरे परिणाम इस प्रकार :	
खाली पेट खून में शक्कर की मात्रा :	107
खाने के बाद खून में शक्कर की मात्रा :	112
HbA1c :	5.7 (पूर्व-मधुमेही)
खाली पेट इन्सुलिन :	8.76
वज़न :	81 किलो
पेट की परिधि :	95 सें. मी.

इसका मतलब :

वज़न : 96 किलो से 81 किलो

पेट की परिधि : 105 सें. मी. से 95 सें. मी. हुआ।

और मेरे शादी का सूट फिरसे मैं पहन सका।

इसके अलावा मेरे शर्ट का नाप XXL से L हुआ; फिर भी मनुष्य का एक स्वभाव होता है, अगस्त 2019 के बाद मैं थोड़ासा ढीला हो गया। सख्ती से आहार का पालन करना कम हुआ और हफ्ते में 3-4 दिन 3 बार खाने लगा और बाक़ी 2-3 दिन सख्त आहार पालन करने लगा।

23 फरवरी 2020 के जांच के परिणाम इस प्रकार –	
खाली पेट खून में शक्कर की मात्रा :	116
खाने के बाद खून में शक्कर की मात्रा :	137
HbA1c :	5.7
खाली पेट इन्सुलिन :	10.49
वज़न :	84 किलो
पेट की परिधि :	95 सें. मी.

इसलिए मैंने फिर से 25/02/2020 से पहले की तरह सख्त आहार पालन शुरू किया। मेरी 170 सें. मी. लंबाई के हिसाब से मेरा वज़न 70-75 किलो होना चाहिए और मेरा विश्वास है, कि 2-3 महीनों में वहाँ तक जरूर पहुंच पाऊंगा।

मुझ में हुए बदलाव देखकर 27/02/2020 से मेरी माँ ने भी इस आहार का पालन शुरू किया है।

मैं सभी टीम का विशेष रूप में डॉ. जगन्नाथ दीक्षित, डॉ. श्रीकांत, डॉ. मनीषा मैडम का आभार मानता हूं।

उनके निरंतर समर्थन से मैं अपने स्वास्थ्य को पुनः प्राप्त करने में सक्षम रहा। इस नेक काम के लिए 'रायपुर' में कुछ कर सका तो मैं खुद को भाग्यशाली समझूंगा।

उन लोगों के लिए, जो मधुमेह और मोटापे से पीड़ित हैं, मैं व्यक्तिगत रूप से इस आहार योजना के लाभों का प्रचार करता हूं।

25) गजानन कंडोल्ला, निजामाबाद (तेलंगणा)

उम्र : 38 साल, लंबाई : 160 सें. मी.

व्यवसाय : व्याख्याता

मेरे नियमित रक्त परीक्षण के समय मुझे बताया गया कि मेरा HbA1c 6.4 हैं।

वह सुनकर मैं बहुत घबरा गया। इससे किस तरह बाहर आए यह सोचने लगा। उसी समय सामाजिक संपर्क के माध्यम से मुझे डॉ. दीक्षित आहार पद्धति की जानकारी मिली। उनके सभी वीडिओज़ देखने के बाद मैंने आहार पद्धति का अनुसरण करना तय किया।

पहली बार में वह बहुत मुश्किल लगा; पर बाद में आदत हो गई।

सुबह व्यायाम करने के 15 दिनों में ही मैंने अपने आप को पाया।

सिर्फ 15 दिनों में मेरा HbA1c 5.9 हुआ और वज़न 5 किलो घटा।

ये मेरे लिए अद्भुत था। इससे पहले कि कोई और विचार मन में आये, यह हुआ और 2 महीनों के भीतर मेरे परिणाम बहुत अच्छे आए।

2 महीनों बाद मेरा HbA1c 4.9 हुआ और वज़न भी कम होकर 56 किलो हुआ।

सचमुच दीक्षित सर की आहार पद्धति यह एक चमत्कार माना जाना चाहिए। पिछले 6 महीनों से मेरे परिणाम अच्छे आ रहें हैं। अब मैं मधुमेह-मुक्त हूं। मेरा कुल मिलाकर वज़न भी 10 किलो घटा हैं और चर्बी पिघलने से कपड़े ढ़ीले हुए हैं।

मुझे खुशी देनेवाले डॉ. दीक्षित सर और उनकी टीम का धन्यवाद। इस सफर के दौरान हमेशा मुझे मदद करनेवाले रवि जगन्नाथ सर का मैं ऋणी हूं। बहुत धन्यवाद।

26) मनीषा भास्कर काले (गृहिणी), पूना

आयु - 45, लंबाई - 165 सें. मी.,

समूह - EWL 067 पीडी

मुझे टीवी पर इस डाएट प्लान के बारे में पता चला। मैंने डॉ. दीक्षित का इंटरव्यू देखा। उसके उपरांत, मैंने उनके यू-ट्यूब वीडियो देखकर इस बारे में और समझने की कोशिश की।

इसके बाद मैंने डॉ. मनीषा देशपांडे से संपर्क किया। मैंने कुछ परीक्षण किए और तुरंत रिपोर्ट भेजी। तदनुसार मेरा नाम उपरोक्त EWL समूह में पंजीकृत किया गया।

इससे पहले मैं वजन कम करने के लिए कई सालों से कोशिश कर रही था, पर बिना किसी विशेष सफलता के। मैं दीक्षित जी की आहार योजना से प्रभावित हुई और इसका पालन करने का फैसला किया। अन्य आहार योजनाओं के विपरीत, इसका पालन करना आसान है। मैं इस आहार योजना का पालन करने से पहले और बाद में अपनी रिपोर्ट विवरण साझा कर रही हूं।

आहार योजना शुरू करने से पहले का रिपोर्ट:

दिनांक: 13 मार्च 2019			
HbA1c :	6.9	फास्टिंग इन्सुलिन :	5.5
फास्टिंग शुगर :	जांच नहीं हुई	पीपी शुगर :	जांच नहीं हुई
वजन :	74 किलो		

खाने की दिनचर्या: इस आहार प्रणाली को शुरू करने से पहले, मैं हर थोड़े समय के बाद कुछ न कुछ खाती रहती थी। क्यूं कि मुझे बार-बार खाने की आदत

थी, मुझे संदेह था कि 'दिन में केवल 2 भोजन' का प्रतिबंध मुझसे बन पाएगा? लेकिन मुझे जल्द ही एहसास हुआ कि मुझे वास्तव में क्या करना है, यह सीखना है कि यह कैसे करना है। प्रारंभिक 8 दिनों में, सिरदर्द और अम्लता (पित्त आधारित) की जलन होती थी, लेकिन धीरे-धीरे मुझे इसकी आदत पड़ गई।

अब 10 बजे और 8 बजे, मेरा भोजन नियमित रूप से संपन्न होता है।

पहले सिर दर्द और अम्लता (पित्त आधारित) अक्सर होते थे।

इसके परिणाम कारक, मैं 'प्रिस्क्रिप्टिव पिल्स' (औषधी) लिया करती थी, जो मैं हमेशा अपने साथ रखती थी। ऐसी कई शिकायतें हुआ करती थीं लेकिन अब मैं किसी भी तरह से परेशान नहीं हूं।

मुझे विश्वास नहीं होता, अगर किसी ने मुझे बताया रहता कि, वजन घटाने से, मेरी अन्य जीवनशैली की परेशानी दूर हो जाएगी। लेकिन मुझे अब बहुत विश्वास है, क्योंकि मैंने इस आहार योजना के माध्यम से सुधार का अनुभव किया है। आहार में प्रोटीन की मात्रा बढ़ाने के लिए, मैंने स्प्राउट्स, मूंगफली के साथ मोटी दाल को शामिल किया है और तदनुसार कुछ हद तक जवार रोटी, चपाती और चावल का सेवन कम किया।

व्यायाम कार्यक्रम :

मैं हर दिन एक घंटे (5 किमी) पैदल चलती हूं। कुछ बार, दिवाली और शादी समारोह के कारण, भोजन की योजना का 3 से 4 दिनों तक सही तरीके से पालन नहीं किया गया। लेकिन मुझे खुशी है कि अगले दिन से इसका सख्ती से पालन किया गया। इस आहार योजना को शुरू करने के कुछ दिनों के बाद, मुझे ऐसा लगा, जैसे कुछ अच्छा हो रहा है।

आहार योजना शुरू करने के बाद का रिपोर्ट :

तारीख : 24 जून, 2019			
HbA1c :	4.7	खाली पेट इन्सुलिन :	5.0
वजन :	63 किलो		

दिन में केवल 2 भोजन और बाकी समय सिर्फ पानी का सेवन, इस जीवनशैली के साथ, दिनचर्या में एक प्रकार का नया अनुशासन बन गया है। मुझमें बदलाव देखकर, मेरे करीबी रिश्तेदार यानी मेरी बहन, भाई, बहनोई, इस योजना का पालन करने लगे। इस डाइट प्लान ने, न केवल मेरा वजन और सिरदर्द कम किया बल्कि मेरे आत्मविश्वास को भी बढ़ाया। मुझे नहीं लगता कि इससे आसान और अधिक प्रभावी आहार योजना हो सकती है।

मैं दीक्षित सर और उनके सभी सहयोगियों की बहुत आभारी हूं। मनीषा देशपांडे मैडम ने समय-समय पर बहुत अच्छा मार्गदर्शन दिया है। मैं अब अपने पूरे जीवन के लिए इस आहार योजना का सख्ती से पालन करूंगी।

धन्यवाद!

27) अनिल पाटील, बिलासपूर (छत्तीसगड)

उम्र : 51 साल, लंबाई : 162 सें. मी.

व्यवसाय : प्रचारक, अखिल भारतीय वनवासी कल्याण आश्रम

जून 2018 में, मैंने श्री प्रदीप देशपांडे, बिलासपुर से डॉ. दीक्षित आहार योजना के बारे में सुना और तदनुसार मैंने दो बार भोजन शुरू किया।

भोजन का समय: दोपहर 12.30 से 1.00 बजे के बीच और रात 8.30 से 9.00 बजे के बीच। योग के 1.5 घंटे और सुबह में प्राणायाम के 1 घंटे।

उस समय मेरा वजन 68 किलो था और मेरे कमर की परिधि 90 सें. मी. थी। उस दौरान मैं दिन में दो से तीन बार लो शुगर कॉफी पी रहा था। फिर भी, मेरे वजन और परिधि में कमी नहीं हुई। फिर मैंने दीक्षित सर के सभी व्याख्यानों को बार-बार सुना और मैंने दिन के बीच में कॉफी पीना बंद कर दिया। फिर 3 महीने के बाद मैंने 4 किलो वजन कम किया और 64 हो गया। लेकिन मेरे परिधि में कमी नहीं हुई, इस लिए मैंने अप्रैल 2019 से 2.00 किमी चलना शुरू कर दिया। अब मैं लगभग 4.5 से 5.0 किमी प्रति दिन चलता हूं।

नतीजा अच्छा रहा। मेरा वजन 59.5 किलोग्राम हुआ और मेरी परिधि 83 सें. मी. थी। सितंबर में ब्लड शुगर की रिपोर्ट इस प्रकार है।

मैं वजन कम करने के लिए कई वर्षों से योगासन, प्राणायाम, 25 सूर्यनमस्कार कर रहा हूं। लेकिन यह काम नहीं कर रहा था। लेकिन यू-ट्यूब पर दीक्षित सर के व्याख्यानों को सुनने के बाद मैंने निश्चय किया। एक साल में मुझे वे परिणाम मिले जो मैं चाहता था।

आपका बहुत बहुत धन्यवाद। मैं अब इसे बढ़ावा दे रहा हूं। मैं अपने कार्यकर्ताओंको जो नॉन डायबेटीक है उनको भी यह समझाता रहता हूं। वे मुझ में बदलाव देख सकते हैं। हर कोई सोचता है कि आपने इतना वजन और पेट कैसे कम कर दिया? क्या आप बीमार हो? यह कैसे हो सकता है? इसलिए मैं उन्हें बार-बार यू-ट्यूब पर व्याख्यान सुनने का सुझाव देता हूं।

फिर से बहुत बहुत धन्यवाद। और मुझे समूह में शामिल करने के लिए डॉ. नंदकुमार का बहुत-बहुत धन्यवाद।

28) रमेश कृष्णराव जाधव, शिवाजीनगर, औरंगाबाद (महाराष्ट्र)

आयु : 57 वर्ष, लंबाई : 175 सें. मी.

शुरुआती वजन : 110.80 किलोग्राम

व्यवसाय : इंजीनियर, जल संधारन

आहार योजना प्रारंभ तिथि : 25 नवंबर, 2019

आहार योजना का पालन करते हुए अनुभव :

मैं इस आहार योजना से अपने करीबी दोस्त श्री. गोपाल देशमुख, इंजीनियर से जानकारी लेकर और यू ट्यूब पर डॉ. जगन्नाथ दीक्षित सर के व्याख्यान देख कर जुड़ा हूं।

कभी भी पैदल न चलनेवाला मैं, इस आहार योजना को अपनाने के बाद हररोज 8.00 किलोमीटर से अधिक पैदल चलता हूं। मैंने एक भी दिन छुट्टी लिए बिना यह सब जीवन भर करने का फैसला किया है। मैं पहले पैंट 44 साईज़ की और शर्ट 48 साईज़ के पहनता था । वे सभी कपड़े अब फालतू हो गए हैं। मुझे अभी नए कपड़े खरीदने पड़ रहे हैं। मेरे बच्चे, रिश्तेदार और दोस्त मुझसे ईर्ष्या करने लगे हैं।

मैं रोज सुबह 4.50 बजे उठता हूं और 5.30 बजे घूमने जाता हूँ और 80 मिनट में लगभग 8.35 से 8.45 किमी पैदल चलता हूं। इसकी वजह से मेरा दिन अच्छा जाता है और काम भी पूरे जोश से करता हूं। मुझे सुबह घूमने की लत लग गई है।

मेरा भोजन सुबह 9:15 बजे, और शाम को 7.30 बजे होता है। दो भोजनों के बीच कुछ नहीं लेता। मैंने खाने में कभी कोई मिठाई नहीं खाई। डॉ. भालेराव ने मुझे समय-समय पर उचित मार्गदर्शन दिया है।

मेरा वजन निम्नानुसार कम हुआ है:

दिनांक	**वजन (किलो)**
25-11-2019	110.80
11-12-2019	106.50
12-02-2020	101.80
25-02-2020	97.50
06-03-2020	96.20
16-03-2020	93.70

कुल 112 दिनों में वजन 17.10 किलोग्राम कम हुआ है मेरे लिए यह बात कितनी बड़ी है ये में बयान नहीं कर सकता। मैं 2006-07 से मधुमेह का रोगी रहा

हूं। अब तक, लाखों रुपये खर्च किए हो चुके हैं, उपर से खुदका इतना वजन ढोकर तकलीफ सही और इतने दिन बर्बाद हो गए।

मैं इस सुखद चमत्कार से प्रोत्साहित हूं। इस के परिणामस्वरूप, डॉ. जगन्नाथ दीक्षित सर ने मेरी गोलियों को कम करने के अभियान के डॉक्टरों के साथ सलाह मशौरा किया है। मैं आजीवन इस आहार योजना का पालन करता रहूंगा। मैं अपने HbA1c को 5.4 तक और वजन को 75 से 80 किलो तक कम करना चाहता हूं।

मेरे जांच परिणाम इस प्रकार हैं :

दिनांक : 02/01/2020			
प्रारंभिक HbA1c :	6.40% (NGSP)	इन्सुलिन :	-16.09
खाली पेट रक्तशर्करा :	-112.10	खाने के बाद रक्तशर्करा :	-187.7

दिनांक : 17/01/2020			
प्रारंभिक HbA1c :	7.00% (HPLC)	इन्सुलिन :	-19.40
खाली पेट रक्तशर्करा :	-122	खाने के बाद रक्तशर्करा :	-----

दिनांक : 13/02/2020			
प्रारंभिक HbA1c :	6.60% (HPLC)	इन्सुलिन :	-14.90
खाली पेट रक्तशर्करा :	-106	खाने के बाद रक्तशर्करा :	-190

दिनांक : 11/03/2020			
प्रारंभिक HbA1c :	6.10% (HPLC)	इन्सुलिन :	-8.00
खाली पेट रक्तशर्करा :	-106	खाने के बाद रक्तशर्करा :	-135

डॉ. दीक्षित की यह आहार योजना वास्तव में हम सभी के लिए ईश्वर की ओर से एक उपहार है। मैं इस अभियान के लिए डॉक्टर दीक्षित और उनके सहयोगियों के प्रति अत्यन्त आभारी हूं।

मैत्रभाव से सलाह : प्रिय मित्रों, कृपया इस आहार योजना को, भोजन के समय और प्रतिदिन घूमने का व्यायाम करके, दिनचर्या बनाए रखें। कृपया admin की सूचना का सख्ती से पालन करें।

■■■

6

मधुमेह से वापसी (शोध पत्र के साथ सफलता की कहानियाँ)

शोध पत्र का शीर्षक : मधुमेह पर खाने की बारंबारता (आवृत्ति) के परिणाम : लातूर, भारत का केस रिपोर्ट।

(यह लेख International Journal of Education and Research in Health Science में जुलाई-सितंबर 2017 के अंक में छपा था।)

प्रस्तावना : भारत को विश्व की मधुमेह की राजधानी होने का दुर्भाग्यपूर्ण विशेषाधिकार है। इसके प्रसार का दर शहरों में 12 प्रतिशत तथा ग्रामीण इलाकों में 4 प्रतिशत पाया गया है। सबसे अधिक चिंताजनक तथ्य यह है कि मधुमेह का प्रसार गत चार दशकों में चौगुना हो गया है। मधुमेह जीवन शैली के कारण होनेवाली बीमारी है और मधुमेह को रोकने के लिए व्यायाम और आहार प्रबंधन के प्रभाव का अध्ययन करने के लिए कई परीक्षण किए गए हैं। जब किसी व्यक्ति को मधुमेही का छप्पा लग जाता है, तो मात्र दवाइयाँ ही उसके प्रबंधन का आधार बन जाती है। भोजन की बारंबारता को कम करने से खाली पेट इन्सुलिन का स्तर कम हो जाता है, जो इन्सुलिन प्रतिरोध और उपस्थित मधुमेह के बारे में जानने के लिए एक निर्देशक है। दिन में दो बार भोजन करने की आवृत्ति का, मधुमेह पर होनेवाले परिणामों को इस केस रिपोर्ट में प्रस्तुत किया गया है।

कार्यपद्धति : 45 उम्र का एक पुरुष रोगी, जो व्यवसाय से प्राध्यापक है, उनको मधुमेह का निदान हुआ, उनका ग्लायकेटेड हिमोग्लोबीन (HbA1c) 10.1 था, औसत रक्त ग्लुकोज 243 mg% थी और खाली पेट तथा भोजन के बाद की शर्करा 213.51 और 283.65 mg% थी। उन्हे दिन में केवल दो बार भोजन करने की सलाह दे दी गयी और उनके खाली पेट तथा भोजन के उपरांत की शर्करा, HbA1c, खाली पेट इन्सुलिन, वजन और कमर की परिधि पर नजर रखी गयी।

परिणाम : 1 जनवरी 2017 से 16 अगस्त 2017 तक इनका HbA1c गिरकर 5.3 हुआ, उनके कमर की परिधि 6.5 इंच कम हो गयी (42 से 35.5 इंच), इनका वजन 86.5 से 72.2 किलो हो गया याने 14.3 किलो तक घट गया।

निष्कर्ष : दिन में मात्र दो बार भोजन करने से मधुमेह से मुक्ति की स्थिति मात्र 7.5 महीनों में आ गयी। HbA1c, खाली पेट इन्सुलिन, खाली पेट और भोजन के उपरांत की रक्तशर्करा, वजन, कमर की परिधि इन सबके अनुकूल परिणाम प्राप्त हुए। भोजन की आवृत्ति को कम करना मधुमेह से मुक्ति की स्थिति के लिए बहुत ही प्रभावशाली रास्ता साबित हुआ।

कुछ सफलता की कहानियाँ

मैं यहाँ पर सफलता की कुछ ऐसी कहानियाँ बताने जा रहा हूँ, जिसमें ऐसे मामले हैं, जहाँपर मधुमेह की दवाइयाँ बंद कर दी गयीं, HbA1c और रक्तशर्करा के स्तर ऊंचे होनो के बावजूद मधुमेह की दवाइयाँ आवश्यक नहीं थी या उनकी मात्रा कम कर दी गयी।

आपको डॉ. राजन वेलूकर (एक्स. वाइस चान्सलर ऑफ मुंबई युनिवर्सिटी) और सुमंत घैसास (ट्रेझरर ऑफ सिद्धी विनायक ट्रस्ट, मुंबई) जी की कहानी में यह देखने को मिलेगा कि उनकी दवाइयाँ बंद कर दी गई। साथ ही आप डॉ. सुभाष गोरे और रूपा साने की अविश्वसनीय कहानी से भी रूबरू होंगे, जिनका HbA1c क्रमशः 12 और 16 था। उनकी भी गैर-मधुमेही स्थिति आ गयी, बगैर दवाओं के।

यह फिर से सिद्ध करता है कि नये नये निदान हुए मधुमेह के केस में (उनकी साधारण रक्तशर्करा और HbA1c कुछ भी हो) हमारा 'जीवन शैली परिवर्तन' उनके मधुमेह को वापस भेजने में उनकी मदद कर सकता है। अगर आप डॉ. वेलूकर जी का उदाहरण ले तो यही दिखाई देगा कि अनेक वर्षों से सब से अच्छे मधुमेही विशेषज्ञ से उपचार लेते हुए भी उनका मधुमेह नियंत्रण में नहीं आ रहा था। जो हमारे जीवन शैली परिवर्तन से नियंत्रण में आ गया।

निश्चित ही हम उनकी प्रगति पर बारीकी से ध्यान रखेंगे और भविष्य में वस्तुनिष्ठ परिणामों के साथ बात कह देंगे। लेकिन इससे हमें 'मधुमेह से मुक्ति' के विचार संबंधी आशा दिखाई दी यह सुनिश्चित है।

प्रो. शाम लेंडवे, श्री. ए. आर. रामचंद्र और नीलेश महाजन का खास तौर से उल्लेख करना चाहिए, जो मधुमेह के लिए किसी भी तरह की दवा न लेते हुए भी गैर-मधुमेही बन जाने के बाद भी, एक साल से इस आहार योजना का पालन कर रहें है। इससे यही पता चलता है कि अगर कोई व्यक्ति हमारे जीवन शैली परिवर्तन

को जारी रखे तो मधुमेह वापस जा सकता है और उसे काफी सालों तक दूर रखा जा सकता है। अर्थात् इस अभियान में अधिक प्रमाण उत्पन्न होंगे।

इस पुस्तक में सारी की सारी सफल कहानियों को शामिल करना मुमकिन नहीं है, एक तो जगह की पाबंदी और दूसरे यह सारी कहानियाँ कहीं ना कहीं एक जैसी ही है। मैं सभी पाठकों से यह कहना चाहता हूँ कि यह सारी कहानियाँ विश्वसनीय है। हर रोज हम एक सफलता की कहानी पोस्ट करते हैं, आप हमारे फेसबुक पेज पर हमारी सफलता की और भी कहानियाँ देख सकते हैं।

एक अनुसंधानकर्ता की हैसियत से मैं केस रिपोर्ट या रिपोर्टों की शृंखला को प्रमाण/सबूत के तौर पर पेश करने के महत्त्व को और सीमाओं को जानता हूँ। लेकिन मुझे यह भी विश्वास है कि जो कुछ सबूत दिए गए हैं उन्हें आप नजरअंदाज नहीं कर सकते।

1) डॉ. राजन वेलूकर

एक्स. वाइस चान्सलर, मुंबई युनिवर्सिटी, और VCMOU

मुझे 2003 में मधुमेह हुआ। मेरी माँ को भी मधुमेह था। मैं यह सोचता था कि मुझे उन्हीके जीन्स में से यह विरासत में मिला। पिछले 20 सालों से मैं कई जिम्मेदारीवाले पदों पर काम करता रहा, जो मुझे पसंद भी था, और इसी कारण 1995 से मैं बहुत व्यस्त रहा। मुझे अपने आप का खयाल रखने के लिए बहुत कम समय मिलता था। अपनी रक्तशर्करा को नियंत्रण में रखने के लिए मैं मुझ पर उपचार करनेवाले डॉक्टरों द्वारा दी गयी गोलियाँ लेता था। बढ़ती हुई व्यावसायिक जिम्मेदारियों के कारण मैं बहुत ज्यादा व्यस्त हो गया। 2009 में, मेरे पत्नी के देहांत के कारण मैं बहुत तनाव में था। यद्यपि मेरा स्वभाव शांत है पर फिर भी तनाव बढ़ता ही चला गया।

एक दिन मुझे बड़ी ही थकान महसूस हुई, इसलिए मैंने अपना HbA1c का परीक्षण किया जो 10.33 था। उसी दिन मेरे पुराने परिचित श्री. देहनकर जी से मुझे एक वाट्सएप संदेश प्राप्त हुआ। स्वर्गीय डॉ. श्रीकांत जिचकर जी के 'आसानी से वजन घटाना' विषय पर व्याख्यान का वीडिओ उसमें था। उस व्याख्यान को देखने के बाद, दो दिनों तक मैंने उनके द्वारा बताये गए सारे अनुसंधानात्मक लेखों तथा पुस्तकों को पढा। बड़े पैमाने पर पढ़ते हुए, मुझे मधुमेह पर बहुत सारे अनुसंधानात्मक लेख मिले। मुझे डॉ. जगन्नाथ दीक्षित जी के व्याख्यानों के बारे में पता चला।

उसके बाद दूसरे किसी पर भरोसा करने की बजाय मैंने खुद पर प्रयोग करने का निर्णय लिया। पहली बात मैंने चाय छोड दी। मैंने सिर्फ दो बार भोजन लेना शुरू

किया। मैं दोपहर 1 बजे और शाम को 7 बजे भोजन लेने लगा। मैंने अपने भोजन में कम से कम ग्लायसेमिक प्रवृत्तिवाले खाद्यपदार्थों का समावेश किया। साथ ही शाम को मैंने 5 किलोमीटर चलना भी शुरू किया। इस जीवन शैली के परिवर्तन से कुछ लाभ हुआ है या नहीं, यह पता लगाने के लिए मैंने अपना HbA1c का परीक्षण किया, वह भी सिर्फ 12 दिनों के बाद 8.9 आया। मुझे समझ में आया कि सकारात्मक बदलाव हो रहा है। और मुझे इस जीवन शैली को कायम रखने के लिए प्रेरणा मिल गयी। 50 दिनों के बाद HbA1c कम होकर 6.7 हो गया, जिससे मेरा विश्वास बढ़ा। HbA1c के परिणामों को देखकर भी मुझे डर था कि कहीं स्वास्थ्य के अन्य मापदंड नीचे न गिर रहे हों। इसलिए मैंने 71 स्वास्थ्य मापदंडों की जाँच करवाई और उसके भी सभी परिणाम पूरी तरह से साधारण निकले।

यह प्रयोग अब छः महीनों से भी अधिक समय के लिये चल रहा है। मेरा वजन 67 से घटकर 62 हो गया है और HbA1c 6.6 तक कम हो गया है। मैं अपने HbA1c के 2015 से 2018 तक के परिणाम यहाँ पर देना चाहता हूँ।

तारीख	HbA1c	तारीख	HbA1c
16/11/15	10	18/3/16	9.7
23/1/17	10	12/6/17	8.5
27/2/18	10.33	12/3/18	8.9
20/4/18	6.7	27/5/18	6.34
27/8/18	6.5	13/11/18	6.6

पहले तीन महीनों में मेरी मधुमेह की दवाइयाँ 75 प्रतिशत बंद हो गयी। दूसरे सत्र में, तीन महीनों के दौरान पहले एक महीना और 15 दिनों में मैंने दवाइयाँ ली और अगले एक महीना और 15 दिन मैंने दवाइयाँ बंद कर दी फिर भी मेरा HbA1c 6.5 तक घट गया।

मैं निम्न दवाइयाँ लेता था :

दवाई का नाम	नाश्ता	दोपहर का भोजन	रात का भोजन
Diamicron XR60	1	0	1
Letapin XR	1	0	0
Galvus 50	0	1	0
Glucobay	0	1	0
PinNom 20	1	0	0

यह सब प्रयोग करते हुए मेरी ऊर्जा का स्तर घटा नहीं बल्कि बढ़ गया। पिछले छः महीनों में मुझमें जो वस्तुनिष्ठ और आत्मनिष्ठ बदलाव आए, उन्हें मैंने आपके सामने रख दिया है। अगले और तीन महीनों के प्रयोग के बाद मैं अपनी राय दृढता से रखने की स्थिति प्राप्त करूंगा। इन सारे प्रयोगों को करते हुए, मैं हर वक्त मेरे मधुमेह विशेषज्ञ पद्‌मश्री डॉ. शशांक जोशी और डॉ. जगन्नाथ दीक्षित जी के संपर्क में रहता हूँ।

हालांकि दवाइयाँ ना लेने के बावजूद मेरा HbA1c घट गया है, मैंने अभी भी मिठाइयाँ खाना शुरू नहीं किया है।

बदलती हुई जीवन शैली के कारण मोटापा और मधुमेह से बाधित लोगों की संख्या शीघ्र गति से बढ़ रही है। इसे देखते हुए डॉ. दीक्षित जी का यह पूरी तरह से मुफ़्त अभियान काबिले तारीफ़ है। डॉ. दीक्षित जी के 'मोटापा और मधुमेह से मुक्त विश्व' के विशाल लक्ष्य को साध्य करने के लिए, हर एक को उनका साथ देना चाहिए।

मैं फिर एक बार डॉ. दीक्षित जी का अभिनंदन करना चाहता हूँ।

2) सुमंत घैसास

ट्रेझरर, सिद्धी विनायक ट्रस्ट, मुंबई

मेरी जीवन शैली साधारण ही थी। खाने का मेरा समय भी अनुशासन बद्ध था। मैं हर रोज चलता था और मैं मोटा भी नहीं था। समस्या सिर्फ यह थी की मेरा पेट बढ़ रहा था। चूँकि मेरी शक्कर हमेशा 200 mg% से कम होती थी, मैं मधुमेह का नियंत्रण करने के बारे में इतना गंभीर भी नहीं था।

एक बार दापोली से मुंबई आते समय, मई 2018 को, मुझे दायें हाथ में झुनझुनाहट सी महसूस होने लगी, फिर पैर में और बाद में यह मेरे शरीर के पूरे दायें हिस्से में फैल गयी। मैंने एक्यूप्रेशर और एक्यूपंक्चर का अध्ययन किया हुआ था। मैंने उसे अपने आप पर आज़माया। मैंने अपने एक मित्र आशिष लिमये, जो एक्यूपंक्चर संबंधित जानकारी रखते हैं, उनसे सलाह मशवरा भी किया। उसकी सलाह के अनुसार, मैं पोलादपूर के एक डॉक्टर के पास भी गया। मेरा ECG साधारण था, उच्च रक्तचाप बढ़ गया था और रक्तशर्करा 381mg% हो गयी थी। मैंने उनके द्वारा दी गयी दवाइयाँ ली और घर पहुँचा। सुबह शेविंग करते समय मुझे महसूस हुआ की झुनझुनाहट मेरे दाएँ गाल और कान पर शुरू हुई है। मेरे मित्र मुझे तुरंत नानावटी हॉस्पिटल में लेकर गए वहाँ पर मुझे ICU में दाखिल किया गया। मेरा स्ट्रोक रोका जा सका क्योंकि मुझे सही समय पर उपचार मिले। उसके बाद मुझे मधुमेह की और कुछ रक्त को पतला करने वाली दवाइयाँ लेनी पडी।

उस समय मैंने बगैर दवाइयाँ मधुमेह नियंत्रित करने का कोई मार्ग है क्या यह ढूँढने का विचार किया। डॉ. आशिष लिमये ने मुझे डॉ. दीक्षित जी की आहार योजना के बारे में बताया। मैंने इसे 30 जून 2018 से अमल में लाना शुरू किया। मैं अपने दो भोजन सुबह 9 से 10 के बीच और शाम को 5 से 6 के बीच लेने लगा। इसके बीच में मैं छाछ लेता था। डॉ. दीक्षित जी की सलाह के अनुसार मैंने कुछ अत्यावश्यक बदलाव भी किए।

पिछले तीन महीनों से मेरी मधुमेह की दवाइयों की मात्रा घटकर आधे पर आ गयी है। और पिछले एक महीने से मैंने मधुमेह की एक भी दवा नहीं ली है। फिर भी मेरी रक्तशर्करा नियंत्रण में है। मधुमेह को रोकने प्रति होने वाली मेरी उन्नति आप इस तालिका में देख सकते हैं।

तारीख	HbA1c	खाली पेट इन्सुलिन	वजन (किलो)	कमर (इंच)
21/06/18	10.1	14.2	60	35
09/07/18	9.0	17.1	-	-
21/07/18	8.0	15.6	58.5	34
22/08/18	6.7	9.25	58.5	34
20/09/18	6.5	4.49	57.5	33.5
20/10/18	6.2	5.92	57	33

डॉ. दीक्षित जी की इस आहार योजना ने मेरी बहुत सहायता की। अब मैं इस जीवन शैली परिवर्तन का लोगों के लिए प्रचार करता हूँ। मैंने देखा है कि उनमें से बहुत लोगों को इससे फायदा ही हो रहा है। सच में मोटापा कम करने के लिए और मधुमेह को नियंत्रण में रखने के लिए यह आहार योजना बहुत अच्छा काम करती है।

इस अभियान को जिस तरह से भी मदद कर सकूं, उस तरह से मदद करने का मेरा विचार है।

3) **हेमंत चतुर**, पुणे

अप्रैल 2018 के महीने में मेरे सहयोगी श्री. विठ्ठल पंधारे जी से मुझे डॉ. दीक्षित महोदय की जादुई आहार योजना के बारे में जानकारी मिली। उन्होंने मुझे इस जादुई आहार योजना का पालन करने के लिए प्रोत्साहित किया। मैंने यू-ट्यूब पर डॉ. जगन्नाथ दीक्षित जी का वीडिओ बारीकी से देखा और इस आहार योजना का

अवलंब करने के लिए बहुत अधिक प्रोत्साहित हुआ। महोदय द्वारा दिए गए व्याख्यान बहुत ही सरल और आसानी से समझ में आनेवाली भाषा में दिए गए होते हैं। वैद्यकीय विज्ञान के बहुत ही जटिल सिद्धांतों को बहुत ही सरल पद्धति से स्पष्ट किया है, जो साधारण आदमी को आसानी से समझ में आता है। उसके अनुसार मैंने अपनी HbA1c और खाली पेट इन्सुलिन के टेस्ट करवाये और उसके परिणाम देखकर मैं हक्का बक्का रह गया। अब क्या करूँ मेरी कुछ समझ में नहीं आ रहा था। मैं दवाइयाँ लेने के विरोध में था। मैंने अपने परिणाम (रिपोर्टस्) EWL दल सदस्य (श्री. अरुण नवगे जी) के पास भेजे और उन्होंने मुझे बिना कोई दवाओं के इस आहार योजना का पालन करने की अनुमति दे दी। इस तरह मैंने दवाइयाँ ना लेकर डॉ. दीक्षित जी की इस आहार योजना का अवलंब करने का निश्चय किया। मैंने इस आहार योजना को कठोरता से बगैर विचलित हुए पालन करना शुरू किया। मैं इस आहार योजना का अनुसरण करने में बहुत अधिक प्रतिबद्ध था। इसको मैंने 2018 के अप्रैल महीने में शुरू किया (12/04/2018)। और जैसा की बताया गया था मैं हर महीने HbA1c और खाली पेट इन्सुलिन के टेस्ट करवाता था और हर महीने मैं परिणामों में चमत्कारी सुधार देख रहा था। साथ ही मेरे वजन में और कमर की परिधि में काफी कमी आ गयी थी। इस योजना को शुरू करने के छः महीने बाद मेरा HbA1c 12.6 से 6.1 तक घट गया। खाली पेट इन्सुलिन का स्तर 21.60 से घटकर 7.4 हो गया। वजन 78 किलो से 65 किलो हो गया। कमर की परिधि 38 इंच से 34.50 इंच हो गयी!

मेरे टेस्ट के परिणामों की जानकारी विस्तार रूप से नीचे दी गयी :

तारीख	HbA1c	खाली पेट इन्सुलिन	वजन (किलो)	कमर (इंच)	कमर की परिधि (सें.मी.)
12/04/18	12.60	21.60	78	38	105
13/05/18	10.10	10.40	73.5	36.5	95
14/06/18	7.6	11.10	67.5	35.6	92
14/07/18	6.7	14.4	66	35.5	90
04/08/18	6.5	11.1	65	34.5	88
13/09/18	6.3	12.3	65	34.5	88
13/10/18	6.1	7.4	65	34.5	88

मैंने अपनी जीवन शैली को डॉ. दीक्षित जी की आहार योजना में बताए गए तरीके से बदल दिया है।

आहार योजना से मिले फायदे :

- आश्चर्यजनक और अविश्वसनीय HbA1c में सुधार (12.60 से 6.1), खाली पेट इन्सुलिन (21.60 से 7.40)।
- 13 किलो वजन घटना (78 से 65 किलो) मैंने अपने सपने में भी कभी सोचा नहीं था कि मैं 65 किलो वजन तक पहुँच जाऊंगा।
- कमर 3.5 इंच से घट गयी (38 से 34.5 इंच) कमर के नीचे परिधि (105 से 88 सें.मी.)।
- आंतरिक बल में तथा ऊर्जा के स्तर में वृद्धि (मैं दो घंटों तक बिना रूके 15 कि.मी. चल सकता हूँ)। चलना अब मेरा शौक़ बन गया है।
- खाने की आवृत्ति कम हो जाने से दाँतों का स्वास्थ्य भी अच्छी तरह से कायम है।
- गहरी नींद।

यह मेरे लिए बहुत ही सकारात्मक और जीवन को बदलनेवाला अनुभव रहा है।

डॉ. जगन्नाथ दीक्षित महोदय की इस आहार योजना ने जादुई छड़ी का काम किया है। मैं आजीवन इस आहार योजना का पालन करूंगा। अगर डॉ. दीक्षित महोदय की योजना को अनुशासन, निष्ठा और दृढ निश्चय से अपनाया जाए तो स्वास्थ्य के लक्ष्यों को हम पा सकते हैं। मैं डॉ. दीक्षित जी और उनके पूरे EWL दल के सदस्यों को, उनकी निस्वार्थ सेवा और विश्व को मोटापा और मधुमेह से मुक्त करने के महान सामाजिक कार्य के लिए सच्चे दिल से धन्यवाद देना चाहता हूँ। जितने लोगों तक यह संदेश पहुँचा सकता हूँ, उतने लोगों तक इस संदेश को पहुँचाकर मेरी तरफ से इस महान अभियान में अपना योगदान दे रहा हूँ, देता रहूँगा।

4) डॉ. राजेश वालवेकर

ऑनको सर्जन (Onco-Surgeon), नासिक

मैं एक कॅन्सर सर्जन हूँ, नासिक से हूँ। नवंबर 2015 में इंडियन मेडिकल एसोसिएशन, नासिक द्वारा आयोजित किए गए डॉ. जगन्नाथ दीक्षित जी के लेक्चर में मैं उपस्थित था। मेरी लंबाई 182 सें.मी. और उस वक्त का वज़न 102 किलो था। मेरी कमर 42 इंच थी, HbA1c 6.9 था, खाली पेट शर्करा 133 और भोजन के बाद की 152 थी। दुर्भाग्यवश मैंने खाली पेट इन्सुलिन की जाँच नहीं की थी। मुझे मधुमेह है ऐसा निदान हुआ।

मैंने इस वजन घटाने की आसान योजना को 1 जनवरी 2016 से, नये वर्ष के संकल्प के रूप में पालन करना शुरू किया। 31 दिसंबर 2016 तक वजन घटाकर 85 किलो तक लाना यही मेरा संकल्प था। चूँकि मुझे छाछ बहुत पसंद है, इस आहार योजना का पालन करना मेरे लिए बहुत आसान था। मैं दो भोजनों के बीच लगभग 2 लिटर छाछ हररोज़ पी लिया करता था। मुझे साइकिल चलाना भी बहुत पसंद है। मैंने हफ्ते में कम से कम छः दिन 15 किलोमीटर साइकिल चलाना शुरू किया। पहले तीन महीनों में मैंने 7 किलो वजन घटाया, मेरा मनोबल बढाने के लिए यह बहुत महत्त्वपूर्ण था।

लेकिन चौथे महीने में मेरा वजन 95 किलो पर ही स्थिर रहा। मैंने अपना साइकिल चलाना पहले 20 किलोमीटर तक बढ़ाया फिर 30 कि.मी. तक। इससे अगले तीन महीनों में मेरा वजन 5 किलो घट गया। जुलाई महीने के अंत तक मैं 10 किलो तक पहुँच गया। मेरे परिवार वाले और दोस्त मुझे, मेरा वजन घटने के लिए बधाईयाँ देने लगे। मैं पहले से अधिक जवाँ और स्मार्ट लगने लगा। अगस्त में फिर से मेरा वजन 90 किलो पर ही टिका रहा। अब आनेवाले 4 महीनों में और 5 किलो वजन घटाना मुश्किल लग रहा था। एक डॉक्टर होने की वजह से मैंने अपने खाने में थोड़ासा प्रयोग किया। मैंने खाने में सब्जियाँ और सैलेड की मात्रा बढायी और कार्बोहायड्रेटस् कम कर दिये। मैं गेहूँ की रोटी से जवार की रोटी पर आ गया। साथ ही हफ्ते के पाँच दिन मैं बॅडमिंटन भी खेलने लगा।

और अंतिमतः 31 दिसंबर 2016 को मेरे परिणाम थे :					
वजन :	85.5 किलो	कमर :	38 इंच	HbA1c :	5.3
खाली पेट इन्सुलिन :	6	खाली पेट रक्तशर्करा :			105

मैंने अपने लक्ष्य को सफलता से पा लिया था। साथ ही मेरे कोलोस्ट्राल का स्तर, जो असाधारण रूप से उच्च था वह भी वापस साधारण स्तर पर आ गया। मैंने केवल अपना वजन ही नहीं घटाया बल्कि मधुमेह के खतरे को भी कम किया। अब अगस्त में मैं इस आहार योजना को दोहराने जा रहा हूँ क्योंकि यह अब मेरी जीवन शैली बन गयी है। मेरा वजन 85 से 87 किलो के बीच ही हमेशा स्थिर रहता है। (मेरे पत्नी के कहने के मुताबिक मैं 87 किलो का ज़्यादा जवाँ और बेहतरीन दिखता हूँ। इसलिए मैं उसी वज़न पर कायम रहने का प्रयत्न कर रहा हूँ।) मुझे अब कठिन व्यायाम करने की जरूरत नहीं पडती। रोज का 15 से 20 कि.मी. का साइकिल चलाना काफ़ी हो जाता है। मुझे बॅडमिंटन अच्छा लगने लगा है और उसके कुछ कौशल भी अब मैंने सीख लिए हैं। मैं मेरे रक्त के परीक्षण हर छः महीने के बाद करता हूँ और वह लगातार साधारण (Normal) आ रहा है।

मैंने इस आहार योजना के बारे में मेरे सभी परिवारवालों और दोस्तों को भी बता दिया है। उनमें से बहुत से लोगों ने इसे अपनाना भी शुरू किया है और उसी तरह के परिणाम वे पा रहे हैं। अंत में, मैंने कभी डॉ. दीक्षित जी से मुलाकत नहीं की लेकिन कभी कभी फोन पर उनसे बात हुई है। लेकिन मेरे लिए वह मेरे सबसे अच्छे दोस्त हैं, जिन्होंने मेरे जीवन में परिवर्तन लाया है। मैं महोदय का बहुत शुक्रगुजार हूँ और मैं हरवक़्त उनके 'मोटापा तथा मधुमेह से मुक्त विश्व' के सपने को पूरा करने के लिए कार्य करता रहूंगा। जिस किसी को भी मेरी सहायता की जरूरत हो, मैं उस के लिए हमेशा तैयार हूँ।

धन्यवाद महोदय!

5) **डॉ. राजेंद्र कुलकर्णी,** नासिक
बालचिकित्सक (Pediatrician)

मैं 50 की उम्र का एक बालचिकित्सक (Pediatrician) नासिक से हूँ। मेरी व्यावसायिक तथा सामाजिक गतिविधियों के कारण मेरी दिनचर्या बहुत ही व्यस्त रहती है। इसीलिए हरवक्त मेरा वजन बढ़ता रहता है। मैंने वजन कम करने के लिए जितने भी मुमकिन रास्ते थे उतने सारे अपनाए। मैंने पतला होने की आशा ही छोड दी थी। मैं रात को 2 बजे उठकर कुछ खाता था, शायद इन्सुलिन प्रतिरोध के कारण। मुझे मायग्रेन की भी बीमारी है, इसलिए मैं कभी भूखा न रहूँ, यह भी मुझे देखना पड़ता है।

मैंने हमारे यहाँ दिसंबर में संपन्न हुए IMA के सम्मेलन में डॉ. जगन्नाथ दीक्षित जी का लेक्चर सुना था। लेकिन किसी न किसी कारणवश उनके द्वारा सिफारिश की गयी जीवन शैली को मैं अपना नहीं पाया। मेरे एक बहुत ही करीबी मित्र डॉ. राजेश वालवेकर ने इसे अपनाया और उन्हें उसके बहुत ही महत्त्वपूर्ण परिणाम मिले। इससे मुझे प्रोत्साहन मिला और मैंने डॉ. दीक्षित जी के इस योजना का पालन करना शुरू किया।

एकही निश्चित समय पर दो बार भोजन करना यह मेरे लिए कोई बड़ी बात नहीं थी। क्योंकि पिछले 20 वर्षों से मैं वहीं करते आया हूँ। लेकिन इन भोजनों के बीच मैं जो कुछ लेता था, स्नॅक्स, चाय, कॉफी, फल, बिस्कुट और क्या नहीं, वह मैंने पूरी तरह से बंद कर दिया। मैं हर रोज 7 से 10 कि.मी. जॉगिंग का व्यायाम करने लगा।

और क्या कहूँ। यह परिणाम देखें :

1/1/2018 पर		और	15/10/2018 पर	
वजन :	91.2 किलो		वजन :	75.3 किलो
HbA1c :	6.7		HbA1c :	5.7
खाली पेट इन्सुलिन :	22		खाली पेट इन्सुलिन :	9.33
कमर की परिधि :	110 सें.मी.		कमर की परिधि :	89 सें.मी.

मैं डॉ. जगन्नाथ दीक्षित जी को उनके इस तर्कसंगत, किफायती, वैज्ञानिक और सरल जीवन शैली के लिए धन्यवाद देना चाहता हूँ। हर कोई व्यक्ति इसे आजीवन अपना सकता है। जो कोई भी सेहतमंद रहना चाहता है उसके लिए इस जीवन शैली की मैं जोरदार सिफारिश करूंगा।

6) डॉ. वी. जी. सावंत

MBBS, DHM, DMLS, COA

एक्स-सिनियर मेडिकल अफसर और अभी जनरल प्रैक्टिशनर

इस आहार योजना को 14 जून 2018 से पालना शुरू किया।

14/6/2018 के परिणाम			
HbA1c :	6.6	खाली पेट इन्सुलिन :	30.78
लंबाई :	164 सें.मी.	वजन जितना होना चाहिए :	64 किलो
वजन जितना था :	78 किलो	अतिरिक्त वजन :	14 किलो

3 महीने बाद के परिणाम 14/9/2018 को			
HbA1c :	6.2	खाली पेट इन्सुलिन :	10.78
वजन :	69 किलो		

इस तरह 3 महीनों में मेरा वजन 9 किलो घट गया, HbA1c 0.4% से घट गया और खाली पेट इन्सुलिन 20.01 घट गयी।

विशेष टिप्पणियाँ : मेरी एंजिओप्लास्टी के बाद, मेरे डॉक्टर ने मुझे छोटे छोटे खानों की आवृत्ति करने को कहा था, जिससे मेरा वजन दो सालों में 11 किलो बढ़ गया था। जो नीचे आने का नाम ही नहीं ले रहा था। डॉ. दीक्षित जी की आहार योजना से और 45 मिनिट के चलने से मेरा वजन बहुत ही अधिक घट गया।

इस खोज के लिए डॉ. दीक्षित जी को बहुत बहुत धन्यवाद।

7) प्रविण धुरूपे, पुणे

मैं पुणे से हूँ। और मेरी उम्र 49 साल है। आसानी से वजन घटाने के इस अभियान के ग्रुप में मैं जुलाई 2018 में दाखिल हुआ। 25 जुलाई 2018 की मेरी रिपोर्टस् के मुताबिक मेरा HbA1c 11.1 था, खाली पेट इन्सुलिन 11.2 और वजन 84 किलो था। अपने जीवन में पहली बार मुझे मधुमेह का निदान हुआ। मेरी खाली पेट रक्तशर्करा थी 210 और भोजन के बाद की रक्तशर्करा थी 379। मैं बहुत ही चिंतित हो गया। मेरी बडी बहन ने मुझ से आपकी आहार योजना का पालन करने के लिए कहा। इस आहार योजना को अपनाने पर एक महीने में मेरी खाली पेट रक्तशर्करा 120 तक नीचे आ गयी और भोजन के बाद की 190 तक आ गयी। मेरा आत्मविश्वास बढ़ा।

25 अक्तूबर 2018 को मेरा HbA1c 6.7 तक कम हुआ और खाली पेट इन्सुलिन 8.2 तक घट गया। यह बहुत ही मुश्किल था क्योंकि मैं क्षतिग्रस्त डिस्क के कारण मात्र 300 से 400 मीटर तक ही चल पाता हूँ। यह सब आपकी आहार योजना के कारण ही संभव हुआ है।

पहले मैं सुबह Reclide XR 60 mg और Petmet 500 mg दिन में दो बार लिया करता था। अब मेरे मधुमेह विशेषज्ञ ने मेरे प्रगति की सराहना करते हुए मेरी दवाईयाँ कम कर दी हैं। अब मैं सुबह केवल Glimisave M1 लेता हूँ।

मुझे विश्वास है की मैं आनेवाले कुछ ही महीनों में मधुमेह को वापस भेज सकूंगा।

इस महान अभियान को मेरी हार्दिक शुभकामनाएँ।

8) सुभाष गोरे, पुणे

मैं 73 वर्ष का हूँ। मेरी लंबाई 158 सें.मी. है, जिसकी वजह से जवानी के दिनों से मुझ में थोड़ीसी न्यूनता की भावना है। साथ ही मेरा वजन 65 से 70 किलो के आस पास रहता है। मैं बहुत मोटा नहीं हूँ लेकिन मेरा पेट बहुत अधिक बढ़ा हुआ दिखता है। यह मेरी न्यूनता की भावना को और बढ़ाता है। अवकाश प्राप्त होने तक मैंने इसकी तरफ ज्यादा ध्यान नहीं दिया। अवकाश प्राप्ति के बाद मैं स्वास्थ्य के प्रति अधिक जागरूक हो गया। मैंने मेरा चहेता व्यायाम स्विमिंग शुरू किया। खुद को जितना हो सके उतना तंदुरूस्त रखने के लिए मैं नित्य टेस्ट भी किया करता था।

इस सबके बावजूद मुझे गंभीर कारडियाक स्ट्रोक आ गया, जिसके परिणाम स्वरूप मेरी एंजिओप्लास्टी हुई। इस घटना के कारण मेरा व्यायाम छूट गया।

लेकिन बीमार होते हुए भी, मेरा बढ़ता वजन और मोटापा मुझे हैरान कर ही रहा था।

इसलिए मैं उन विज्ञापनों के प्रति आकर्षित हो गया, जिसमें ब्रेकफास्ट और दोपहर के भोजन के बदले प्रोटीन पावडर लेने के लिए सुझाया गया था। हालांकि, मेरा वजन 61 किलो तक घट गया, इन प्रोटीन पाउडरों की किमतों ने मेरी निवृत्ति वेतन प्राप्ति में बड़ा सा छेद कर दिया। साथ ही इन प्रोटीन पाउडरों से मुझे मतली सी आने लगी। इसलिए मैंने उन्हें लेना बंद कर दिया।

बाद में मैंने और एक आहार योजना का सहारा लिया, जिसमें दिन में कम से कम छः बार खाने का पक्ष लिया था। यह आहार योजना पुणे के एक सुप्रसिद्ध आहार विशेषज्ञ की निगरानी में हो रही थी। यह भी काफी महंगी थी जिससे वजन 62 किलो तक कम हुआ।

मेरे एक मित्र मि. पी. एन्. आपटे, जो चुनाभट्टी, मुंबई से हैं, उन्होंने मुझे डॉ. दीक्षित जी की आहार योजना के विषय में उनका अपना अनुभव सुनाया, जिसे वह एक साल से अमल कर रहे थे। उन्होंने समझाया कि उन्होने मधुमेह की दवाईयों से कैसे छुटकारा पाया और साथ साथ उनका वजन भी कैसे कम हुआ। उन्होंने मुझे एक लिंक भेजी, जिसमें मैंने डॉ. दीक्षित जी का व्याख्यान सुना। यह 2018 के मई महीने में हुआ। उसी दौरान मेरे एक दूसरे मित्र, मि. संतोष गुप्ते जी ने डॉ. दीक्षित जी की योजना का पालन कर, 3 महीनों में 8 किलो वजन घटाने के उनके अनुभवों के बारे में बताया।

इसलिए जुलाई 2018 को मैंने इस योजना को अपनाने का निर्णय लिया। सौभाग्यवश डॉ. मंगलूरकर एम.डी. (मेडिसीन) के साथ 28 जून को मेरी एपॉइंटमेंट थी। मैंने उन्हें मेरी रक्तशर्करा जाँचने को कहा, जो 331 तक आ गयी थी। उन्हें भी बहुत आश्चर्य हुआ क्योंकि, वह हर एक रुग्ण का डेटा डिजिटली रखते हैं और इसके पूर्व मेरी रक्तशर्करा कभी भी इतनी उच्च स्तर पर नहीं गयी थी। जो संकेत दे रही थी की मैं मधुमेही या पूर्वमधुमेही हूँ। उन्होंने तुरंत उनके क्लिनिक में ही मेरे HbA1c की जाँच की, जो बहुत ही ज़्यादा उच्च स्तर का निकला (16.1)। उन्होंने मुझे Cyblex 30Xr दोपहर के भोजन के वक्त, और Marshall 1gm रात के भोजन के बाद लेने की सलाह दी, जिससे मेरी रक्तशर्करा का स्तर नियंत्रण में आए। मुझे उन्होंने तीन महीने बाद उनसे मिलने को भी कहा जो 27 सितंबर 2018 का दिन था। मैंने उन्हें बताया कि दूसरे ही दिन से मैं डॉ. दीक्षित जी की आहार योजना का अवलंब करने की सोच रहा हूँ। याने 29 जून से। उन्हें मेरे किसी भी आहार योजना का अवलंब करने से कोई आपत्ति नहीं थी, लेकिन उन्होंने बतायी गयी

मधुमेह की दवाइयाँ लेने पर और रक्तशर्करा के स्तर पर नियमित रूपसे नजर रखनेपर जोर दिया।

शुरू में, दीक्षित जी की योजना शुरू करने का मेरा विचार केवल अपना वजन कम करने के लिए ही था, लेकिन अब इस नये पहलू, मेरे मधुमेही रुग्ण होने से, मुझे दीक्षित जी की योजना का रक्तशर्करा के नियंत्रण के लिए होनेवाला उपयोग जाँचने का भी अवसर मिला। लेकिन मैं थोडा सा असमंजस में था कि अगर मैं मधुमेह के लिए बताई गयी दवाइयाँ लेना शुरू करूं, तो फिर मेरी रक्तशर्करा किस वजह से नीचे आयी है (दवाइयाँ या दीक्षित जी की आहार योजना) यह पता लगाना मुश्किल हो जाएगा। यह तभी संभव होगा जब इन दोनों में से मैं एक चुनूं, बताई गई दवाइयाँ या दीक्षित जी की योजना।

इस बात पर मैंने डॉ. दीक्षित जी से फोन पर बात की, उन्होंने कहा कि दीक्षित योजना का पालन करते समय, दवाइयाँ लेनी है या नहीं, यह तो मुझे ही निश्चित करना होगा, वह भी मेरे अपने खुद के जोखिम पर। मैंने केवल एक हफ्ते के लिए दीक्षित योजना को अपनाने का निर्णय लिया, वह भी मधुमेह के लिए बताई गयी दवाइयाँ न लेते हुए।

डॉ. दीक्षित जी की सलाह के अनुसार, मैंने अपने रक्तशर्करा के स्तर पर दिन में तीन बार नजर रखी, जैसे - खाली पेट, दोपहर के भोजन के बाद, रात के भोजन से पहले। उसके पहले, मुझे उनको पुणे के एक विख्यात लॅबोरेटरी में किये टेस्ट के आधार पर मेरा HbA1c स्तर और खाली पेट इन्सुलिन का रिपोर्ट बताना था।

दूसरे दिन 29 जून 2018 को मेरे टेस्ट परिणाम आए जो HbA1c 12.1 और खाली पेट इन्सुलिन 4.1 दिखा रहे थे। उसी दिन से मैंने दिन में तीन बार अपनी रक्तशर्करा पर नजर रखना शुरू किया। पहले तीन दिनों तक परिणाम बहुत ही निराशाजनक थे, लेकिन बाद में धीरे धीरे काफी हद तक आशाजनक दिखाई देने लगे। इस पूरे काल में मुझे डॉ. दीक्षित जी से विश्वासजनक सलाह मिलती रही। शुरू में मैं रक्तशर्करा हर रोज़ देखा करता था। लेकिन बाद में, उसकी बारंबारता कम हो गयी। अब मैं केवल 15 दिनों में एक बार देखता हूँ।

दीक्षित जी की जीवन शैली अपनाते वक्त शुरू में मेरा वजन 66 किलो था और कमर की परिधि 100 सें.मी.। एक महीने बाद याने 28 जुलाई को मेरा वजन 62 किलो और HbA1c 10.40, 24 अगस्त 2018 को HbA1c 9.3 और वजन 60.4 और कमर की परिधि 96 सें.मी.। अब आज वजन 58.1 किलो है, परिधि 91 सें.मी. और HbA1c 7.6 है।

मैंने दशहरा, दिवाली या प्रासंगिक रूप से आनेवाली वर्षगाँठों पर मिठाइयाँ खाना बंद नहीं किया। मैं अपना दोपहर का भोजन 12.30 से 1.15 के बीच ले लेता हूँ। और रात का भोजन 8.30 बजे। लगातार 1 घंटे के स्विमिंग के बाद मैं एक ग्लास छाछ ले लेता हूँ। सुबह और शाम को मैं एक एक कप बिना शक्कर और बिना दूध के चाय पी लेता हूँ। शाम के 7.30 बजे मैं एक टमाटर खा लेता हूँ। मेरा कुल मिलाकर आहार 1.5% बढ़ गया है, फिर भी वजन 66 से 58.1 किलो हो गया है। मैं अभी तक यह समझ नहीं पा रहा हूँ कि मैं मधुमेह की कोई भी दवाई नहीं ले रहा हूँ फिर भी यह आहार योजना मुझ पर कैसे लागू हो रही है। लेकिन सामान्य रूप से मैं अपने उत्साह के स्तर को बढ़ा हुआ महसूस कर रहा हूँ।

मेरे डॉक्टर, डॉ. मंगलूरकर ने 27 सितंबर को अपने क्लिनिक में मेरी जाँच की तब मेरी रक्तशर्करा 101 थी। उन्होंने मुझे मधुमेह की दवाइयाँ ना लेने की और डॉ. दीक्षित जी की योजना पर कायम रहने की सलाह दी है।

9) **रूपा साने,** पुणे

मैं रूपा साने, उम्र 51 साल, पुणे में विज्ञान की शिक्षिका हूँ। वजन कम करने के मुख्य उद्देश्य से मैं डॉ. दीक्षित जी के व्याख्यान में 7 फरवरी को पुणे में सहभागी हो गयी थी। उसे सुनने के बाद मैंने अपने रक्त की जाँच की। मेरी रक्तशर्करा का स्तर बहुत ही बढ़ा हुआ (377) देखकर मैं बहुत चौंक गई।

17 फरवरी 2018 के परिणाम :			
HbA1c :	16.30	खाली पेट इन्सुलिन :	5.30
वजन :	56.5 किलो	कमर :	85 सें.मी.

डॉ. दीक्षित जी से बात करने के बाद मैंने इस आहार योजना का पालन करना शुरू किया बगैर किसी दवाई के। मैंने बडी सख्ती से इसका पालन किया, दो भोजनों के बीच केवल पानी पीकर और 4.5 कि.मी. शीघ्र गति से चलकर। साथ ही मैंने अपने रक्तशर्करा के स्तर पर रोज नजर भी रखी और मेरे रक्तशर्करा स्तर में होनेवाले प्रबल घटाव को देखकर आश्चर्यचकित हो गई। रक्तशर्करा का स्तर उच्च होने से, मैं अस्वस्थता महसूस करती थी और रात को ठीक से सो नहीं पाती थी और नजर भी धुंधली हो गयी थी। इस योजना का पालन करने के बाद एक सप्ताह में यह सब लक्षण गायब हो गये और मैं अच्छी तरह से सोने लगी।

तीन महीनों में मेरा HbA1c घटकर 16.30 से 7.00 हो गया (9.3 घट गया)	
खाली पेट इन्सुलिन :	6
वजन :	51 किलो (5 किलो घट गया)
कमर :	80 सें.मी. (5 सें.मी. घट गयी)
HbA1c :	16.30 (17 फरवरी 2018)
HbA1c :	12.6 (22 मार्च 2018)
HbA1c :	8.5 (24 अप्रैल 2018)
HbA1c :	7.3 (25 मई 2018)
HbA1c :	7.1 (28 जून 2018)
HbA1c :	7.3 (26 जुलाई 2018)
HbA1c :	7.4 (30 अगस्त 2018)
HbA1c :	7.0 (9 अक्तूबर 2018)
HbA1c :	6.9 (13 नवंबर 2018)

मैं बहुत ही खुशनसीब हूँ कि मैं डॉ. दीक्षित जी से मिली। मैं अपना वजन घटा सकी साथ ही (बगैर दवाइयों के) HbA1c का स्तर भी घट् गया, वह भी आसानी से, बगैर तकलीफ के। यह सब सिर्फ इस आहार योजना के कारण और डॉ. दीक्षित जी के मार्गदर्शन के कारण।

डॉ. दीक्षित जी को बहुत बहुत धन्यवाद।

मैं बहुत हलकापन और ताज़गी महसूस करती हूँ। मैं अपने दिन की शुरुआत सुखद फिर भी तेज चलने से करती हूँ। और अब मौसम की कोई भी स्थिति मुझे यह व्यायाम करने से नहीं रोक सकेगी।

मैं इस योजना को जारी रखनेवाली हूँ और जल्द ही मधुमेह से मुक्त होने की आशा करती हूँ।

10) चंद्रशेखर मुंजे, नागपुर

मैं पिछले 15 सालों से मधुमेह से ग्रस्त हूँ। मैं एलआयसी एजेंट के तौर पर काम करता हूँ। मैंने मधुमेह से छुटकारा पाने के लिए बहुत प्रयत्न किए, लेकिन सफल नहीं हो पाया। इसीलिए, मैंने मधुमेह के विरुद्ध की मेरी जंग को समाप्त कर दिया और उसे अपने एक मित्र के रूप में स्वीकार कर लिया। मधुमेह को नियंत्रण में रखने के लिए मेरे डॉक्टर द्वारा बतायी गयी दवाइयाँ और इन्सुलिन के इंजेक्शन के जरिये

मैं कोशीश करता रहा। हर रोज मुझे 24/16 युनिट का इन्सुलिन का डोस, इन्सुलिन की पेन की सहायता से लेना पडता था, उसके साथ कुछ गोलियाँ भी। अन्य लोगों द्वारा की जानेवाली पूछताछ से मैं बहुत गुस्सा हो जाता था, मैं बहुत तंग आ गया था।

एक दिन मेरे मित्र, अनिल भागडीकर ने मुझे डॉ. दीक्षित महोदय के यू-ट्यूब पर उपलब्ध वीडिओ के बारे में बताया। शुरू में मैंने उसे अनदेखा कर दिया लेकिन मेरे मित्र के जोर देने के कारण, मैंने उसे अपनाने का निश्चय किया। बाद में मैंने अपनी HbA1c के लिए और खाली पेट इन्सुलिन जाँच ने के लिए ब्लड टेस्ट करायी और डॉ. दीक्षित जी को भेज दी। उन्होंने मुझे श्रीमती अर्चना देवरस जी से संपर्क करने को कहा। 18 जुलाई 2018 को अपनी कुलदेवता की प्रार्थना करके मैंने इस आहार योजना की शुरुआत की। चूँकि मैं इन्सुलिन के इंजेक्शन, साथ ही मधुमेह की गोलियाँ भी ले रहा था, इसलिए इस आहार योजना के अनुसरण में कुछ खतरा था। पहले 2-3 दिन मुझे hypoglycaemia हुआ। मैंने तुरंत अर्चना मैडम से संपर्क किया। बिलकुल देर न करते हुए उन्होंने मुझे फोन किया, उचित मार्गदर्शन दिया और मेरा हौसला बढ़ाया।

18 जुलाई 2018 को, मेरी शारीरिक स्थिति ऐसी थी :			
लंबाई :	165 सें.मी.	वजन :	67 किलो
कमर की परिधि :	90 सें.मी.	खाली पेट इन्सुलिन :	16.3
HbA1c :	8.1		
दवाइयाँ :	24 यूनिट सुबह में और रात के खाने से पहले 16 यूनिटस्।		

3 महीनों के बाद 18 अक्तूबर 2018 को मेरे परिणाम थे :	
वजन :	61 किलो (6 किलो घट गया)
कमर की परिधि :	85 सें.मी. (5 सें.मी. घट गयी)
खाली पेट इन्सुलिन :	4.74
HbA1c :	6.7 (1.4 से घट गया)
दवाइयाँ :	मेरे डॉक्टरों ने मेरा इन्सुलिन पूरी तरह से बंद कर दिया है। मौखिक दवाएं वैसी ही है।

मेरी जिंदगी पूरी तरह से बदल गयी है। मैं स्वर्गीय डॉ. श्रीकांत जिचकर, डॉ. दीक्षित महोदय, अर्चना मैडम और पूरे दल का बहुत आभारी हूँ।

मैं इस आहार योजना का पूरी जिंदगी पालन करूँगा।

मेरी प्रगति दर्शानेवाली तालिका :

	18/7/18	18/8/18	18/9/18	18/10/18
वजन	67	63	62	61
कमर की परिधि	90	88	86	85
खाली पेट इन्सुलिन	16.3	12.9	8.3	4.74
HbA1c	8.1	7.3	6.9	6.7
इन्सुलिन की मात्रा	24-16	18-14	14-8	0-0

11) अजय विलास खाटकर, कोल्हापूर

इस सबकी शुरुआत 31 मई 2018 को हुई। मेरी दृष्टि से संबंधित समस्या के बारे में अपने डॉक्टर से मिलने गया था। मुझे जाँच ने के बाद, उन्हें कुछ आशंका सी हो गयी और उन्होंने मेरी खाली पेट रक्तशर्करा टेस्ट किया जो 450 हो गयी थी। जिंदगी में पहली बार मुझे मधुमेह का निदान हो गया था और मुझे तुरंत अस्पताल में भर्ती कर दिया गया। मेरा HbA1c 13.2 था और औसत रक्तशर्करा 332.1 mg% थी, मेरा वजन 98 किलो था। यह सब मेरे लिए एक दुःस्वप्न जैसा था। अस्पताल में जब तक भर्ती था, मैं इन्सुलिन के इंजेक्शनों पर ही था। अस्पताल से छुट्टी मिलते वक्त मुझे Glyciphage SR500 mg 1 गोली दिन में दो बार और Ziten 20 mg दोपहर के भोजन के साथ लेने को कहा गया।

मुझ पर उपचार करनेवाले डॉ. प्रल्हाद केलवकर (MD मेडिसीन) का मैं बहुत आभारी हूँ, जिन्होंने मुझे जोर देकर डॉ. दीक्षित की आहार योजना को अपनाने के लिए कहा। एक मधुमेही बनकर जिंदगी जीना सचमुच निराशाजनक था। इसके बाद मैंने डॉ. दीक्षित जी के अलग अलग स्थानों पर दिए गए व्याख्यानों के यू-ट्यूब वीडियो देखे। किसी को विश्वास नहीं होगा कि इन व्याख्यानों को देखते हुए मुझे इतनी स्फूर्ति आ गयी और इनको सुनकर मैं इतना प्रेरित हो गया कि मेरा आधा तनाव और उदासी एक पल में गायब हो गयी। मुझ में इतना आत्मविश्वास जगा कि अगर मैं इस आहार योजना का पालन ईमानदारी से करूँ, तो शायद एक दिन मैं फिर से उस तरह से खुली साँस ले सकूंगा जैसे पहले लेता था।

तो इस तरह से 07/06/2018 को मेरी डॉ. दीक्षित महोदय के आहार योजना के पालन की शुरुआत हुई। पिछले 3.5 महीनों से मेरी रोज़ की दिनचर्या ऐसी थी :

सुबह 17 कि.मी. साइक्लिंग 45 मिनिट के लिए, बाद में 15 मिनिट स्ट्रेचिंग, पुशअपस् इ. दोपहर का भोजन 12 बजे। शाम को एक घंटे से कम समय में शीघ्र

गति से 7 कि.मी. चलना। 9 बजे रात का खाना। इन दोनों भोजनों के बीच पानी के अतिरिक्त कुछ भी नहीं। मैं खाने का बहुत शौकिन था, इसलिए इस जीवन शैली का अवलंब करना मेरे लिए बहुत मुश्किल था, लेकिन 15 दिनों में पूरे निश्चय से मैं यह कर सका। इसके परिणाम स्वरूप मेरे टेस्ट के नतीजे 07/07/2018 को थे : HbA1c : 7.5, रक्तशर्करा : 168.55, खाली पेट इन्सुलिन : 8.9।

मुझे hypoglycaemia हो रहा था, इसलिए, मेरे डॉक्टर ने मेरी दवाइयों की मात्रा कम कर दी, केवल एक गोली Glyciphage 500 SR सुबह लेने को कहा।

मैंने इस आहार योजना का ईमानदारी से पालन किया और 17/09/2018 को याने जीवन शैली परिवर्तन के 3.5 महीनों के बाद मेरा HbA1c 5.8, रक्तशर्करा 120 और वजन 77 किलो हो गया था। इन सारे नतीजों को देखकर मेरे डॉक्टर ने मेरी मधुमेह की दवाइयाँ पूरी तरह से बंद कर दी। आज मैं मधुमेह की दवाइयों से मुक्त हूँ।

संक्षेप में मेरा उदाहरण :

3.5 महीनों में मेरा HbA1c 13.2 से 5.8 तक कम हो गया। मेरा वजन 10 किलो कम हुआ। मेरी कमर की परिधि 42 से 37 इंच हो गयी। मधुमेह के लिए दी गयी मेरी सभी दवाइयाँ बंद कर दी गयीं। इस सबसे मुझे जो ताज़गी, मन की शांति मिली, दुर्भाग्यवश उसे माप नहीं सकता। रक्तचाप के लिए खानेवाली दवाइयाँ भी आधी हो गयी। आम्लता की जो मुख्य परेशानी मुझे सता रही थी, वह भी दूर हो गई।

महान डॉ. जगन्नाथ दीक्षित जी के कारण यह सब हुआ। उन्हीं की वजह से मैं मधुमेह के जेल से अविश्वसनीय पद्धति से मुक्त हुआ हूँ, वह भी इतने कम समय में। सिर्फ मधुमेह से ग्रस्त रुग्णों के लिये ही नहीं, बल्कि उन सभी के लिए भी, जो एक सेहतमंद और शांतिपूर्ण जीवन का आनंद लेना चाहते हैं, डॉ. दीक्षित सच में एक देवदूत हैं। मेरे लिये तो यह पहला दूसरा कदम ही है, क्योंकि मुझे अभी भी गैर-मधुमेही स्थिति प्राप्त करनी बाकी है। लेकिन मुझे पूरा विश्वास है कि भगवान के आशीर्वाद से और दीक्षित महोदय की शुभकामनाओं के कारण, मैं निश्चय ही अपने लक्ष्य तक जल्द ही पहुँचूंगा।

12) ए. एन्. रामचंद्र

सेंट्रल गर्वमेंट ऑर्गनाइझेशन, कर्नाटक के समुद्र तट पर स्थित एक छोटा गांव

मेरे लिए इस सबकी शुरुआत ऑफिस में मुझे चक्कर आने की घटना से हुई। (बाद में मुझे पता चला कि वह hyperacidity के कारण हो रहा था।) मेरे फैमिली डॉक्टर ने मुझे सारे टेस्ट करने को कहा, जिसमें से बाकी के टेस्ट के नतीजे सामान्य

थे सिर्फ रक्तशर्करा को छोडकर, जिसने 300 से अधिक छलांग लगायी थी और मुझे उस खूंखार 'D' शब्द का निदान किया गया 'Diabetes, मधुमेह!' HbA1c 10.5 था। क्योंकि मैं एक छोटे गांव में रहता, मैंने वही टेस्ट बेंगलोर के हाइ-टेक डाइग्नोस्टिक सेंटर में करवायी। जहाँ पर HbA1c 11.5 था यह सच्चाई थी। मेरे मित्र, जो MD हैं, उन्होंने मुझे शर्करा का स्तर नीचे लाने के लिए इन्सुलिन लेने की शुरुआत करने की सलाह दी। यह सब अप्रैल 2017 के दौरान हुआ।

इसके कुछ ही दिन पहले, मैं एक मित्र के जरिए डॉ. दीक्षित जी की आहार योजना के बारे में जान गया था। इसलिए मैंने डॉ. दीक्षित जी से संपर्क किया। मेरी पूरी बात सुनने के बाद उन्होंने अपने आहार योजना की जानकारी दी और यह भी भविष्यवाणी कर दी कि चूँकि मैं नया नया निदान हुआ मधुमेही हूँ, अगर मैं इस आहार योजना पर दिवाली तक याने अक्तूबर 2017 तक डटा रहूँ तो मैं मधुमेह से मुक्त हो जाऊंगा। इसलिए मैंने इस आहार योजना को 24 अप्रैल 2017 से अपनाया। शुरू में मेरी स्थिति ऐसी थी :

HbA1c :	11.5	खाली पेट इन्सुलिन :	3.66
कमर की परिधि :	40 इंच	वजन :	77 किलो

शुरू की कुछ परेशानियों के बाद मैं नीचे दी गई व्यवस्था पर डटा रहा। (a) 7 कि.मी. सुबह चलना (b) 7.45 पर ब्रेकफास्ट (c) दोपहर का भोजन 1.45 बजे। रात को कुछ भी नहीं खाना या इन दो भोजनों के बीच भी नहीं। अगर बहुत ज़्यादा भूख लगी तो रात को नींबू रस थोडा सा नमक डालकर पी लेना। यद्यपि मैं इस योजना पर लगातार अमल कर रहा था, मैं अपना मूल्यांकन होने से डरता था। डॉ. दीक्षित द्वारा बहुत ज़्यादा उकसाने के बाद, मैंने चार महीनों के बाद टेस्ट किये। मेरी खाली पेट रक्तशर्करा 125.5 (पहले 289) और HbA1c 5.05 (पहले 11.5), वजन 74 किलो पर आया था और खाली पेट इन्सुलिन 2.7 था (पहले 3.66)। यह कोई चमत्कार से कम नहीं था। यहाँ तक कि मैंने डायग्नोसिस करने वाले से फिर से जाँचने को कहा कि कहीं उसने किसी और के ब्लड सैंपल्स के साथ मेरे सैंपल्स बदल तो नहीं दिए। उसने फिर से बताया कि यह मेरे ही अपने टेस्ट के परिणाम है। कुछ ही महीनों में मैं मधुमेह से मुक्त हो गया था।

डॉ. दीक्षित जी के मार्गदर्शन पर, मैंने फिर से नवंबर 2017 में अपनी टेस्ट करवायी। HbA1c 5.15 था और खाली पेट इन्सुलिन 1 था (पहले 2.7) जो डॉ. दीक्षित जी के अनुसार बहुत अच्छा चिन्ह था। अभी जैसी कि डॉ. दीक्षित जी ने भविष्यवाणी की थी मैं उस खूँखार 'D' के पाश से मुक्त था, सिर्फ 8 महीनों में वह

भी किसी भी तरह की दवा के बिना। मेरा वजन 72-73 किलो पर (77 से घटकर) स्थिर है, कमर की परिधि 36 इंच है (40 से घटकर)। आहार योजना का लगातार पालन करता रहा, 6-7 कि.मी. रोज चलता था। इसके साथ में जहाँ तक मुमकिन हो, मैं कार का उपयोग करने के बजाए पैदल ही जाता हूँ। मेरा मार्गदर्शन करने के लिए डॉ. दीक्षित जी को धन्यवाद देता हूँ। मैं आगे चलकर भी इस योजना को बरकरार रखूँगा।

13) निलेश महाजन

युनियन बैंक ऑफ इंडिया, नासिक में मॅनेजर

उम्र : 33, लंबाई : 172 सें.मी.

मैं इस आहार योजना का सबसे बड़ा लाभार्थी हूँ। 07/08/2017 को मुझे पता लगा की मुझे मधुमेह है, उस दिन मेरी खाली पेट रक्तशर्करा थी 225 और भोजन के उपरांत की 368। श्री. विनायक टेंभुर्णे (मेरे बैंक के रिजनल हेड) जी ने मुझे डॉ. जगन्नाथ दीक्षित जी की इस योजना के बारे में अवगत कराया। मैंने अपने टेस्ट कराये जिसके परिणाम देखकर मुझे धक्का सा लगा, मेरा HbA1c : 11.80, खाली पेट इन्सुलिन : 8.00, कमर की परिधि : 42 इंच, वजन : 81 किलो था।

इसके बाद डॉ. दीक्षित महोदय के मार्गदर्शन में मैंने मेरी आहार योजना की शुरुआत 11/08/2017 से की, बगैर कोई दवाई लिए और मैं अपनी रक्तशर्करा की टेस्ट हर हफ्ते करता था। आश्चर्य से, मेरी शर्करा का स्तर एक हफ्ते में ही सामान्य श्रेणी में दिखाई देने लगा। मैं हर महीने अपने HbA1c और खाली पेट इन्सुलिन की टेस्ट किया करता था। 11/09/2017 को मेरे टेस्ट के परिणाम थे HbA1c : 9, खाली पेट इन्सुलिन : 8.9, कमर की परिधि : 40 इंच, वजन : 78 किलो।

11/10/2017 को मेरे परिणाम थे : HbA1c : 7.2, खाली पेट इन्सुलिन : 4.9, कमर की परिधि : 40 इंच, वजन : 78 किलो। और आज 11/11/2017 को मेरे परिणाम है : HbA1c : 5.6, खाली पेट इन्सुलिन : 11.56, कमर की परिधि : 40 इंच और वजन : 77 किलो। और इस तरह से केवल तीन महीनों में मैं मधुमेह से मुक्त हो रहा हूँ। इस दौरान मैं नित्य एक घंटा 5.5-6 कि.मी. चलता था और इस आहार योजना का कठोरता से पालन करता रहा।

मैं डॉ. दीक्षित महोदय और उनके पूरे दल का बहुत एहसानमंद हूँ। मैं इस जीवन शैली परिवर्तन की आहार योजना का पालन आज तक कर रहा हूँ। मेरे रक्तशर्करा के परिणाम पूरी तरह से साधारण है। 11 नवंबर 2018 को मैंने अपने

मधुमेह से मुक्त जीवन की पहली सालगिरह मनायी। मुझे विश्वास है कि अगर मैं इस आहार योजना को कायम रखता हूँ तो मधुमेह के लिए किसी भी तरह की दवाई लेने की जरूरत मुझे पूरी जिंदगी कभी नहीं होगी। डॉ. दीक्षित जी को बहुत धन्यवाद!

14) डॉ. प्रो. श्याम लेंडवे, लातूर

मैं इस आहार योजना का सबसे बडा लाभार्थी हूँ। मुझे अलग अलग जगहों के शाकाहारी तथा मांसाहारी भोजन का सेवन करना बहुत पसंद था। और मुझे यह गलत मार्गदर्शन भी मिला था कि हमें हर दो घंटो बाद कुछ ना कुछ खाते रहना चाहिए, इसलिए मैं खाते गया, खाते गया और परिणामतः मेरा वजन अतिरिक्त रूप से बढ़ गया।

मैंने इस योजना की शुरुआत जनवरी 2017 में की।

मेरे उस वक्त के रिपोर्टस् कुछे ऐसे थे : (जनवरी 2017)			
उम्र :	45 साल	लंबाई :	5 फीट 8 इंच
वजन :	87.5 किलो	कमर की परिधि :	42 इंच
HbA1c :	10.1	खाली पेट इन्सुलिन :	11.22

मैं आपको एक बहुत महत्त्वपूर्ण बात बताना चाहता हूँ। यह नतीजे मिलने के बाद मैं मधुमेही विशेषज्ञ (Diabetologist) के पास गया। उन्होंने मुझे 3 प्रकार की अलग अलग 3 गोलियाँ दिन में दो बार लेने की सलाह दी। मैंने जब अपने सहयोगी प्रो. प्रदीप पाटील (यह भी इस आहार योजना के बड़े लाभार्थी हैं) से इसके बारे में विचारविनिमय किया, उन्होंने मुझे दवाइयाँ शुरू करने से पहले इन परिणामों को डॉ. दीक्षित महोदय जी से शेअर करने को कहा। डॉ. दीक्षित जी ने मुझसे पूछा, 'तुम मानसिक रूप से मजबूत हो क्या? मैं तुम्हे जो भी सलाह दूंगा वह तुम बारीकी से पालन करोगे क्या?'

चूँकि मैं दवाइयाँ नहीं लेना चाहता था, मैंने उनके मार्गदर्शन में इस आहार योजना की शुरुआत की। दिन में दो बार भोजन (सुबह 8.30 बजे और शाम 7.30 बजे) इन दो भोजनों के बीच एक गिलास छाछ और चाय, जिस तरह से इस योजना में सुझाया गया है। मैंने अपना कार्बोहायड्रेट का सेवन कम कर दिया और प्रोटीन का सेवन बढ़ाया (शाकाहारी और मांसाहारी दोनों) साथही जितना हो सके उतना मीठा खाना छोड दिया।

रोज मैं इसका बारीकी से पालन करता था। अगर किसी कारणवश मैं इसे नहीं कर पाता तो दूसरे दिन फिर से मैं इसे पुनः आरम्भ करता था। मैंने यह निश्चित कर लिया था कि कम से कम महीने के 26-27 दिन तो मैं इसे जारी रख सकूं। इसके

साथ ही, मैं 50 मिनिट में 5 कि.मी. चलता था (अब सुबह और शाम को मिलकर 11 कि.मी. चलता हूँ।) मैंने दोनों टेस्ट, हर महीने के आखिर में करवाये और हर महीने मुझे प्रगतिदर्शक परिणाम मिले। मैं अगस्त 2017 में गैर-मधुमेही बन गया। (HbA1c 5.3)

अगर आप मेरे सितंबर 2017 के परिणाम देखेंगे तो आप जरूर यक़ीन करेंगे की यही एक योजना है जिससे हम भारत को मोटापा और मधुमेह से मुक्त कर पायेंगे।

सितंबर 2017 परिणाम :			
वजन :	70.5 किलो	कमर की परिधि :	35 इंच
HbA1c :	4.73%	खाली पेट इन्सुलिन :	2.05

केवल इस आहार योजना के कारण ही मैं अपना वजन 17 किलो और मेरी कमर की परिधि 7 इंच घटा सका। साथ ही सभी रक्तशर्करा के परिणाम भी साधारण ही पायें। मैं मोटापे से मुक्त और मधुमेह से मुक्त जिंदगी जी रहा हूँ तो केवल डॉ. दीक्षित जी और उनकी आहार योजना के कारण। डॉ. दीक्षित महोदय यह समाज कार्य हमारे लिए बगैर किसी स्वार्थ के कर रहे हैं। चलो, उनके साथ मिलकर इसे हर जगह पहुँचाये।

17 अगस्त 2018 को मैंने अपने मधुमेह से मुक्त जीवन की पहली सालगिरह मनाई। डॉ. दीक्षित जी ने मुझे ambulatory ग्लुकोज प्रोफाईल (ABG) की जाँच करने को कहा। मैंने लातूर के डॉ. अष्टेकर जी के अस्पताल में इसे करवाया। इसमें रक्तशर्करा पर हर 15 मिनिट के बाद नजर रखी जाती है और इसे रिकॉर्ड किया जाता है। दो हफ्तों के मेरे रिकॉर्ड देखने पर डॉ. अष्टेकर जी ने इसे बिलकुल साधारण (Normal) पाया। इसका मतलब था कि मैंने सबसे कठिन टेस्ट भी पास कर लिया था।

मैं इस आहार योजना का पालन अपने पूरे जीवन भर करने वाला हूँ। मैं अपने संपर्क में आनेवाले प्रत्येक व्यक्ति को इस जीवन शैली परिवर्तन के बारे में बताकर, इस अभियान में अपना अल्पसा योगदान दे रहा हूँ। मैं, डॉ. दीक्षित जी को अनेक शुभकामनाएँ देता हूँ।

15) श्रीराम ओझरकर, जेद्दाह, सौदी अरेबिया

उम्र : 52 साल, लंबाई : 176 सें.मी.

मैंने यह आहार योजना 16 मार्च 2018 से अपनाना शुरू किया।

मेरे परिणाम ऐसे थे :

वजन :	81.5 किलो	कमर :	99 सें.मी.
HbA1c :	6.9	खाली पेट इन्सुलिन :	नहीं किया।

मैं Glucophage 750 mg दिन में दो बार लेता था।

इसका पालन करते हुए दो महीनों से कुछ कम दिनों में ही कियी गयी मेरे टेस्ट के परिणाम थे :

वजन :	76.5 किलो	कमर :	94 सें.मी.
HbA1c :	5.79	खाली पेट इन्सुलिन :	10

इस सबका श्रेय डॉ. दीक्षित जी के सरल तथा तर्कसिद्ध योजना को जाता है।

मैं रोज सुबह ट्रेडमिल पर 40 मिनिटों तक 4.5 कि.मी. चलता हूँ और 45 मिनिटों तक 4 कि.मी. शाम को। इस आहार योजना को शुरू करने के 3-4 दिनों बाद मुझे थकान महसूस हुई और पसीना आने लगा। इसलिए मैंने सुबह की Glucophage की गोली लेना बंद कर दिया। अब मैं सिर्फ Glucophage 750 mg की एक ही गोली शाम को लेता हूँ।

मैं सच्चे मन से डॉ. दीक्षित जी को धन्यवाद देना चाहता हूँ। यहाँ पर बहुत से लोग हैं जो इस योजना का पालन कर रहे हैं और उन्हें अच्छे परिणाम भी प्राप्त हो रहे हैं।

16) गजानन कुलकर्णी, पुणे

उम्र : 38 साल, व्यवसाय : सिनिअर इंजिनिअर

मैं पिछले ड़ेढ वर्ष से मधुमेह से बाधित हूँ। जब यह निदान हुआ मैंने एक Metformin गोली रोज़ लेनी शुरू की। लेकिन पिछले छः महीनों से मैं दो Metformin गोलियाँ हररोज ले रहा था।

15 मार्च के आसपास मैंने इस आहार योजना के बारे में एक मित्र से सुना जिसने वीडिओ लिंकस् भी भेज दी। मैंने पूरा वीडिओ पूरी तरह से देखा, मुझे यह बहुत ही दिलचस्प लगा इसलिए मैंने इसे फिर से अच्छी तरह से समझने के लिए पूरी तरह ध्यान से देखा और फिर यह आहार योजना जल्द से जल्द शुरू करने का निश्चय किया।

मैंने अपनी रक्तशर्करा की जाँच 22/3/2018 को करवाई और उसके परिणाम डॉ. दीक्षित महोदय को भेज दिए। तत्पश्चात् उन्होंने मेरा मार्गदर्शन किया कि, गोलियाँ पूरी तरह से बंद कर दो और इस आहार योजना को सख्ती से अपनाओ।

इस योजना को 1.5 महीने तक, बिना किसी दवाइ के अपनाने के बाद मैंने फिर से टेस्ट करवाये 16/05/2018 को, और परिणाम नीचे दिए गए हैं :

	16/05/2018	**24/03/2018**
HbA1c	6.2	6.4
खाली पेट इन्सुलिन	8.76	7.81
खाली पेट शर्करा	122	109.1
वजन	65	65.5
दवाइयाँ 2 वक्त (Metlong 500)		

घर में कुछ समारोहों के कारण, ऑफिस में और सगेसंबंधियों के यहाँ मीठा खाने के बावजूद, दवाइयाँ न लेते हुए भी मेरा HbA1c 0.2 घट गया, और वजन भी 2.5 किलो घट गया।

मैं बहुत खुश हूँ और डॉ. दीक्षित और EWL दल का बहुत आभारी हूँ।

17) संध्या जोशी, जालना

मैंने डॉ. सीमा दहाड का व्याख्यान जुलाई 2017 में सुना और अगस्त 2017 को मैंने आहार योजना की शुरुआत की।

मेरे टेस्ट के नतीज़े कुछ इस तरह थे :			
उम्र :	58		
वजन :	72 किलो	HbA1c :	6.5
खाली पेट इन्सुलिन :	10	कमर की परिधि :	38 इंच

बार बार यात्रा करने से मेरी यह आहार योजना कई बार खतरे में पड़ गयी।

25/05/18 को मेरे टेस्ट के नतीजे थे :			
वजन :	67 किलो	HbA1c :	5.4
खाली पेट इन्सुलिन :	12	कमर की परिधि :	35 इंच

मधुमेह की मेरी दवाई रोक दी गई हैं और मैं बहुत ही हलकापन महसूस कर रही हूँ साथ ही मेरी 'स्लिम लुक' को भी काफी सराहा जा रहा है। मैं इस आहार योजना का पालन करूंगी और और लोगों के साथ भी इसे साझा करूंगी।

इस सभी का पूरा श्रेय डॉ. दीक्षित जी और उनके दल को जाता है। धन्यवाद!

18) अरुण शिंदे

अंधेरी (इ.), मुंबई

उम्र : 48, लंबाई : 5.6, दल : 9 EWL DM

मैंने 14 मार्च 2018 को इस आहार योजना का अवलंब करना शुरू किया और मेरे टेस्ट के परिणाम थे :

HbA1c :	6.8	खाली पेट इन्सुलिन :	6.4
वजन :	88.6 किलो	कमर :	42 इंच

पूरा एक महीना इस आहार योजना का और व्यायाम योजना का कठोरता से पालन करने के बाद जो उत्साहवर्धक परिणाम थे, वे कुछ इस प्रकार के थे।

HbA1c :	6.3	खाली पेट इन्सुलिन :	10.5
वजन :	81.6 किलो, 7 किलो घटा	कमर :	38.5 इंच, 3.5 इंच घटी

मैंने, डॉ. दीक्षित जी की सलाह पर दवाइयाँ लेनी बंद कर दी।

19) राजीव सुभेदार, हैद्राबाद

उम्र : 51 साल, 2010 से मधुमेह से पीडित।

मैं काफी सालों से मोटा था और मीठा खाने का बहुत शौकिन था। मैं रोज खाने के बाद, खासकर रात के भोजन के बाद कुछ ना कुछ मीठा खाता था। मैं MNC में सिनियर मैनेजर की हैसियत से काम करता हूँ। जिसके कारण काम में अत्यंत व्यस्त रहता हूँ और समय असमय खाना खाने की भी, मेरी आदत बन चुकी थी। जंक फूड और आसीन जीवन शैली की वजह से वज़न भी काफी बढ़ गया था।

एक साधारण से स्वास्थ्य चेकअप में, 2010 में मेरा पूर्व-मधुमेही का निदान हुआ और मुझे जीवन शैली में और आहार योजना में बदलाव लाने की सलाह दी गयी।

लेकिन जैसे जैसे समय बीतता गया मैं मधुमेह की तरफ बढ़ता गया, और मुझे

1. Vogo-M 2.5 - एक गोली सुबह
2. Metformin 500 mg - एक गोली रात को
3. Nebicard-H - सुबह एक गोली (उच्च रक्तचाप के लिए)

लेनी पड़ रही थी।

इन दवाओं को लेने के बाद भी मेरी रक्तशर्करा नियंत्रण में नहीं आ रही थी।

मेरे एक नज़दीकी रिश्तेदार ने डॉ. दीक्षित की 'बिना तक़लीफ वजन घटाने' की लिंक मुझे भेजी।

इस वीडिओ क्लिप को कई बार देखने के बाद मैंने एक कोशिश करने का निर्णय लिया और इस दल में अपना पंजीकरण करवाया।

मैंने अपने नतीज़े डॉ. दीक्षित जी को भेजे और उनकी सलाह पर इस आहार योजना की शुरुआत की।

20 अगस्त 2017, मेरे टेस्ट के नतीज़े ऐसे थे :			
HbA1c :	7.9	खाली पेट इन्सुलिन :	15.3
वजन :	73 किलो	खाली पेट शर्करा :	156.15

सुबह एक घंटे में 6 किलोमीटर चलना, बिना शक्कर की चाय लेना, दोपहर का खाना 1.30 बजे और रात का भोजन 8.30 बजे, यह मेरा रोज का दिनक्रम था।

अक्तूबर 2017 में मेरा वजन घटकर 69.7 किलो हो गया, यह देखकर मुझे बहुत आश्चर्य हुआ।

इससे मुझे विश्वास हुआ कि इस आहार योजना से मेरे शरीर को सच में फायदा हो रहा है। डॉ. दीक्षित जी की सतत सलाह और निगरानी की वजह से आज मैं अपनी सफल कहानी आपके साथ बाँटने में बडी खुशी महसूस कर रहा हूँ।

अब मेरी सभी दवाइयाँ रोक दी गई हैं - ना मधुमेह की गोली है और ना रक्तचाप की।

मुझे यह कबूल करना चाहिए कि इस आहार योजना का पालन मैंने केवल 90% ही किया। मैंने कभी कभी चलने में छुट्टी ली, पार्टियों में तथा पारिवारिक समारोहों में कभी कभी मीठा भी खाया। लेकिन अब मैंने मीठा खाना पूरी तरह से बंद करने का और आहार योजना का पालन पूरी जिंदगी भर करने का निश्चय किया है।

मुझे पूरा विश्वास है कि मैं कुछ ही महीनों में पूरी तरह से मधुमेह से मुक्त हो जाऊंगा। डॉ. दीक्षित जी की सलाह के लिए और मुझे प्रोत्साहन देने के लिए उन्हें धन्यवाद देने के लिए मेरे पास कोई शब्द नहीं है।

मुझे और अन्य जरूरतमंद लोगों को सलाह देने के लिए मैं तहे दिल से डॉ. दीक्षित जी का शुक्रिया अदा करता हूँ। आप मानवता के लिए बहुत ही महान कार्य कर रहे हैं। धन्यवाद!

20) नितीन पवार, श्रीरामपूर

उम्र : 51 साल, लंबाई : 179 सें.मी.

मैं पिछले 3 सालों से मधुमेह से ग्रस्त हूँ। मेरा वज़न पिछले 6 सालों से स्थिर है। मैंने इस आहार योजना का पालन 5 जनवरी 2018 से करना शुरू किया और डॉ. दीक्षित जी से 7 जनवरी 2018 को मेरी बातचीत हुई।

मेरे टेस्ट के नतीजे थे :					
HbA1c :	10.3	खाली पेट इन्सुलिन :	11.59	वजन :	81 किलो

31 मार्च 2018 को मेरे टेस्ट के परिणाम थे :					
HbA1c :	7	खाली पेट इन्सुलिन :	13.11	वजन :	75.5 किलो

मैंने तीन महीनों में 5 किलो वजन घटाया।

आहार योजना बहुत बार बाधित हुई।

मैं पहले से बहुत अधिक तरोताज़ा और उत्साहवर्धक महसूस करता हूँ।

मैं रोज केवल एक ही गोली लेता हूँ, Glyking-Mdaily।

अपने मधुमेही विशेषज्ञ से सलाह मशवरा करके मैंने अपने दवाई की मात्रा 50% कम कर दी है।

मैंने अपने दस मित्रों को इस आहार योजना के बारे में बता दिया है। वह भी इसे अपना रहे हैं और अच्छे परिणाम पा रहे हैं।

मैं डॉ. दीक्षित जी को उनके मौलिक मार्गदर्शन के लिए दिल से धन्यवाद देना चाहता हूँ।

21) नीलेश महाजन, डोंबिवली, मुंबई

उम्र : 39 साल, व्यवसाय : भागवत कथा, राम कथा कथावाचक, प्रवचन कर्ता

गुट : 11-EWL DM, लंबाई : 180 सें.मी.

14 अप्रैल 2018 से 23 मई 2018 के नतीजों की तुलना

	14 अप्रैल 2018	**23 मई 2018**
खाली पेट	157	108
खाने के बाद	174	115
वजन	72	70
HbA1c	9.6	7.5

आहार योजना में जिस तरह से बताया गया है, उसी तरह की मेरी दिनचर्या है। सुबह केवल एक कप चाय जिसमें 75% पानी और 25% दूध, शक्कर बिलकुल नहीं। दिन में केवल दो बार भोजन के बीच में पानी के सिवा कुछ नहीं। रोज 45 मिनिट तक चलता हूँ और कभी कभी बैडमिंटन खेला करता हूँ।

मुझे लगभग पिछले दस सालों से आम्लपित्त की परेशानी है। लेकिन पिछले एक महीने से वह दूर हो गयी है। उच्च रक्तचाप के लिए मुझे अब गोली नहीं लेनी पडती। और मधुमेह की दवाइयाँ की मात्रा भी कम हो गयी है।

मीठा ना खाने की कोशिश के बावजूद भी पिछले चार सालों से मेरी रक्तशर्करा कभी भी 250 से नीचे नहीं गयी। लेकिन अब प्रति दिन लेनेवाले उन दो भोजनों में भी अगर मैं मीठा खा लूं तो भी मेरी रक्तशर्करा लक्षणीय ढंग से नीचे जा रही है।

पहले मुझे ऐसा लगा था कि यह आहार योजना केवल मधुमेह से मुक्त या पूर्वमधुमेही लोगों के लिए ही है। मैंने डॉ. दीक्षित जी का वीडिओ देखने के बाद इसका पालन करना शुरू किया। अब मैं अपने खुद के अनुभव से यह मान सकता हूँ कि मधुमेह के किसी भी स्थिति के लोग इस आहार योजना से लाभ उठा सकते हैं।

मेरे जीवन में पूरी तरह से बदलाव लाने के लिए मैं सच्चे मन से डॉ. दीक्षित तथा उनके दल को धन्यवाद देना चाहता हूँ!

22) माधव लेले, रियाध, सौदी अरेबिया

उम्र : 55 साल, व्यवसाय : नौकरी

मैंने डॉ. दीक्षित जी का 'बिना तकलीफ वजन घटाना' विषय पर वीडिओ नवंबर में देखा। मैं इससे बहुत ही प्रभावित हुआ और इस आहार योजना को अपनाने का मैंने निश्चय कर लिया। मैंने जो आवश्यक परीक्षण (टेस्ट) थे उन्हें पूरा किया और डॉ. दीक्षित जी के मार्गदर्शन में इस आहार योजना की शुरुआत की।

24/12/2017 के मेरे टेस्ट के परिणाम थे :			
वजन :	77 किलो	कमर की परिधि (नाभी के पास की) :	94 सें.मी.
नवीनतम HbA1c :	6.4		

दवाएँ और मात्रा :

उच्च रक्तचाप : April H5, रोज सुबह खाली पेट 1 गोली

मधुमेह : Sitagliptin Phospate और Metformin हायड्रोक्लोराईड गोलियाँ, Istamet 50 mg/500mg रोज दो गोलियाँ - एक सुबह नाश्ते के बाद और एक रात के भोजन के बाद।

24 सितंबर 2017 से मैंने यह आहार योजना शुरू की।

मेरा आहार इस तरह से था :

सुबह 1 प्याली चाय बिनाशक्कर (3/4 प्याली पानी और 1/4 प्याली दूध), 10.30 बजे उपरोक्त विधि से बनी चाय या ग्रीन टी, दोपहर 12.30 बजे दोपहर का खाना। शाम को रोज 10 कि.मी. साइकिल चलाना 45 मिनिटों में। रात को 8.30 बजे रात का खाना।

इस आहार का पालन मैंने चार महीनों तक पूरी सख्ती से किया। मुझे इस योजना का पालन करते हुए कभी भी आम्लपित्त की परेशानी नहीं हुई। कभी कभी मुझे रक्तशर्करा कम होने की परेशानी होती थी लेकिन दवा की मात्रा आधी करने से यह परेशानी भी कम हो गयी।

परिणाम आश्चर्यचकित करने वाले थे। 24 अप्रैल को फिर से जाँच की गयी।

परिणाम थे :			
HbA1c :	5.7 (0.7 घट गया)	फास्टिंग इन्सुलिन :	10.53
वजन :	68 किलो (9 किलो से घट गया)		
कमर की परिधी (नाभी के पास) :		90 सें.मी. (4 सें.मी. घट गयी)	

फायदे :

1) मेरे डॉक्टरने गोली की मात्रा आधी कर दी और मुझे बताया कि एक महीने के बाद फिर से जाँच करेंगे, और अगर HbA1c और कम हुआ, तो हम और आधी गोली कम करेंगे।
2) वजन कम होने के कारण पीठ का दर्द कम हो गया।
3) कमर की परिधि कम होने के कारण पहले जो पतलून मुझे नहीं आती थीं उन्हें अब मैं पहनने लगा।
4) लोगों की वाहवाही पाना, यह अतिरिक्त बोनस मिलने लगा।

अब मैं इस आहार योजना का हमेशा पालन करूंगा। मेरा अगला लक्ष्य है, 65 किलो तक वजन घटाना। मुझे विश्वास है कि मैं इसे पाकर रहूंगा। मैं डॉ. दीक्षित और सहायक दल का बहुत एहसानमंद हूँ।

23) रूपाली रोहित परदेशी

समाजसेविका

चार बरस पहले मेरी समझ में आया कि मुझे टाईप 2 का मधुमेह है। मधुमेह से ग्रस्त होने के बाद अन्य मधुमेह से पीडित लोगों की तरह ही मैं चिंताग्रस्त हो

गयी। मधुमेह के साथ जीने की कल्पना से ही मैं असुविधाजनक महसूस कर रही थी। मैं पिछले तीन वर्षों से Maxformin 750 mg दवा ले रही थी। शुरू में मुझे इस आहार योजना से मिलनेवाले फायदों पर शक था इसलिए, मैंने इसका ठीक तरह से पालन नहीं किया। लेकिन बाद में मैंने इसे सख्ती से पालना शुरू किया और मुझे बड़े ही अच्छे परिणाम प्राप्त होने लगे। यद्यपि मैं इसका सख्ती से पालन करती हूँ, महीने में एक बार मीठा जरूर खाती हूँ, लेकिन उस दिन 30 मिनिट ज्यादा चलती हूँ। इसलिए मुझे अच्छे परिणाम मिलें।

09/01/2018 के नतीज़े जिस दिन से मैंने इस आहार योजना का पालन करना शुरू किया :			
HbA1c :	5.9	खाली पेट इन्सुलिन :	12.3
वजन :	80 किलो		

मेरे टेस्ट के इन नतीजों के बाद डॉ. दीक्षित जी के मार्गदर्शन पर मेरी आहार योजना शुरू हो गयी। दिन में मैं कई बार खा लेती थी, इसलिए शरीर के लिए जितना जरूरी है, उससे अधिक मात्रा में इन्सुलिन तैयार हो जाता था।

इसलिए अब मैं केवल दिन में दो बार खाना खाती हूँ, वह भी हर बार 55 मिनिट के समय में। मुझे जितना खाना होता है, उतना मैं खा लेती हूँ, सिर्फ मीठा छोड़कर। इसके बाद मैं बाकी समय में कुछ भी नहीं खाती हूँ। मैं सिर्फ पानी/ग्रीन टी/ब्लैक टी पी लेती हूँ, अगर जरूरत पडे तो। इसके साथ ही सलाह के नुसार मैं 45 मिनिट चलने का व्यायाम रोज करती हूँ। मैंने पिछले तीन महीनों से इस आहार योजना का गंभीरता से पालन किया है, जिससे मुझे फायदा हुआ है और मेरा वजन 4 किलो कम हुआ है। मेरे शरीर की अतिरिक्त चरबी भी नियंत्रण में आ गयी है।

मैंने गोलविलकर लैब में फिर से 19/05/18 को परीक्षण किया है।

नतीज़े :			
HbA1c :	5.6	खाली पेट इन्सुलिन :	9.4
वजन :	76 किलो		

अभी चालू दवाएँ हैं : Glycomet 500 mg सुबह और Glycomet 250 mg रात को।

इन नतीज़ों को देखकर यह पता चलता है कि डॉ. दीक्षित जी की आहार योजना का अवलंब करके, मेरे स्वास्थ्य तथा मधुमेह की स्थिति में सुधार आया है। मेरे डॉक्टर ने मुझे दवाइयाँ बंद करने की सलाह दी है। देखा जाए तो जो दवा मैं पिछले चार साल से ले रही थी, वह मात्र चार महीनों में बंद हो गयी, यह कितनी

बड़ी उपलब्धि है। यह केवल इस साधारण आहार योजना और चलने के कारण संभव हुआ।

सभी कहते हैं कि मधुमेह कभी ठीक नहीं होता, आपको इसकी दवाएँ हमेशा लेनी पडती है। लेकिन उसपर नियंत्रण पा सकते हैं। मैंने लोगों को अपने जाँच के परिणाम दिखाए। अब वे भी इस आहार योजना के बारे में पूछते हैं। मैं उन्हें डॉ. दीक्षित जी की वीडिओ की लिंक भेज देती हूँ।

नियमित रूप से चलने के कारण मेरा कोलस्ट्रोल भी अब नियंत्रण में है। आप इसमें पर्याप्त भोजन कर सकते हैं, इसके कारण अन्य आहार योजनाओं के पालन से आनेवाली निराशा इसमें नहीं आती और ना ही आप आहार पालन से थक जाते हैं। भोजन का सेवन नियंत्रित कर सकते हैं। थोडे ही समय में आनेवाले अच्छे परिणामों के कारण इस आहार योजना पर टिके रहने के लिए हमें प्रेरणा मिलती है।

अब मैं इस आहार योजना का हमेशा पालन करनेवाली हूँ और मधुमेह को भविष्य में कभी भी अपने पास भटकने नहीं देने वाली हूँ। मधुमेह के कारण नजर धुंधली हो जाना, रोज का इंजेक्शन (जिससे मुझे सबसे अधिक डर लगता है।) और गँगरीन की वजह से क्षतिग्रस्त हुए शरीर के अवयवों को कटते देखना। अगर भविष्य में मुझे इन सबसे गुज़रना पड़े तो क्या होगा? इन सारे विचारों से मुझे हमेशा डर लगता था। लेकिन इस आहार योजना के कारण इस भय से मुझे अब मुक्ति मिल गयी है। हर मधुमेही रोगी के लिए यह आहार योजना लाभदायक है और यह मुफ्त है, यह भी एक महत्त्वपूर्ण बात है। डॉ. दीक्षित जी की इस आहार योजना और सलाह के कारण मैंने अपने मधुमेह पर नियंत्रण पा लिया है, जिससे मुझे बडी खुशी मिली है। इसके लिए मैं डॉ. दीक्षित महोदय की मैं बहुत आभारी हूँ।

24) रमेश वैद्य, औरंगाबाद

दल : 10 EWL DM, उम्र : 68 वर्ष

व्यवसाय : CMD ऑफ वैद्य ग्रुप और इंडस्ट्रीज

मैं पिछले 20 बरसों से मधुमेह से पीडित हूँ और निम्नलिखित दवाइयाँ लेता हूँ।

Janumet 100/1000 (एक सुबह और एक रात को सोते समय)

Lantus इन्सुलिन 16 युनिटस् (रात को सोते समय)

मेरे एक मित्र ने डॉ. जगन्नाथ दीक्षित महोदय के वजन घटाने के कार्यक्रम के व्याख्यान की यू-ट्यूब लिंक मुझे भेजी।

मैंने यह वीडिओ कई बार देखा और फिर एक दिन मैंने व्यक्तिगत परिचय देने के हेतु और मैं जिन चीजों के साथ लड रहा था उन्हें बताने के उद्देश्य से महोदय को फोन लगाया। मेरी पूरी बात ध्यान से सुनने पर उन्होंने मुझे इस आहार योजना को अपनाने की सलाह दी।

मैंने इस आहार योजना को 1 मार्च 2018 को शुरू किया और मेरे टेस्ट के परिणाम थे :			
HbA1c :	6.8	खाली पेट इन्सुलिन :	13.8
वजन :	87 किलो	कमर की परिधि :	46.5 इंच

तीन महीनों के बाद 1 जून 2018 को किए गए टेस्ट के परिणाम थे :			
HbA1c :	6.7	खाली पेट इन्सुलिन :	17.44
वजन :	77 किलो (10 किलो घट गया)		
कमर की परिधि :	41.5 इंच (5 इंच घट गयी)		

इसके साथ मधुमेह की दवाइयों में भी जो घटौती हुई वह इस तरह है :

Janumet 50/500 (एक सुबह और एक रात को सोते समय) 50% घटौती

Lintus इन्सुलिन 0 युनिटस् 100% घटौती

मैंने इस आहार योजना का पालन 90% किया। फिर भी मेरे HbA1c में कम कटौती हुई लेकिन मेरे वजन तथा कमर की परिधि में कमी के नतीजे अभूतपूर्व थे।

इससे पहले मैंने वजन कम करने की और शक्कर को नियंत्रण में करने की अनेकों योजनाओं को आजमाया था लेकिन बहुत सारा पैसा खर्च करने के बाद भी मैं बुरी तरह से असफल रहा।

मैं सच्चे मनसे यह कहना चाहता हूँ कि यह आहार योजना सही मायने में काम करती है और अधिक कायम स्वरूपी लगती है और इसे आजीवन पालन करने में किसी भी तरह की कोई परेशानी नहीं होगी ऐसा लगता है।

मैं डॉ. दीक्षित महोदय और उनके सभी सहयोगियों के प्रति आभार व्यक्त करना चाहता हूँ, जिन्होंने मधुमेह और मोटापे के विकार को नियंत्रित करने के लिए समाज की मानसिकता (Psychology) में बदलाव लाया और जो सबको प्रकृति के नज़दीक लेकर गए।

मैं इस जागरूकता को, मेरे परिवार के साथ से मेरे नज़दीकी लोगों में, इतना ही नहीं जिसे मैं बिलकुल ही जानता नहीं, उन तक पहुंचाने की कोशिश करूंगा।

इस बडे अभियान का एक छोटा हिस्सा बनकर मैं बहुत गर्व महसूस करता हूँ।

डॉ. दीक्षित महोदय एक बार फिर आपको धन्यवाद!

25) नीतिन अंबलकर, नासिक

उम्र : 52 साल, लंबाई : 159 सें.मी.

दल : 6 EWL DM, व्यवसाय : बिल्डर

अप्रैल 2018 से मई 2018 तक की जाँच के परिणामों की तुलना।

17 अप्रैल 2018 को :			
HbA1c :	6.6	वजन :	63.2 किलो
खाली पेट इन्सुलिन :	12.95	कमर की परिधि :	35.5 इंच

मई 2018 को :			
HbA1c :	6.4	वजन :	58.1 किलो
खाली पेट इन्सुलिन :	7.35	कमर की परिधि :	32.5 इंच

कुल मिलाकर 5.1 किलो वजन घट गया, HbA1c 0.2 से घट गया, खाली पेट इन्सुलिन 5.6 से घट गया और कमर की परिधि 3 इंच घट गयी वह भी केवल एक महीने में।

मैं पिछले 12 सालों से मधुमेह से पीडित हूँ। और मधुमेह के लिए रोज़ाना 3 गोलियाँ और एक गोली उच्च रक्तचाप के लिए लेता हूँ।

मैं अब बहुत हलका और शक्तिशाली महसूस करता हूँ। मधुमेह की एक गोली छोडकर बाकी की सभी गोलियाँ मैंने बंद कर ली हैं।

डॉ. दीक्षित और उनके दल को भी धन्यवाद!

26) डॉ. स्मितांजली संजय भिसे, महाड, रायगड

डॉ. दीक्षित जी से सलाह मशवरा करने के बाद, मैंने 7 फरवरी 2018 को इस आहार योजना का पालन करना शुरू किया। मेरे टेस्ट के परिणाम ऐसे थे :

वजन :	61.6 किलो	HbA1c :	9.84
खाली पेट इन्सुलिन :	9.2	कमर की परिधि :	83 सें.मी.

मैंने इस आहार योजना के पालन हेतु नियम बनाए :

1) शक्कर, चाय, कॉफी पूरी तरह से बंद।
2) भोजन के समय का पालन करना - दोपहर 12.30 बजे और रात 9.30 बजे।
3) इन दो भोजनों के बीच पानी पीना।
4) भोजन की शुरुआत मुट्ठीभर मूँगफली के दानों के साथ और बाद में हरा सैलेड।

5) मुख्य भोजन में एक रोटी के साथ ग्रेवी/लेंटीस/मुर्गी/मशरूम/मछली लेती हूँ। कभी कभी 55 मिनिट के भोजन समय में एकाध लड्डू या पेस्ट्री खाती हूँ।
6) इसी 55 मिनिट के भीतर ही मैं उच्च रक्तचाप की गोली लेती हूँ।
7) लिगामेंटस् के ऑपरेशन के कारण मैं हर रोज चल नहीं सकती लेकिन हफ्ते में 5 बार मैं 1.5 कि.मी. चलती हूँ।

27 जून 2018 को मेरे टेस्ट के परिणाम थे :			
वजन :	56.6 किलो	HbA1c :	6.00
खाली पेट इन्सुलिन :	5.46	कमर की परिधि :	79 सें.मी.

सारे परिणाम आश्चर्यजनक थे और मैं अब पूर्वमधुमेही की श्रेणी में आ गयी थी।

मैंने इस दौरान मधुमेह के लिए कोई भी दवाई नहीं ली थी।

मैंने 5 किलो वजन और कमर की परिधि 4 सें.मी. घटाई। सबसे महत्त्वपूर्ण बात यह है कि मेरा उच्च रक्तचाप साधारण (Normal) हो गया, और चार में से दो गोलियाँ बंद कर दी गयी। तो यह मेरे लिए बहुत लाभदायक योजना हो गयी।

मैं, स्वर्गीय डॉ. जिचकर, डॉ. दीक्षित महोदय और उनके सहयोगियों को उनके प्रयत्नों तथा मार्गदर्शन के लिए धन्यवाद देती हूँ।

27) अतुल अरविंद देशपांडे, जयसिंगपूर

15 जून 2018 की मेरी जाँच के परिणाम :			
उम्र :	46	लंबाई :	183 सें.मी.
वजन :	76 किलो	नाभी के पास कमर की परिधि :	95 सें.मी.
HbA1c :	10	खाली पेट इन्सुलिन :	11.3

दवाइयाँ : 25 यूनिटस् इन्सुलिन Mixtard सुबह खाने के समय और 20 यूनिटस् इन्सुलिन Mixtard रात को खाने के समय।

मैंने इस आहार योजना की शुरुआत 17 जून 2018 को की।

इस महीने में मेरी रक्तशर्करा की मात्रा अनेकों बार 70 तक नीचे गयी। इसलिए मेरे डॉक्टर ने हर हफ्ते मेरी इन्सुलिन की मात्रा कम करनी शुरू की। अब मेरा सुबह का इन्सुलिन का डोस बंद कर दिया है और रात के खाने के वक्त की इन्सुलिन की मात्रा 15 यूनिटस् कर दी है। इसलिए मेरा इन्सुलिन का डोस 20 यूनिटस् से कम हो गया है।

मैं केवल दो बार भोजन लेता हूँ और इन दो भोजनों के बीच एक या दो प्याली चाय बिना शक्कर और दूध के लेता हूँ। साथ ही मैं पाँच किलोमीटर बगैर रूके एक घंटा चलता हूँ।

20 जुलाई 2018 तक के मेरे नवीनतम परिणाम :			
वजन :	77 किलो	नाभी के पास कमर की परिधि :	98 सें.मी.
HbA1c :	9.8	खाली पेट इन्सुलिन :	15.7

दवाइयाँ : एक Tribet की गोली दोपहर के खाने के बाद और Mixtard इन्सुलिन 15 यूनिटस् रात के खाने के साथ।

मैं अब बहुत ही ऊर्जावान महसूस करता हूँ, मेरी रक्तशर्करा अब नियंत्रण में हैं। मेरा HbA1c घट गया है, और दवाई की मात्रा भी कम हो गई है।

मैं सही मायने में डॉ. दीक्षित जी का आभारी हूँ।

28) डॉ. उज्वला देशपांडे

व्यवसाय से प्रसूतिशास्त्री (Gynecologist), नागपुर

20 मई 2018 को यू-ट्यूब पर डॉ. दीक्षित जी का व्याख्यान सुनने के बाद मैंने इस आहार योजना की शुरुआत की। लेकिन शुरू शुरू में मैं अनियमित थी। 17 जून 2018 को महोदय का नागपुर में व्याख्यान होने के बाद, दीपाली मैडम ने 26 जून 2018 को मुझे इस ग्रुप में शामिल किया और मैंने यह आहार योजना नियमित रूप से शुरू की।

मेरे टेस्ट के नतीजे 14/5/2018 को :			
HbA1c :	6.3	खाली पेट इन्सुलिन :	14.8
वजन :	66 किलो	कमर की परिधि :	93 सें.मी.

25 दिनों के बाद नियमित रूप से इस आहार योजना का पालन करने के बाद 19 जुलाई 2018 को मेरे परिणाम :			
HbA1c :	5.67	खाली पेट इन्सुलिन :	7.9
वजन :	63.5 किलो	कमर की परिधि :	90 सें.मी.

2.5 महीनों की आहार योजना के पालन के बाद मेरे 11 सितंबर 2018 के परिणाम :			
HbA1c :	5.08	खाली पेट इन्सुलिन :	8.9
वजन :	62.2 किलो	कमर की परिधि :	88 सें.मी.

मैंने इस आहार योजना का पालन करने की अधिक से अधिक कोशिश की।

जीवन में पहली बार मैं पूर्वमधुमेही हूँ ऐसा निदान किया गया और सौभाग्यवश उसी समय मुझे डॉ. दीक्षित महोदय और उनके दल के महान कार्य और अनुसंधान का पता चला और मुझे इसका लाभ मिल गया। शुरू में मैंने Glycomet SR 500 एक महीने के लिए ली लेकिन जब मेरा HbA1c 5.67 हो गया, उसे लेना बंद किया।

मैं डॉ. दीक्षित महोदय, श्रीमति दीपाली, डॉ. वैदेही और साथही उनका समर्पित दल जो मधुमेह के उन्मूलन के महान कार्य के लिए जी तोड कोशिश कर रहे हैं, इन सबके प्रति बहुत बहुत आभार प्रदर्शित करना चाहती हूँ।

29) दिलीप उगारे, कोल्हापूर

उम्र : 54 वर्ष लंबाई : 185 सें.मी.

दल : 10 EWL DM

यद्यपि पिछले दस सालों से मैं रोज नियमित रूप से 50 मिनिट शीघ्र गति से चलता रहा और अनेकों आहार योजनाओं को आजमाने की भी कोशिश की लेकिन फिर भी मेरा वजन कभी भी 80 किलो से कम नहीं हुआ। चार साल पहले मुझे मधुमेह हुआ।

मैं, डॉ. वेदा के माध्यम से 27 मार्च 2018 को इस अभियान में और वाट्सएप ग्रुप में शामिल हुआ।

22/03/2018 को मेरे टेस्ट के नतीजे थे :			
वजन :	82 किलो	कमर की परिधि :	95 सें.मी.
HbA1c :	6.7	खाली पेट इन्सुलिन :	20.1
मिन प्लाझमा ग्लुकोज :	146		

मैं Janumet 50/1000 की गोली रोज सुबह लेता हूँ।

30 मार्च 2018 को मैंने दो वक्त भोजन की आहार योजना का पालन करना शुरू किया।

शुरू में मुझे लगने लगा कि मेरी भूख मिट नहीं रही है, इसलिए मैंने डॉ. दीक्षित महोदय से तीन समय खाने की इज़ाजत माँगी लेकिन उन्होंने मुझे मना कर दिया और मुझे दृढ निश्चय दिखाने की सलाह दे दी। वह सलाह काम कर गयी और एक सप्ताह के अंदर फिर सब ठीक हो गया।

छः महीनों के बाद मेरी प्रगति ऐसी थी : 25/09/2018			
वजन :	75.5 किलो	HbA1c :	6.1
मिन प्लाझमा ग्लुकोज :	128	खाली पेट इन्सुलिन :	15.3

(इसके बाद मेरे डॉक्टर ने मुझे मधुमेह की गोली एक महीने के लिए बंद करके जाँच करने को कहा।)

पिछले 180 दिनों से मैं हररोज केवल दो वक्त भोजन लेता हूँ सुबह 10 बजे और रात 8 बजे। दिन में एक बार बिना शक्कर की चाय ले लेता हूँ। सुबह 6 बजे हररोज 50-55 मिनिटों में 5 कि.मी. की सैर करता हूँ। साथ ही अधिकतर दिनों में मै योग/प्राणायाम या शाम को 45 मिनिट तक चलता हूँ।

जैसा कि आप देख रहे हैं, मेरा वजन 7 किलो से घट गया है और कमर की परिधि 5 सें.मी. से घट गयी है। मैं बहुत ही ऊर्जावान और और अधिक आत्मविश्वासी महसूस कर रहा हूँ।

यद्यपि मेरी दवाइयों की मात्रा कम हो गयी है, लेकिन HbA1c का इच्छित परिणाम अभी नहीं मिला है। मैं यह कबूल करना चाहता हूँ कि इस का कारण अभी का आम का मौसम है। साथ ही मुझे पार्टियों में जाना बहुत पसंद है और इससे इस आहार योजना को कम से कम 25% बार मैं पालन नहीं कर पाता। मुझे विश्वास है कि आने वाले कुछ महीनों में ही मैं मधुमेह से और उसकी दवाइयों से हमेशा के लिए मुक्त हो जाऊंगा। मैं सच में डॉ. दीक्षित महोदय और उनके सहयोगियों की सराहना करता हूँ और उन्हें धन्यवाद देना चाहता हूँ की उन्होंने मुझे अच्छी सेहत और दवाइयों से मुक्त जीवन का मार्ग दिखाया।

30) शलाका गावडे, चिंचवड

मेरी उम्र 36 साल है।

इस आहार योजना की शुरुआत करने से पहले के मेरे टेस्ट नतीज़े ऐसे थे :			
वजन :	71 किलो	HbA1c :	9.20
खाली पेट इन्सुलिन :	26.32		
नाभी के पास के कमर की परिधि :	43 सें.मी.		

मैंने इस आहार योजना की शुरुआत 6 दिसंबर 2018 से की।

इस आहार योजना के पालन के बाद 7 अप्रैल 2018 को मेरे टेस्ट के नतीज़े थे :			
वजन :	60 किलो	HbA1c :	5.5
खाली पेट इन्सुलिन :	5.85		
नाभी के पास के कमर की परिधि :	41 सें.मी.		

मैं रोज 45 मिनिटों तक चलने का व्यायाम करती हूँ और जिम में भी जाती हूँ। मैंने 6 किलो वजन घटाया है और मधुमेही से मधुमेह मुक्त की स्थिति में मात्र दो महीनों में आ गयी हूँ।

इस सबका श्रेय डॉ. दीक्षित महोदय के आहार योजना को जाता है।

31) शरद टिकरे, धारवाड, कर्नाटक

उम्र : 58 साल, लंबाई : 168 सें.मी., दल : 07 DM

मैं एक बिझनेसमेन हूँ।

मैं पिछले दस सालों से मधुमेह से ग्रस्त हूँ।

3 मार्च 2018 से 30 मार्च 2018 तक टेस्ट के नतीजों की तुलना :

3 मार्च 2018 :			
HbA1c :	9.0 (मधुमेही)		
खाली पेट इन्सुलिन :	19.5	वजन :	82 किलो
खाली पेट शर्करा :	121	खाने के बाद शर्करा :	167

27 दिनों के बाद याने 30 मार्च 2018 :			
HbA1c :	5.3 (मधुमेह से मुक्त)		
खाली पेट इन्सुलिन :	12	वजन :	78 किलो
खाली पेट शर्करा :	109	खाने के बाद शर्करा :	141

कुल मिलाकर 4 किलो वजन कम हो गया और मैं मधुमेही से मधुमेह से मुक्त की स्थिति में 27 दिनों में पहुँच गया। मैंने गौर किया कि खाली पेट इन्सुलिन और खाली पेट तथा खाने के बाद की शर्करा के स्तर में भी कमी हो गयी।

मेरा दैनिक कार्यक्रम इस प्रकार है : 45 मिनिट तक चलना और केवल दो बार भोजन और चाय लेना।

मैंने डॉ. दीक्षित महोदय का व्याख्यान जनवरी 2018 में सुना था और तभी इस आहार योजना के पालन के बारे में निर्णय लिया था। लेकिन इसे सख्ती से पालन

करने के लिए मुझे दो महीनों तक ज़द्दोज़हद्द करनी पड़ी। अब मैं पूरे जीवन भर इस आहार योजना का पालन करूंगा। डॉ. दीक्षित महोदय और उनके सहयोगियों को धन्यवाद!

32) कैलास मिटकर, हिंगोली

व्यवसाय : पुलीस की नौकरी, उम्र : 53 साल

लंबाई : 168 सें.मी., वजन : 61 किलो

महोदय से सलाह मशवरा करने के बाद मैंने इस आहार योजना की शुरुआत की। मैं सुबह 10 बजे और रात को 8 बजे भोजन करता हूँ। इन दोनों के बीच मैं बहुत सारा पानी पीता हूँ।

5 जनवरी 2018 को मेरे टेस्ट के रिपोर्टस् :			
HbA1c :	9.7	खाली पेट इन्सुलिन :	5.2
औसत रक्तशर्करा :	231		

3 महीनों के बाद के परिणाम याने 8 अप्रैल 2018 :			
HbA1c :	5.6	खाली पेट इन्सुलिन :	< 1
औसत रक्तशर्करा :	114		

मैं 2012 से मधुमेह से पीडित हूँ। मैं किसी भी तरह की Allopathy की दवाई नहीं ले रहा था। मैं पतंजली की मधुनाशिनी की 2-2 गोलियाँ लेता था। मैंने माधवबाग में 2 महीनों तक उपचार भी लिये, लेकिन फिर भी मेरी रक्तशर्करा का स्तर कम नहीं हुआ। मेरा वजन और कमर की परिधि इतनी ज़्यादा नहीं थी फिर भी मैंने डॉ. दीक्षित जी की बिना तकलीफ वजन घटाने की आहार योजना का पालन शुरू किया। मैं रोज 7-8 कि.मी. चलता भी हूँ।

एक चमत्कार सा हुआ और अब मैं मधुमेह से मुक्त हूँ। इस के लिए मैं डॉ. दीक्षित महोदय और उनके सहायक सहयोगियों का बहुत आभारी हूँ।

32) डॉ. शशिकांत डांगे, उदगीर, लातूर

मैं एक अस्थिरोग शल्यचिकित्सक (Orthopedic Surgeon) हूँ। 31 दिसंबर 2017 को मेरे पेट में असहनीय दर्द होने लगा इसलिए मैंने अपना परीक्षण करवाया और अंत में मेरी एंजिओप्लास्टी करनी पडी।

31 दिसंबर 2017 के मेरी जाँच के परिणाम थे :			
वजन :	99.7 किलो	खाली पेट रक्तशर्करा :	135 mg
खाने के बाद की रक्तशर्करा :	210 mg		

मैंने अपना वजन कम करने के लिए कई तरह की पारंपरिक और अपारंपरिक योजनाओं का पालन करने की कोशिश की लेकिन असफल रहा। डॉ. दीक्षित महोदय मेरे वरिष्ठ है और मैंने 3D (Dr. Dixit Diet) के बारे में सुना था। मैंने 20 जनवरी 2018 से इस 3D योजना का पालन और रोज 35 मिनिटों में 3 किमी चलना शुरू किया।

20 जनवरी 2018 को मेरे नतीजे थे :			
वजन :	102 किलो	HbA1c :	11.5 (मधुमेही)
खाली पेट इन्सुलिन :	10.5	कमर :	43 इंच

17 सितंबर 2018 को मेरी जांच के नतीजे थे :			
वजन :	85 किलो	HbA1c :	4.5 (मधुमेह से मुक्त)
खाली पेट इन्सुलिन :	10	कमर :	38.5 इंच

पहले मैं GP1 की गोली दिन में दो बार लेता था। अब मधुमेह के लिए मेरी दवा बंद हो गयी है। मधुमेह की दवाइयों के बिना भी मेरी रक्तशर्करा अच्छी तरह से नियंत्रण में है। मधुमेह से मुक्त हो जाने के कारण मैं बहुत ही खुश हूँ।

मानवजाती की सेवा में जो महान कार्य किया है, उसके लिये मैं डॉ. दीक्षित जी का बहुत आभारी हूँ।

34) **मकरंद दांडेकर,** खारघर, नवी मुंबई

लंबाई : 166 सें.मी., और फरवरी 2018 में वजन : 102 किलो

BMI के तालिका के अनुसार मेरा वजन 66 किलो होना चाहिए था लेकिन वह कभी भी 85 से कम नहीं हुआ। जब मैंने अपनी कंपनी के मेडिकल रेकॉर्डस् से अपने पिछले 20 वर्षों के मेडिकल नतीजों की जाँच की, तो मैंने पाया कि मेरा वजन 1998 में 85 किलो था और मार्च 2016 में बढ़कर 102 किलो हो गया था।

फरवरी 2018 में, मेरी पीठ में छोटा सा ज़ख़्म हुआ जो ठीक नहीं हो रहा था, इसलिए मैंने अपने डॉक्टर को दिखाया। उसने मुझे रक्त की जाँच करने की सलाह दी। उन परीक्षणों से मुझे पता चला कि मैं मधुमेही क्लब का आदरणीय सदस्य बन चुका हूँ।

खाली पेट शर्करा :	180
खाने के बाद की :	280
और HbA1c :	8.9

डॉक्टर ने मुझे Metformin 1000 mg और Glimipride 2 mg दवाइयाँ दी और कहा कि अब मुझे जीवन भर इस मधुमेह को झेलना होगा - वजन कम करना होगा और एक अच्छे आहार विशेषज्ञ से आहार योजना लेकर उसके अनुसार चलना होगा।

फरवरी 2017 से 2018 तक मैंने बहुत सारी आहार योजनाओं का पालन करने की कोशिश की, रोज चलना चालू किया। फॅड डाएट्स, पाउडर्स, ज्युसेस सभी कुछ बडी श्रद्धा से लेता रहा लेकिन मेरे वजन का काँटा कोई अच्छे परिणाम दिखाने से रहा। अंत में मैं हार गया, अपने नसीब पर सब कुछ छोड़कर आनेवाला दिन जिस तरह से आएगा उसका सामना करने का मैंने निश्चय किया।

फरवरी 2018 में, डॉ. दीक्षित महोदय की वीडिओ क्लीप किसी ने मुझे भेज दी और मैने उनकी आहार योजना पर अमल करना शुरू किया। पहले 15 दिनों में मेरा वजन दो किलो से कम हुआ लेकिन चूँकि मधुमेह की दवाइयाँ शुरू थीं इसलिए दोपहर में मेरी रक्तशर्करा नीचे गिर जाती थी और मेरे हाथ काँपने लगते।

मैंने डॉ. दीक्षित जी से फोनपर सलाह मांगी। उन्होंने मुझे दो विकल्प बताए :

1) औषधि की मात्रा धीरे धीरे कम करो या 2) औषधि पूरी तरह से बंद करो और साहस से इस आहार योजना को जारी रखो।

मैंने दूसरे पर्याय को चुना। मैंने इस आहार योजना को चार महीनों तक जारी रखा और आज मैं मधुमेह से लगभग मुक्त हो गया हूँ। सारी दवाइयाँ बंद करने के बाद भी यह सब हुआ।

मैंने फरवरी 2018 में इसका पालन करना शुरू किया। उस वक्त :			
HbA1c :	8.9	वजन :	102 किलो
कमर की परिधि :	47 इंच	खाली पेट इन्सुलिन :	18.5 था।

आज (चार महीनों के बाद) :			
HbA1c :	5.9	वजन :	86 किलो
कमर की परिधि :	40 इंच	खाली पेट इन्सुलिन :	6.9 है।

2014 में मेरा gall bladder का ऑपरेशन और 2015 में हर्निया का ऑपरेशन हुआ था। इस सब के बावजूद केवल इस आहार योजना के कारण मेरा

मधुमेह लगभग ठीक हो गया। मैं अब बहुत खुश हूँ। डॉ. दीक्षित जी को बहुत धन्यवाद।

मैं जब 102 किलो का था उस समय का मेरा कोई भी फोटो मेरे पास नहीं है। मैने कभी नहीं सोचा था कि मेरा वजन कम हो जाएगा इसलिए मेरी जिंदगी की उस अवस्था में मैंने अपनी कोई फोटो नहीं खिचवाई। इस आहार योजना के कारण हर पंद्रह दिनों के बाद मुझे अपनी बेल्ट में नया होल बनवाना पड रहा है। यह सबसे अद्भुत, सुखद और प्रेरक बात है।

डॉ. दीक्षित जी को सलाम!

उनके 'मधुमेह से मुक्त विश्व' के लक्ष्य को पाने की हम जरूर कोशिश करेंगे। यह सच में एक यथार्थ किफ़ायती और बिना तकलीफ वजन घटाने की पद्धति है। यह एक सफल परिणाम उन्मुख अनुसंधानात्मक कार्य है जो विश्व के लिए एक भारतीय डॉक्टर द्वारा किया जा रहा है और हमें इस पर बहुत नाज़ हैं।

35) **हेमा अहिरे**, मुंबई

उम्र : 53 साल, लंबाई : 165 सें.मी., गुट : 22 EWL DM

पिछले साल मेरी युटेरिन (Uterine) का ऑपरेशन हुआ। डॉक्टर ने मुझे आराम करने को कहा, उसके छः महीने बाद मेरे बेटे की शादी हुई। ऑपरेशन के बाद एक साल में मेरा वजन 10 किलो से बढ़ गया। मैं बडी तनावग्रस्त हो गयी। अब यह वजन कैसे कम होगा? इस उम्र मैं कितना वजन कम हो सकता है? जब मैं जिम में गयी तो मुझे डॉ. दीक्षित महोदय का एक वीडिओ दिया गया, जिसे मैंने पहले कभी नहीं देखा था। लेकिन पूरी रात मैंने डॉ. दीक्षित जी का वह वीडिओ देखा। इसे देखने के पश्चात तुरंत मैंने यह आहार योजना शुरू की।

पहले दिन से ही मैंने इस योजना का सख्ती से पालन किया। मैं 55 मिनिटों के 2 भोजन लेने लगी। 45 मिनिट का व्यायाम भी मैंने शुरू किया। साथही डॉ. दीक्षित जी की सलाह पर मैंने दो टेस्ट करवाये और उनके नतीजे देखकर मुझे जोर का धक्का लगा। मेरा खाली पेट इन्सुलिन बहुत ही उँची मात्रा का था और HbA1c 6.5 था।

रवी महोदय ने मुझे मधुमेही गुट में दाखिल किया, मैं बहुत दुखी हो गयी। मैंने अपनी नयी जीवन शैली शुरू की यह सोचते हुए कि मैं मधुमेही नहीं हूँ। पहले महीने में मुझसे केवल एक ही गलती हुई मैंने अपनी आम्लपित्त की गोली सुबह ली। लेकिन उसके बाद, मेरी समझ में आया कि चाहे कोई भी गोली हो मुझे उस 55 मिनिटों में ही लेनी चाहिए। भगवान और डॉ. दीक्षित महोदय का शुक्रिया, कि मेरे दो महीनों के टेस्ट के नतीजे बहुत अच्छे निकले। मधुमेह को Hi, Hallo कहकर मैं

पीछे भाग गयी। मैं सुबह 11.30 बजे के और शाम 7.30 बजे के भोजन में प्रोटीन की मात्रा अधिक रखती हूँ। इन दोनों के बीच मैं केवल पानी पीती हूँ, कुछ भी नहीं खाती। सुबह मैं दो उबले हुए अंडे, एक सब्जी, पनीर, सोयाबीन या चिकन ले लेती हूँ।

सुबह 9.30 बजे घरपर ही 45-55 मिनिटों तक (16-18 कि.मी.) सायकल चला लेती हूँ।

मेरे तीन महीने के नतीजे इस तरह हैं :

	19 जुलाई	**12 अगस्त**	**7 अक्तूबर**
HbA1c	6.5	6.1	5.7
खाली पेट इन्सुलिन	16.69	10.68	6.5
कमर की परिधि	105 सें.मी.	101 सें.मी.	
वजन 8 किलो घट गया है।			

अब मैं बहुत आनंद और उत्साह महसूस कर रही हूँ। मेरी आम्लता की गोली, जो पिछले पाँच सालों से मैं रोज लिया करती थी उसे अब मैं दो दिन में एक बार लेती हूँ और मुझे विश्वास है कि यह भी जल्द ही बंद हो जाएगी। अब मैं सक्रिय प्रतिभागी बन गयी हूँ। इस अभियान के वाट्सएप गुट की मैं एडमिन हूँ। मैं आप सभी को मधुमेह तथा मोटापे से छुटकारा पाने में सफलता मिलने की कामना करती हूँ।

डॉ. दीक्षित महोदय, डॉ. वेदा मैडम, रवी महोदय और अन्य सभी को मेरी तरफ से धन्यवाद!

36) मिलिंद जोशी, पुणे

उम्र : 56 साल, लंबाई : 178 सें.मी.

मैंने इस आहार योजना को 20 दिसंबर 2017 से शुरू किया। अब तक तीन वर्ष और उपर आधा महीना गुजर चुका है।

मैं अपनी सफलता की रिपोर्ट देते हुए बड़ा खुश हूँ। इस आहार योजना को शुरू करने का मेरा उद्देश्य मधुमेह को नियंत्रण में लाना था ना कि वजन कम करना। मैं मोटा नहीं था।

मैं 2013 से मधुमेह से पीडित हूँ। मैने पहले कुछ महीनों तक दवाइयाँ लीं लेकिन बाद में मैं केवल आहार और व्यायाम से अपने शर्करा के स्तर को नियंत्रण

में लाने की कोशिश करता रहा। पिछले चार सालों से मैंने मधुमेह के लिए कोई भी दवाई नहीं ली है।

18 दिसंबर 2017 को आहार योजना के शुरू करते वक्त मेरी स्थिति ऐसी थी :			
वजन :	72 किलो	कमर :	88 सें. मी.
HbA1c :	6.9	खाली पेट इन्सुलिन :	6.7

20 जनवरी 2018 को मेरी स्थिति थी :			
वजन :	70 किलो	कमर :	87 सें. मी.
HbA1c :	6.8	खाली पेट इन्सुलिन :	3.9

2 मार्च 2018 :			
वजन :	68 किलो	कमर :	86 सें. मी.
HbA1c :	6.5	खाली पेट इन्सुलिन :	3.27

31 मार्च 2018 :			
वजन :	67 किलो	कमर :	85 सें. मी.
HbA1c :	6.2	खाली पेट इन्सुलिन :	5

अब मैं मधुमेही से पूर्वमधुमेही की स्थिति में आ गया हूँ।

37) सुदर्शन नातू, पुणे

उम्र : 59 साल, लंबाई : 165 सें.मी., नौकरी : टेक्नोलॉजी कन्सलटंट

डॉ. दीक्षित जी से चर्चा करने के बाद मैंनें 4 जनवरी 2018 को इस आहार योजना की शुरुआत की। मैं इसे जारी रखने में काफी हद तक सफल रहा सिर्फ कुछ दिनों को छोडकर जब घर में ही शादी थी, सामाजिक समारोहों में और छुट्टियों में। इस तरह तीन महीनों में कुल मिलाकर 90% तक अनुपालन करना संभव हुआ।

4 जनवरी 2018 के मेरे परिणाम थे :			
HbA1c :	6.8	खाली पेट इन्सुलिन :	12.01
वजन :	71 किलो	कमर :	39 इंच

12 फरवरी 2018 को मेरे परिणाम थे :			
HbA1c :	6.4	खाली पेट इन्सुलिन :	10.88
वजन :	68.5 किलो	कमर :	38 इंच

2 अप्रैल 2018 को मेरे रिपोर्टस् थे :			
HbA1c :	6.1	खाली पेट इन्सुलिन :	11.3
वजन :	65.6 किलो	कमर :	37 इंच

कुल मिलाकर मेरा वजन 5.4 किलो कम हो गया। HbA1c में सुधार हुआ और पेट की चरबी भी घट गयी। मैं बहुत खुश हूँ और शक्तिशाली महसूस करता हूँ। मेरे शारीरिक और लिपिड प्रोफाईल के परिणाम भी अच्छे आए हैं।

मैं इन सब सकारात्मक बदलावों के लिए और इस आहार योजना के लिए, डॉ. दीक्षित जी को धन्यवाद कहना चाहता हूँ।

38) गणेश खेडेकर

व्यवसाय : IT व्यवस्थापक, उम्र : 43 साल, लंबाई : 154 सें.मी.

कमर : 33.5 इंच, वजन : 55 किलो

पिछले साल डेंग्यू की वजह से मुझे अस्पताल में दाखिल होना पडा। जब HbA1c की जाँच की गयी वह 8.1 था। इससे यह निश्चित हो गया कि मुझे मधुमेह है। मुझे 29 सितंबर 2017 को अस्पताल से छुट्टी मिली। उसके बाद मैं एक प्रसिद्ध मधुमेह विशेषज्ञ के पास गया, उन्होंने कुछ टेस्ट किए और मुझे दवाइयाँ बताई, रोज 3 गोलियाँ। साथही मुझे उन्होंने 30 मिनिटों में 3 कि.मी. रोज चलने की सलाह भी दे दी। पंद्रह दिनों के बाद कार्यालयीन काम की वजह से मुझे दो महीनों के लिए लंदन जाना पड़ा। मैं 15 अक्तूबर को लंदन चला गया, उस समय मेरा वजन 62.5 किलो था। जब भी कभी मुझे समय मिलता था मैं वहाँ पर सैर किया करता था लेकिन चलने में बहुत अनियमितता थी।

2 दिसंबर 2017 को मेरे वरिष्ठ, श्री. महेश शाह ने मुझे डॉ. दीक्षित महोदय के व्याख्यान की यू-ट्यूब लिंक भेजी। सप्ताह के अंतिम दिनों में मैंने यह व्याख्यान तीन बार सुना, लेकिन मेरा मन उस वक्त किसी तरह की आहार योजना का अवलंब करने की तैयारी में नहीं था क्योंकि यात्रा पर रहते हुए मैं किसी तरह की वैद्यकीय उलझनें निर्माण नहीं करना चाहता था। मैं अपने साथ तीन महीनों की दवाइयाँ लेकर गया था। 15 दिसंबर को वापस आने पर मैंने इस आहार योजना को शुरू करने के विषय में सोचना शुरू किया। लेकिन उसके पहले मैंने HbA1c और खाली पेट इन्सुलिन टेस्ट करवायी। 2 फरवरी 2018 को मैंने इस आहार योजना का पालन करना शुरू किया।

15 फरवरी को किए गए मेरे टेस्ट के परिणाम थे :			
HbA1c :	6.48	औसत रक्तशर्करा :	139.28
खाली पेट इन्सुलिन :	2.57	वजन :	57.8 किलो

यह परिणाम सचमुच अद्‌भुत थे। मैंने इस आहार योजना का सख्ती से पालन शुरू किया। डॉ. वेदा मैडम की सलाह पर मैंने उसके बाद कोई भी दवाई शुरू नहीं की। उन्होंने एक महीना पूरा होने पर फिर से मुझे टेस्ट करने की सलाह दे दी। इसलिए मैंने 18/3/2018 को फिर से टेस्ट करवाये।

नीचे इसके परिणाम हैं :			
HbA1c :	5.89	औसत रक्तशर्करा :	122.34
खाली पेट इन्सुलिन :	1.83	वजन :	55 किलो
कमर :	33.5 इंच		

यह अद्‌भुत यात्रा HbA1c 8.1 से 5.89 तक (और वजन 62.5 से 55 किलो) मात्र संभव हुई डॉ. दीक्षित महोदय की आहार योजना के कारण और डॉ. वेदा मैडम के मार्गदर्शन के कारण। बहुत बहुत धन्यवाद!

39) राजेश भारदे, पुणे

डॉ. दीक्षित जी की सलाह से मैंने उनकी आहार योजना का पालन करना शुरू किया और अच्छे परिणाम पाये।

15 मार्च 2018 के मेरे रक्तशर्करा के परिणाम थे :			
HbA1c :	8.1	खाली पेट इन्सुलिन :	10.3
वजन :	70 किलो		

6 अप्रैल 2018 को :			
HbA1c :	7.3	खाली पेट इन्सुलिन :	5.2
वजन :	67.6 किलो		

मैंने मधुमेह के लिए कोई भी दवाई शुरू नहीं की।

बहुत बहुत धन्यवाद!

40) सुनील एस. केलुसकर, वापी, गुजराथ

उम्र : 54 साल, लंबाई : 175 सें.मी.

5 मार्च 2018 को मैंने इस आहार योजना का पालन करना शुरू किया।

मेरे टेस्ट के परिणाम थे :			
HbA1c :	8.4	खाली पेट इन्सुलिन :	9.88
कमर :	105 सें.मी.	वजन :	80 किलो

3 मई 2018 को मेरे परिणाम थे :			
HbA1c :	6.5	खाली पेट इन्सुलिन :	7.39
कमर :	102 सें.मी.	वजन :	77.6 किलो

पिछले महीने ट्रेकिंग करते हुए (Rock climbing) मेरा पैर जख्मी हो गया था। इसलिए इस आहार योजना का पालन करते वक्त मैं चल नहीं सका और न मैंने किसी भी तरह का कोई व्यायाम किया। फिर भी मुझे इतने बेहतरीन परिणाम प्राप्त हुए। मैं एक हफ्ते बाद चलना और व्यायाम शुरू करूंगा।

धन्यवाद डॉ. दीक्षित और डॉ. वेदा, उनके समर्थन के लिए और इस आहार योजना के लिए। यह बड़ी ही काम की चीज़ है।

41) विजया रमेश देवकाटे, हडपसर, पुणे

मेरे पति ने डॉ. दीक्षित जी का पुणे में आयोजित व्याख्यान यू-ट्यूब पर सुना और उन्होंने मुझे इसे आजमाकर देखने को कहा। इस आहार योजना के अनुसार 10 मार्च 2018 को मैंने केवल दो समय भोजन और 4.5 किलोमीटर की सैर करना शुरू किया। सच कहूँ तो मैं भूख बरदाश्त नहीं कर सकती। सुबह सैर के लिए निकलने से पहले मैं फल या कुछ और खा लेती थी। पिछले 10-12 साल से मैं मधुमेह से ग्रस्त हूँ और 3-4 सालों से बडी मुश्किल से साधारण श्रेणी में कायम रह पायी हूँ। हमारे एरिया के डॉक्टर ने मुझे इन्सुलिन लेने की सलाह दी, लेकिन मैं मानसिक रूप से तैयार नहीं थी। मैंने आयुर्वेदिक दवाइयाँ भी ली, लेकिन कोई असर नहीं हुआ।

डॉ. दीक्षित महोदय ने अपने व्याख्यान में हमें कहा है कि इस आहार योजना को शुरू करने से पहले अपने डॉक्टर की सलाह लें। मैं पुणे में डॉ. दादा गुजर इन्स्टिट्यूट में काम करती हूँ। हमारी संस्था ने पुणे में डॉ. दीक्षित महोदय के व्याख्यान का आयोजन 15 अप्रैल 2018 को किया था, जो मैंने सुना। मैंने पहले

ही इस आहार योजना की शुरुआत की थी। 7 अप्रैल को मेरे पति ने मेरे टेस्ट के परिणाम डॉ. दीक्षित महोदय और डॉ. वेदा मैडम को मेल के द्वारा भेज दिए और उनसे अनुरोध किया कि मेरा नाम गुट में जोड दें। हमने उसमें यह नहीं लिखा था कि, मैं कई सालों से मधुमेह से पीडित हूँ।

दीक्षित महोदय ने उन परिणामों को वाट्सएप पर भेजने को कहा और उन्हें देखने के बाद उन्होंने मेरे प्रयत्नों को सराहते हुए कहा कि मधुमेही होने के बावजूद मैं इस आहार योजना का पालन कर रही हूँ। और उन्होंने मुझे इस योजना पर कायम रहने की सलाह दी।

7 अप्रैल 2018 और उसके बाद एक महीने के बाद किए गए टेस्ट के मेरे परिणाम इस तरह हैं :

	7/4/2018	**21/5/2018**
HbA1c	9.50	7.8
खाली पेट इन्सुलिन	2.73	3.9

मधुमेही होने के बावजूद मैं दो भोजनों के बीच में पानी के अलावा कुछ नहीं लेती। मुझे कोई तकलीफ नहीं होती। कभी कभी मैं दो भोजनों के बीच छाछ लिया करती हूँ।

डॉ. दीक्षित महोदय और उनके दल को धन्यवाद!

42) रमेश ताटके

लंबाई : 167 सें.मी.

30 मार्च 2018 से मैंने डॉ. दीक्षित महोदय की आहार योजना की शुरुआत की।

29 मार्च 2018 को मेरे परिणाम थे :			
HbA1c :	7.6	खाली पेट इन्सुलिन :	10
वजन :	69 किलो	कमर :	37 इंच

मैं पिछले एक महीने से इस योजना का सख्ती से पालन कर रहा हूँ। दो भोजनों के बीच शाम को केवल एक गिलास पतली सी छाछ लेता हूँ।

2 मई 2018 को मेरे परिणाम थे :			
HbA1c :	6.6	खाली पेट इन्सुलिन :	6.4
वजन :	66 किलो	कमर :	35 इंच

मुझे इस परिणामों को देखकर बडी खुशी हुई। मुझे मार्गदर्शन करने के लिए डॉ. दीक्षित जी को बहुत बहुत धन्यवाद!

43) मिसेस सविता मोरे, बावधन, पुणे

मैं एक 38 वर्षीय महिला हूँ। मेरी लंबाई 5 फीट 3 इंच है (160 सें.मी.)। 1 जुलाई 2017 को मेरा वजन 70 किलो और कमर की परिधि 35 इंच थी।

मैंने 1 जुलाई 2017 को इस आहार योजना की शुरुआत की।

मैं 7 कि.मी. चलती हूँ, हफ्ते में दो बार ताकत (Strength) की ट्रेनिंग लेती हूँ, हफ्ते में दो बार तैरने जाती हूँ, और एक बार साइकिल चलाया करती हूँ।

मेरे छः महीने के नतीजे हैं :			
1) 22 जून 2017 :		**2) 1 अगस्त 2017 :**	
खाली पेट इन्सुलिन :	14.47	खाली पेट इन्सुलिन :	12.38
HbA1c :	7.1	HbA1c :	6.7
3) 29 अक्तूबर 2017 :		**4) 01 दिसंबर 2017 :**	
खाली पेट इन्सुलिन :	9.75	खाली पेट इन्सुलिन :	10.49
HbA1c :	6.7	HbA1c :	6.5
5) 02 फरवरी 2018 :		**6) 01 मई 2018 :**	
वजन :	58 किलो	वजन :	56 किलो
कमर की परिधि :	30 इंच	कमर की परिधि :	29 इंच
खाली पेट इन्सुलिन :	11.67	HbA1c :	6.1

कुल मिलाकर मैंने 14 किलो वजन और 6 इंच कमर की परिधि को घटाया वह भी ठीक 10 महीनों में। शुरू में मुझे घुटनों में भी दर्द होता था, जो अब 50 प्रतिशत कम हो गया है। एक अस्थिरोग विशेषज्ञ ने घुटनों पर सर्जरी करने की सलाह दे दी थी। लेकिन अब मैं 60 कि.मी. प्रतिदिन साइकिल चला सकती हूँ। मैं देख रही हूँ कि मेरी तैरने की शक्ति भी बढ़ गयी है। अब मैं एक ही दम में 45 मिनिट तक तैर सकती हूँ।

डॉ. दीक्षित जी को बहुत धन्यवाद!

44) किरणकुमार देवी

मैंने डॉ. दीक्षित महोदय द्वारा बनायी गयी इस आहार योजना की शुरुआत 23 मार्च 2018 से की और सुबह 45 मिनिट में 4 किलोमीटर तक सैर करने लगी।

23 मार्च को मेरे परिणाम थे :			
HbA1c :	6.8	खाली पेट इन्सुलिन :	13
वजन :	71 किलो	कमर की परिधि :	43 इंच

1 महीने के बाद के परिणाम थे :			
HbA1c :	6.1	खाली पेट इन्सुलिन :	15
वजन :	68.5 किलो	कमर की परिधि :	39.5 इंच

मैं यह देखकर बहुत ही आश्चर्यचकित रह गयी कि केवल एक महीना और दस दिनों में मैं मधुमेही स्थिति से पूर्वमधुमेही स्थिति में पहुँच गयी। मैं डॉ. दीक्षित, डॉ. ढुमणे, डॉ. वेदा नलावडे और उनके सहयोगियों को उनके समर्थन और मार्गदर्शन के लिए हृदय से धन्यवाद देना चाहती हूँ।

45) वैशाली बुटे, नासिक रोड

23 जनवरी 2018 से मैंने इस आहार योजना का अवलंब करना शुरू किया। शुरू में जब मैंने देखा कि इसमें दिन में केवल दो ही बार भोजन लेना है और 4.5 कि.मी. चलना है, मुझे यह बहुत ही कठिन लगा था, लेकिन मैंने प्रयास किया और सफल भी हो गयी।

23 जनवरी 2018 को मेरे परिणाम थे :			
लंबाई :	153 सें.मी.		
वजन :	78 किलो	कमर की परिधि :	103 सें.मी.
खाली पेट इन्सुलिन :	6.51	HbA1c :	7

तीन महीनों के बाद 25/04/2018 को मेरे परिणाम :			
वजन :	75 किलो	कमर की परिधि :	96 सें.मी.
खाली पेट इन्सुलिन :	10	HbA1c :	6.5

इसकी शुरुआत करने से पहले मैं बहुत थकान, आलस, उदासी महसूस करती थी लेकिन अब मुझे ताज़गी, फुर्ति महसूस होती है। मुझे लगता है की मेरा 53 किलो का लक्ष्य मैं जल्द ही पूरा करूंगी।

डॉ. दीक्षित जी के अभूतपूर्व मार्गदर्शन से मुझे बडा फायदा हुआ।

धन्यवाद महोदय!

46) डॉ. हर्षल कवडीकर, पाषाण, पुणे

मैं 46 साल का हूँ और आर्किटेक्ट का व्यवसाय करता हूँ। मेरी खुद की अपनी कन्सल्टिंग फर्म है। मैंने 20/2/2018 को इस आहार योजना की शुरुआत की।

मेरे नाँप और परिणाम उस दिन ऐसे थे :			
कमर :	112 सें.मी.	वजन :	80 किलो
HbA1c :	9.3	खाली पेट इन्सुलिन :	5.90
खाली पेट रक्तशर्करा :	169	खाने के बाद की शर्करा :	253

पहले दिन से ही मैं यह जादूई आहार योजना ईमानदारी और निष्ठा से पालन कर रहा हूँ, आज तक। मैं सुबह ऑफिस जाने से पहले 9.30 या 10 बजे पूरा भोजन ले लेता हूँ। और रात का खाना 7.30 से 8.30 बजे तक कर लेता हूँ। मैं सब्जी, रोटी, दाल और इनके साथ गाजर या ककड़ी जैसा सैलेड भी ले लेता हूँ साथही मैं फरसाण और शेव (जो मुझे बहुत अधिक पसंद है) ले लेता हूँ। मैं अंदाजन 45 से 50 मिनिट तक 3 से 3.5 कि.मी. चलता हूँ।

आज याने 20/04/2018 को मेरे परिणाम हैं।

केवल दो महीनों के बादः	
कमर :	99 सें.मी. (13 सें.मी. कम हो गयी)
वजन :	75 किलो (5 किलो कम)
HbA1c :	6.60 (2.7 घट गया)
खाली पेट इन्सुलिन :	6.50
खाली पेट रक्तशर्करा :	96
खाने के बाद की रक्तशर्करा :	124

मैं हमेशा सुस्त और थका हारा महसूस करता था। इस आहार योजना से मेरे पूरे क्रियाकलापों में कमाल का बदलाव आया है। मैं अब बहुत ही शक्तिशाली और हलकापन महसूस करता हूँ।

इस आहार योजना ने ना केवल मेरे पैथॉलॉजिकल परिणामों में काफी बदलाव लाया लेकिन इसने मुझे आत्मविश्वास और बहुत सी ऊर्जा भी दी।

मैं सच्चे मन से डॉ. दीक्षित जी और वजन घटानेवाली टीम को धन्यवाद देना चाहता हूँ, जिन्होंने यह जादूई आहार योजना दी।

47) मिसेस कीर्ती जोशी, पुणे

मेरी एक सहेली मिसेस अनघा सावदेकर ने अक्तूबर 2017 में मुझे इस गुट में शामिल किया।

31 अक्तूबर 2017 को मेरे टेस्ट के परिणाम थे :			
वजन :	84 किलो	HbA1c :	9.5
खाली पेट इन्सुलिन :	24.22	कमर की परिधि :	122 सें.मी.

23 मई 2018 को मेरे टेस्ट के परिणाम थे :			
वजन :	74 किलो	HbA1c :	6.90
खाली पेट इन्सुलिन :	26.95	कमर की परिधि :	112 सें.मी.

मेरा वजन 10 किलो कम हो गया और कमर की परिधि 10 सें.मी. से कम हो गयी केवल 7 महीनों में। और मैं हलकापन और ऊर्जावान महसूस करती हूँ।

मैं डॉ. दीक्षित जी की बहुत बहुत आभारी हूँ!

48) बाळासाहेब जाधव, इचलकरंजी, डिस्टी. कोल्हापूर

मैं MSEDCL से अवकाश प्राप्त एक्झिक्यूटिव्ह इंजिनियर हूँ।

डॉ. वेदा नलावडे द्वारा मुझे 19/04/2018 को 11 EWL ग्रुप में दाखिल करा दिया गया।

मेरे टेस्ट के नतीजे थे :			
खाली पेट इन्सुलिन :	7.63	HbA1c :	9.3
वजन :	76.9 किलो	कमर की परिधि :	107 सें.मी.

एक महीने के बाद 20/05/2018 को मेरे टेस्ट रिपोर्ट थे :			
खाली पेट इन्सुलिन :	1	HbA1c :	7.9
वजन :	75 किलो	कमर की परिधि :	105 सें.मी.

इस आहार योजना के लिए मैं डॉ. दीक्षित जी का बहुत आभारी हूँ।

49) नीलेश दगडू शिंदे, अंबरनाथ, ठाणे

उम्र : 31 साल, लंबाई : 170 सें.मी., नौकरी : पायपिंग इंजिनियर

डॉ. दीक्षित जी से चर्चा होने के बाद मैंने 2/2/2018 को इस योजना की शुरुआत की। मैं इसका पालन करने में काफी हद तक कामयाब रहा केवल घर में होनेवाली शादी के दिन, सामाजिक समारोह तथा छुट्टियों को छोड़कर। याने कुल मिलाकर पिछले तीन महीनों में मैं इसका 90% अनुपालन करने में कामयाब रहा।

2 फरवरी 2018 को मेरे टेस्ट के परिणाम थे :			
HbA1c :	8.6	खाली पेट इन्सुलिन :	10.55
वजन :	80 किलो		

8 मई 2018 को मेरे टेस्ट के परिणाम थे :			
HbA1c :	6.35	खाली पेट इन्सुलिन :	7.49
वजन :	71.6 किलो		

कुल मिलाकर मेरा वजन 8.4 किलो घट गया। HbA1c के स्तर में सुधार आया, मेरे पेट की चरबी भी घट गयी। मैं बहुत खुश हूँ और फुर्तीला अनुभव करता हूँ। मैं इस आहार योजना का पूरी तरह से आनंद उठा रहा हूँ।

मैं डॉ. दीक्षित जी के मार्गदर्शन तथा सकारात्मक बदलाव के लिए बहुत आभारी हूँ।

50) शशिकांत कांबळे, मिरज

उम्र : 48 साल, लंबाई : 172 सें.मी., नौकरी : प्राध्यापक (मायक्रोबायोलॉजी)

मैं 2014 से पूर्वमधुमेही हूँ। मैं रोज नियमित रूप से व्यायाम करता था इसलिए रक्तशर्करा नियंत्रण में थी। लेकिन मेरा वजन बढ़कर 78 किलो हो गया था। जनवरी 2018 को मेरी खाली पेट शर्करा 276 और खाने के बाद कि 340 हो गयी थी। मेरे मधुमेह विशेषज्ञ ने बताया की मात्र व्यायाम से मेरी रक्तशर्करा नियंत्रण में नहीं आनेवाली। उन्होंने दिन में दो बार Metformin 500 mg गोली खाने को कहा। लेकिन इस दवा से मुझमें दुष्प्रभाव (साईड इफेक्टस्) दिखने लगे। मैं बहुत निराश हो गया था क्योंकि अब मुझे दवाइयाँ और इन्सुलिन पर पूरी जिंदगी निर्भर रहना था।

एक दिन मेरे मित्र ने मुझे डॉ. जगन्नाथ दीक्षित महोदय की 'वजन घटाना और मधुमेह का निवारण' इस पर लिए गए सेमिनार की लिंक भेजी। मैंने उसे यू-ट्यूब

पर देखा। मैंने डॉ. दीक्षित जी से फोनपर बात की, उन्होंने मुझे 4.5 कि.मी. चलने की और इस आहार योजना को अपनाने की सलाह दी।

मैंने 30 जनवरी 2018 से इस आहार योजना का पालन करना शुरू किया।

मेरे परिणाम थे :			
वजन :	78 किलो	HbA1c :	9
खाली पेट इन्सुलिन :	11.03		

मैं पिछले तीन महीनों से इसे बडी सख्ती से पालन कर रहा हूँ।

28 अप्रैल 2018 को मेरे परिणाम थे :			
वजन :	71.4 किलो	HbA1c :	6.9
खाली पेट इन्सुलिन :	5.34		

केवल तीन महीनों में मैंने 6.6 किलो वजन घटाया और रक्तशर्करा तथा HbA1c में भी काफी सुधार आया।

मैं सच्चे दिल से डॉ. दीक्षित महोदय को उनके मार्गदर्शन और सकारात्मक बदलाव के लिए धन्यवाद देना चाहता हूँ।

51) रविंद्र देशपांडे, पुणे

उम्र : 54 साल, लंबाई : 172 सें.मी.

9 फरवरी 2018 को मैंने इस आहार योजना का पालना शुरू किया।

मेरे नतीजे उस वक्त थे :			
वजन :	74 किलो	HbA1c :	8.8
खाली पेट इन्सुलिन :	10.82	कमर :	40 इंच

और 9 मई 2018 को मेरे नतीजे थे :			
वजन :	69.5 किलो	HbA1c :	6.8
खाली पेट इन्सुलिन :	11.81	कमर :	36.5 इंच

हमें हमारे डॉक्टरों द्वारा यह बताया जाता है, कि मधुमेह कभी ठीक नहीं होता और आपको जीवन भर दवाइयाँ लेनी पडती है। लेकिन इस आहार योजना के पालन के बाद आपकी समझ में आता है कि यह वक्तव्य सरासर गलत है। मैं पिछले चार सालों से दवाइयाँ लेता था और डॉक्टर द्वारा दी गयी योजना का कठोरता से पालन भी करता था। लेकिन मेरी रक्तशर्करा नीचे आने की अपेक्षा ऊपर ही जाती रही।

फरवरी के मेरे टेस्ट के नतीजों को देखकर मेरे डॉक्टर ने मुझे मेरी दवाओं की मात्रा बढ़ाने को कहा। मैंने उन्हें बताया कि मैंने इस आहार योजना का पालन शुरू किया है और अपने दवाई की मात्रा बढ़ाना नहीं चाहता।

मेरे मई 2018 के परिणामों को देखकर मेरे डॉक्टर मुझ से भी अधिक खुश हुए। मैं भी बहुत खुश हुआ।

हम डॉ. दीक्षित जी के प्रति कितनी भी कृतज्ञता दिखाएँ, वह कम ही है। लेकिन हम निश्चित रूप से इस अभियान में उनका सहयोग देंगे जिससे हमें उनके ऋण से कुछ तो मुक्ति मिलने का एहसास हो सकता है। वह अपना नाम 'जगन्नाथ' - 'जगत् का रखवाला' को सार्थ कर रहे हैं।

52) धनंजय गंबारे, पळशी, माण, सातारा

उम्र : 55 साल, लंबाई : 167 सें.मी.

नौकरी : रयत शिक्षण संस्था में प्राध्यापक

मैंने 22 नवंबर 2017 को इस योजना को शुरू किया।

मेरे नतीजे थे :			
वजन :	74.8 किलो	HbA1c :	6.9
खाली पेट इन्सुलिन :	7.17	कमर की परिधि :	103 सें.मी.

3 मई 2018 को मेरे टेस्ट के परिणाम थे :			
वजन :	67.2 किलो	HbA1c :	6.1
खाली पेट इन्सुलिन :	4.41	कमर की परिधि :	95 सें.मी.

- कोई भी दवाई नहीं
- रोज 50 मिनिटों में 5 कि.मी. की सैर
- बगैर शक्कर की चाय सुबह 8 बजे और शाम 6 बजे
- भोजन सुबह 9.30 बजे और रात 8.15 बजे
- भोजन के बाद सुबह दूध और दोपहर को छाछ
- 20 बरस पुराना सिरदर्द गायब
- आम्लपित्त की परेशानी रूक गयी
- पूरा दिन तरोताज़ा महसूस करता हूँ।
- मुझे मेरे सारे कपड़े आल्टर करने पड़े।
- मेरे अनुभव को देखकर मेरे और पाँच मित्रों ने इस पर अमल करना शुरू किया है।

- मैं इस आहार योजना का पालन पूरी उम्रभर करूँगा।

डॉ. दीक्षित महोदय और व्यवस्थापकों को उनके मार्गदर्शन और समर्थन के लिए धन्यवाद!

53) सुहास गोपाल कांबले

नौकरी : BSNL में जनरल मॅनेजर, गट : 47 EWL DM

उम्र : 48 साल, लंबाई : 165 सें.मी.

25 जुलाई 2018 से 11 अक्तूबर 2018 के परिणामों की तुलना।

25 जुलाई 2018 को :			
HbA1c :	7.4	वजन :	72 किलो
खाली पेट इन्सुलिन :	10.3	कमर की परिधि :	100 सें.मी.
खाली पेट रक्तशर्करा :	153		

11 अक्तूबर 2018 को :			
HbA1c :	6.9	वजन :	65 किलो
खाली पेट इन्सुलिन :	8.07	कमर की परिधि :	94 सें.मी.
खाली पेट रक्तशर्करा :	130		

लगभग 78 दिनों में 7 किलो वजन कम हो गया, HbA1c 0.5 कम हो गया, कमर की परिधि 6 सें.मी. से कम हो गई, खाली पेट इन्सुलिन 2.23 कम हो गया और खाली पेट रक्तशर्करा 23 कम हो गयी।

मेरे मातापिता पिछले दस सालों से मधुमेह से पीडित हैं। 25 जुलाई की रक्त की जाँच में यह समझ में आया की मैं मधुमेही हूँ। डॉक्टरों ने मुझे मधुमेह की दवाइयाँ शुरू करने की सलाह दी लेकिन मैं मधुमेह की दवाइयों के दुष्चक्र से बचना चाहता था। श्री. सुरेश पवार, BSNL के भूतपूर्व इंजिनियर, जिन्होंने इस आहार योजना को आजमाया था, मुझे शुरू करने की सलाह दी। इसलिए मैंने 26 जुलाई 2018 से इसे शुरू किया।

मेरी दिनचर्या ऐसी है :

- सुबह 6 से 6.30 बजे तक योग, 16 आसनों के समूह का अभ्यास और मेडिटेशन
- 7.30 से 8 बजे तक 30 मिनिटों की 3 कि.मी. तक की सैर
- सुबह 9 बजे : घर में बनी हुई एक गिलासभर छाछ

- दोपहर 1 बजे भोजन
- शाम को 5.30 से 6.30 तक, 6 कि.मी. की सैर
- रात को 9 बजे भोजन

मैं अपनी पत्नी मिसेस हेमलता का बहुत आभारी हूँ, जिन्होंने मुझे इस आहार योजना का सख्ती से पालन करने में मदद की। पहले मैं 10 प्याली चाय पी लेता था जो मैंने पूरी तरह से बंद कर दी है। आहार योजना के दौरान किसी भी तरह की मिठाईयाँ या शक्कर से निर्मित पदार्थ बिलकुल नहीं लेता। मैंने पहले अनेकों वजन घटाने की योजनाओं को आजमाया था, जैसे की Herbalife लेकिन एक किलो भी वजन कम नहीं हुआ था।

अतिरिक्त लाभः

1) आम्लपित्त की समस्या नहीं। उच्च रक्तचाप 120/80 पर कायम है जो हमेशा उच्चतम बाजू की ओर जाता था।
2) मन की शांति, पैसे भी बच रहे हैं, क्योंकि बाहर जाकर खाना या बाहर के खाने के पार्सल पूरी तरह से बंद हो गये हैं क्योंकि लगभग सभी परिवार वाले इस योजना का पालन कर रहे हैं।
3) सकारात्मक विचार बढ़ गए हैं, आत्मविश्वास में वृद्धि हुई है। मुझे लगता है, मैं और 50 साल जिऊंगा। मुझमें दिख रहे बदलाव को देखकर मेरे परिवार वाले तथा दोस्तों में से दस लोगों ने इस आहार योजना को शुरू किया है।

मैं डॉ. दीक्षित महोदय और व्यवस्थापकों की टीम को, अपने राष्ट्र को स्वस्थ बनाने के महान कार्य के लिए धन्यवाद देता हूँ।

54) शंकरनाथ पब्बिसेट्टी, हैद्राबाद

उम्र : 48 साल, व्यवसाय : चार्टड अकाउंटंट, नौकरी,

गुट : 19-EWL DM

मैंने अपने एक शुभचिंतक दोस्त से डॉ. दीक्षित जी के बारे में सुना था। मैंने यू-ट्यूब पर प्राप्त होनेवाले डॉ. दीक्षित जी के वीडिओ भी देखे थे। वह बहुत ही प्रभावशाली थे और इसलिए मैंने एक कोशिश करके देखने के बारे में सोचा।

मैं एक मधुमेही हूँ लेकिन मैं उसके प्रति बहुत ही अनुशासनबद्ध हूँ और इसीलिए उसे नियंत्रण में रखे हुए हूँ। लेकिन मैं मोटा हूँ मेरा वजन 101 किलो है। मैंने वजन कम करने के 'लीपो' सहित जितने भी विकल्प मौज़ूद हैं, सभी करके देखे, लेकिन वजन फिर से बढ़ गया।

डॉ. दीक्षित जी का वीडिओ देखने के बाद मैं इन्सुलिन का तर्कशास्त्र (लॉजिक) समझ गया और मुझे यह विश्वास हुआ कि यह मेरे मोटापे पर असरदार हो सकता है, और 7 जुलाई 2018 से मैंने आहार योजना की शुरुआत की।

मैंने बड़ी श्रद्धा से तीन महीनों तक इस योजना का अवलंब किया, जिस तरह डॉ. दीक्षित जी ने बताया था। और उसके परिणाम बहुत ही प्रोत्साहित करनेवाले थे।

7 जुलाई 2018 :			
खाली पेट इन्सुलिन :	19.53	HbA1c :	7.3
औसत रक्तशर्करा :	163	वजन :	101 किलो

6 अक्तूबर 2018 :			
खाली पेट इन्सुलिन :	8.5	HbA1c :	6.2
औसत रक्तशर्करा :	135	वजन :	94 किलो

फर्क :

खाली पेट इन्सुलिन 11.03 कम हुआ।

HbA1c 1.1 कम हो गया।

औसत रक्तशर्करा 28 कम हो गयी।

वजन 7 किलो कम हो गया।

55) रविंद्र खांदू टापरे, पुणे

अभी कोलकाता में नौकरी, गुट : 22-EWL DM

उम्र : 39 साल, लंबाई : 165 सें.मी.

मैं पिछले पाँच सालों से मधुमेह से ग्रस्त हूँ। मैं बहुत ही परेशान था क्योंकि उम्र के 33 साल में ही मैं मधुमेही और मोटा हो गया था। 9 जुलाई 2018 को मेरे मित्र, मि. सुनील पवार ने मुझे डॉ. दीक्षित जी के 'बिना तकलीफ वजन घटाना और मधुमेह निवारण' पर आयोजित किए गए सेमिनार की लिंक भेजी।

मैंने पूरा वीडिओ देखा, और फिर इस आहार योजना की बारीकियो को समझने के लिए मैंने इसे फिर से ध्यान देकर देखा और फिर इस आहार योजना को जल्द से जल्द शुरू करने का निश्चय किया।

मैंने 11/07/18 को रक्त की जाँच करवाई और उसके विस्तारित परिणाम डॉ. संतोष ढुमणे जी को भेजे। और उनके मार्गदर्शन में दूसरे ही दिन से इस आहार योजना को शुरू किया। वह दिन था 12/07/18। दोपहर का भोजन सुबह 9 बजे और रात का 6.30 बजे। इन दो भोजनों के बीच मैं पर्याप्त मात्रा में पानी पी लिया

करता हूँ और रोज कम से कम एक घंटा शीघ्र गति से चलता हूँ। इसके बाद हर महीने मैंने रक्त की जाँच की।

10/10/2018 को मैंने इस आहार योजना के तीन महीने पूरे किए और मेरे परिणाम थे :

21/07/2018 (आहार योजना को शुरू करने से पहले का एक दिन) :			
वजन :	82 किलो	कमर की परिधि :	106 सें.मी.
HbA1c :	9.9	खाली पेट इन्सुलिन :	7.53

10/10/2018 (तीन महीनों के बाद) :			
वजन :	76 किलो	कमर की परिधि :	100 सें.मी.
HbA1c :	5.9	खाली पेट इन्सुलिन :	3.4

मैं अपने दिल की गहराई से डॉ. दीक्षित महोदय, डॉ. संतोष ढुमणे महोदय और सभी EWL टीम को धन्यवाद देना चाहता हूँ।

56) प्रशांत नाईक

उम्र : 48 साल, दल : 34 EWL DM

मैं 24 अगस्त 2018 से इस आहार योजना का पालन कर रहा हूँ।

23 अगस्त 2018 को किए गए मेरे टेस्ट के परिणाम थे :			
HbA1c :	6.7	खाली पेट इन्सुलिन :	10.21

एक महीने के बाद मेरे टेस्ट के परिणाम थे :			
HbA1c :	6.2	खाली पेट इन्सुलिन :	12.6

एक महीने में मेरा वजन 4 किलो घट गया और कमर की परिधि 3 इंच घट गयी।

मैं सुबह 8 बजे और शाम को 8 बजे भोजन लेता हूँ और मेरे सुबह और शाम के दोनों वक्त के खाने में रोजमर्रा के, घर में बने पदार्थ होते हैं। इन दो खानों के बीच में मैं केवल पानी पी लेता हूँ। मैं हफ्ते के छः दिन नियमित रूपसे 50 मिनिट में 5 किलोमीटर चलता हूँ और रोज़ योगासन करता हूँ।

मेरी ऊर्जा की और ताज़गी की मात्रा बहुत अधिक बढ़ गयी है। मुझे अब काफी हलकापन भी महसूस हो रहा है। मैं बहुत ही खुश हूँ। मैं अब जिंदगी भर यह आहार योजना जारी रखनेवाला हूँ।

डॉ. दीक्षित और उनकी पूरे टीम को धन्यवाद, मैं आपका शुक्रगुज़ार हूँ। आप सभी को मेरा सलाम।

57) हर्षल रत्नपारखी, कल्याण

उम्र : 50 साल, लंबाई : 176 सें. मी.

समूह : 51 EWL-मधुमेही

अप्रैल 2011 में मेरा मधुमेह का निदान हुआ। सितंबर 2018 को 'माझा कट्टा' कार्यक्रम में डॉ. जगन्नाथ दीक्षित जी का इंटरव्ह्यू (भेंटवार्ता) देखा और '4 सितंबर 2018' से इस आहार पद्धति का अनुसरण करना निश्चित किया। शुरुआत में 50 मिनिटों में 5 किलोमीटर चलना शुरू किया। उसके बाद नियमित रूप से 75 मिनिटों में 7.5 किलोमिटर चलता था; पर 16 अप्रैल 19 के बाद कुछ व्यक्तिगत कारणों से मेरा चलना 45 से 60 मिनिट इतना कम हुआ।

मेरे भोजन का समय : दोपहर 1.00 और रात : 9.00 हैं। इस बीच मैं ब्लैक टी, पानी और छास लेता हूं।

16 सितंबर 2018 के परिणाम :			
HbA1c :	6.3	खाली पेट इन्सुलिन :	25.48
वज़न :	96.5 किलो	पेट की परिधि :	112 सें. मी.
दवाइयां : GERMER DS1 - दोपहर भोजन के साथ और TENEPRIDE-20 - रात भोजन के साथ रक्तचाप के लिए - OLMEZET H 20 कोलेस्ट्रॉल के लिए - ROZVEL F5			

12 अप्रैल 2019 के परिणाम :	
HbA1c :	5.7 (0.6 से कम)
खाली पेट इन्सुलिन :	7.50 (17.98 से कम)
वज़न :	79 किलो (17.5 किलो कम)
पेट की परिधि :	96 सें. मी. (16 सें. मी. से कम)
16 अप्रैल 2019 से मधुमेह, रक्तचाप और कोलेस्ट्रॉल की सभी दवाइयां डॉ. की सलाह से बन्द की।	

18 जून 2019 के परिणाम : (सभी दवाइयां बन्द करने के बाद)			
HbA1c :	5.6	खाली पेट इन्सुलिन :	16.34
वज़न :	78 किलो	पेट की परिधि :	95 सें. मी.

यह आहार पद्धति शुरू करके 13 महीने हो गए। पिछले 6 महीनों से सभी दवाइयाँ बंद हुई हैं और परिणाम इस प्रकार...

8 अक्टूबर 2019			
HbA1c :	5.2	खाली पेट इन्सुलिन :	6.6
वज़न :	78 किलो	पेट की परिधि :	95 सें. मी.

डॉ. दीक्षित जी की आहार पद्धति का सखती से पालन करने से मेरा 'मधुमेही से मधुमेह-मुक्त' में परिवर्तन हुआ।

वाट्सएप और यू-ट्यूब वीडियो के जरिए अपना समर्थन और मार्गदर्शन देने के लिए डॉ. दीक्षित और उनकी एडमिन/विशेषज्ञ टीम का मैं बहुत आभारी हूं।

मैंने अपने परिवार के सदस्यों और दोस्तों को इस अभियान की जानकारी देकर प्रसार किया है और उन्हें अच्छे परिणाम पाने के लिए प्रोत्साहित करता हूं।

स्वस्थ जीवन और समाज में जागरूकता निर्माण करने के लिए मैं इस पद्धति को जारी रखूँगा।

58) विजय कृष्णा पाटील, नंदुरबार

उम्र : 50 साल, व्यवसाय : शिक्षक, यशवंत विद्यालय, नंदुरबार

लंबाई : 175 सें. मी., ग्रुप: 30 - EWL DM

मेरे मित्र श्री. पुष्पेंद्र भैया रघुवंशी ने हमारे वाट्सएप ग्रुप पर जगन्नाथ दीक्षित सर द्वारा 22 जुलाई, 2018 को नंदुरबार में एक व्याख्यान के बारे में पोस्ट किया। मेरी पत्नी और मैंने जगन्नाथ दीक्षित सर के व्याख्यान में भाग लिया।

मैं पिछले 5 वर्षों से मधुमेह से पीड़ित था। मैं रोजाना दोपहर और रात में ग्लाइकोमेट 500 मिलीग्राम की गोली ले रहा था। इसके अलावा, मैं रोजाना नींबू के पत्ते का रस और जैम पाउडर का सेवन कर रहा था। लेकिन यह केवल अस्थायी परिणाम बना रहा था। जल्द ही, चीनी का स्तर फिर से बढ़ रहा था। मुझे डॉक्टर से दिन में 4/5 बार थोड़ा-थोड़ा खाने के लिए कहा जाता था, जिससे मेरा वजन बढ़ रहा था।

मैंने 1 अगस्त, 2018 को यह आहार योजना शुरू की और तीन महीने के भीतर मेरी चीनी सामान्य हो गई। डॉक्टर ने 10 अक्टूबर, 2018 से दोनों समय की गोलियां बंद कर दीं।

मैं रोज सुबह 6 किमी एक घंटा पैदल चलता हूं। मेरा भोजन सुबह 10.30 बजे और रात 8 बजे है। मैं दो भोजन के बीच केवल पानी लेता हूं।

'मैं मधुमेह से मुक्त हो गया और मेरा वजन कम हो गया'। मैं डॉ. दीक्षित सर और डॉ. संजय सर का बहुत आभारी हूं।

चीनी की सामान्य रिपोर्ट मिलने के बाद, मेरी पत्नी रोज सुबह मेरे साथ चलने लगी। दो महीनों के भीतर, उसकी थायरॉयड 50% कम हो गई और डॉक्टरो ने गोलियों की शक्ति 100 से 50 तक कम कर दी। इसके अलावा, मेरे दोस्तों और रिश्तेदारों ने सामान्य चीनी की मेरी रिपोर्ट देखकर डॉ. दीक्षित आहार योजना का पालन करना शुरू कर दिया।

इस अभियान को शुरू करने के लिए मैं डॉ. दीक्षित सर का सबसे ज़्यादा आभारी हूं। धन्यवाद महोदय।

59)ए. के. सेठ, जयपुर

उम्र : 69 साल, लंबाई : 166 सें. मी., वज़न - 120 किलो

व्यवसाय : वरिष्ठ कार्यकारी - भारत पेट्रोलियम (सेवानिवृत्त)

मुझे उच्च रक्तचाप और मधुमेह हैं। रक्तचाप के लिए मैं Losar A. दिन में एक बार और मधुमेह के लिए सुबह Glimisave M1 forte और शाम को Glycomet 500 लेता था।

करीबन 40 सालों से मैं हररोज मद्यपान करता था।

फरवरी 2017 में मैंने पूरी तरह से मद्य लेना छोड़ दिया। इसका नतीजा 2 सालों में बिना किसी कोशिश के मेरा वज़न 8 किलो कम हुआ।

जून 2019 में मेरा HbA1c : 5.6, वज़न : 112 किलो, कमर की परिधि : 58 इंच थी।

सलाह के अनुसार मैंने दीक्षित आहार पद्धति शुरू की।

4 महीनों में मेरा 10 किलो वज़न घटा।

अब मेरा HbA1c : 5.0 है।

मेरे खाली पेट और खाने के बाद के परिणामों में सुधार आने से डॉ. ने मधुमेह की दवाएं बन्द करने की सलाह दी। इसके अलावा मुझे थोड़ी बेचैनी होने से रक्तचाप की जाँच की, 100/70 होने के कारण डॉ. ने वह दवा भी बंद करने के लिए कहा।

अब मेरा वज़न 102 किलो है। फिर भी मुझे काफी वज़न घटाना है इसलिए यह आहार पद्धति मैं जारी रखूँगा। अब मेरे कमर की परिधि 52 इंच हैं।

मैं नियमित रूप से 4.5 किलोमीटर चलता हूं। व्यापक वैज्ञानिक कार्य के लिए डॉ. दीक्षित जी का आभार।

60) अर्जुन भगवान सूर्यवंशी, नासिक महाराष्ट्र में

उम्र : 40 साल, लंबाई : 170 सें. मी.

वजन : 82 किलो (दि. 03.09.2018)

पेट की परिधि : 105 सें. मी. (दि. 03.09.2018)

समूह : 33 ईडब्ल्यूएल डीएम, व्यवसाय : सिविल ठेकेदार

मैंने 04.09.2018 को आहार योजना शुरू की।

03/09/2018 को मेरी रिपोर्ट इस प्रकार थी	
HbA1c :	12.4
फास्टिंग इन्सुलिन -	.... (चेक नहीं किया।)

मुझे यह योजना मेरे मित्र श्री. भूषणजी रमेश चौधरी द्वारा बताई गई थी, तब मैंने डॉ. दीक्षित के व्याख्यान को यू-ट्यूब पर देखा और योजना शुरू की। योजना शुरू करने से पहले, मैं खाना खाता था और बहुत चाय पिता था। मैं तेरह महीने से इस योजना का पालन कर रहा हूँ।

दिनांक 03/12/2018 की रिपोर्ट इस प्रकार है:			
HbA1c :	6.50	फास्टिंग इन्सुलिन :	9.80
वजन :	75 किलो	पेट की परिधि :	100 सें. मी.

3/03/2019 की रिपोर्ट:			
HbA1c :	6.50	फास्टिंग इन्सुलिन :	7.8
वजन :	72 किलो	पेट की परिधि :	95 सें. मी.

03/06/2019 की रिपोर्ट:			
HbA1c :	6.50	फास्टिंग इन्सुलिन :	....
वजन :	70 किलो	पेट की परिधि :	90 सें. मी.

02/09/2019 की रिपोर्ट:			
HbA1c :	6.50	फास्टिंग इन्सुलिन :	....
वजन :	70 किलो	पेट की परिधि :	90 सें. मी.

मेरा वजन 12 किलो कम हो गया और पेट की परिधि 15 सें. मी. से कम हो गयी। मैं यह योजना 13 महीने से लगातार कर रहा हूं। मैं रोजाना 5 किमी वॉक 50 मिनट में पूरा करता हूँ। मैं इस योजना को अपने दोस्तों को बताता हूं, मैं अपने

परिवार के सदस्यों को इस योजना में शामिल होने के लिए प्रोत्साहित करता हूं, इसलिए घर का माहौल सुखद है। मैं इस योजना को हमेशा के लिए चालू रखने वाला हूं। डॉ. दीक्षित जी को धन्यवाद।

आज तक मैंने कोई डायबिटीज की दवा नहीं ली है। डायबिटीज से पीड़ित होने के बाद से मैं कभी किसी डॉक्टर से नहीं मिला। इससे दिनभर ताजगी महसूस होती है। Everything is fit and fine.

61) मच्छिंद्र कोष्टी, बोरीवली - पूर्व (मुंबई)

उम्र : 63 वर्षे, लंबाई : 160 सें. मी.,

व्यवसाय : प्रबंधन संस्थान में प्राध्यापक

समूह : 52 - EWL (पूर्व-मधुमेही)

48 साल की उम्र में मुझे उच्च रक्तचाप की तकलीफ शुरू हुई और पूरी जिंदगी के लिए मुझे दवाइयों पर रखा गया।

उससे छुटकारा पाने के लिए मैंने नियमित रूप से योग किया; लेकिन कोई फायदा नहीं हुआ। पिछले 2 साल मैंने आयुर्वेदिक उपचार किए। (प्रतिमाह 5000/- रुपये) लेकिन सफलता प्राप्त नहीं हुई।

जनवरी 2019 को मैंने डॉ. दीक्षित आहार पद्धति के बारे में सुना। यू ट्यूब पर उनके भाषण सुने। वे जो भी कह रहे थे उस में दम था। भाषण के दौरान उदाहरण देते हुए उन्होंने कहा कि, इस आहार पद्धति का अनुसरण करनेवाले कुछ लोगों को रक्तचाप की दवाओं से छुटकारा मिला है। इस वज़ह विशेष रूप से मैं उसकी ओर आकर्षित हुआ। यह वहीं था, जिसकी मुझे तलाश थी।

मैंने अपने जाँच के परिणाम डॉ. सुहासिनी देशपांडे मैडम के पास भेजें। मैं केवल 'मोटा' नहीं था, बल्कि 'पूर्व-मधुमेही' से 'मधुमेही' होने की तरफ मेरी यात्रा शुरू हुई थी, यह जानकर मुझे धक्का लगा।

20 मार्च 2019 से मैंने मुझे बताई गई आहार पद्धति का पालन करना शुरू किया।

मेरे भोजन का समय : दोपहर 12.45 और रात 9.00

मैं बिना रुकावट के, बिना मोबाइल साथ लिए, अकेले 45 मिनिट प्रतिदिन नियमित चलता हूं।

अभी भी मैं रक्तचाप के लिए दवा लेता हूं और रोज सुबह जाँच करता हूं।

जून महीने में ऊपरी रक्तचाप 110 तक नीचे आया। डॉ. ने दवाएं बन्द करने के लिए कहा, लेकिन रोज सुबह रक्तचाप नापने की सलाह दी और अगर वह 140 से

ऊपर गया तो दवा लेने के लिए भी कहा। तब से अब तक (करीबन 4 महीने) बिना दवा के मेरा रक्तचाप 120-130/80-85 ही रहता है। अब मैं 'मधुमेह- मुक्त' हूं।

इस परिणामों से मुझे बहुत खुशी हुई।

मेरे जांच के परिणाम इस प्रकार :			
आहार पद्धति शुरू करने से पहले :			
वज़न :	69 किलो	पेट की परिधि :	40.5 इंच
HbA1c :	5.4	खाली पेट इन्सुलिन :	10.97

3 महीनों बाद :			
वज़न :	63.5 किलो	पेट की परिधि :	37.5 इंच
HbA1c :	5.4	खाली पेट इन्सुलिन :	5.49

6 महीनों बाद :			
वज़न :	58.5 किलो	पेट की परिधि :	35.5 इंच
HbA1c :	5.5	खाली पेट इन्सुलिन :	4.06

मुझ में हुए सकारात्मक बदलाव के अवलोकन निम्नलिखित हैं -

1) वज़न कम होने से मैं उर्जावान महसूस करता हूं। अब भोजन- पूर्व व्याख्यान देने में सहजता होती है। इससे पहले मुझे व्याख्यान देने से पहले नाश्ते की जरूरत होती थी।

2) 29 अक्तूबर को zipline जैसे साहसिक खेल खेलने की हिम्मत करना, मेरे जोश की गवाह है।

3) मैं जल्द और गहरी नींद सोता हूं।

4) मैं पानी के अलावा बीच में कुछ भी न लेने के कारण मुझे हर भोजन खुशियों का समारोह महसूस होता है।

रक्तचाप की दवाओं से छुटकारा पाने के लिए कुछ भी करने की तैयारी होने से यह पद्धति को मैं अपनी जीवनशैली बना रहा हूं।

डॉ. दीक्षित जी ने उनके सभी अनुयायियों से किये हुए अपील के अनुसार मैंने इस पद्धति का ज़िक्र कई दोस्तों से किया है।

श्री. भास्कर भट्टाचार्य - जिनकी सफलता की कहानी 5-11-2019 को इस समूह में प्रकाशित हुई थी, वे उन्हीं में से एक है।

बिना कोई खर्चे के स्वयं के स्वास्थ्य को अपने नियंत्रण में रखने के लिए, जनता को सशक्त बनानेवाले डॉ. दीक्षित सर और उनके स्वयंसेवकों का तहे दिल से धन्यवाद।

मेरी आशा है कि, डॉ. दीक्षित जी से मिलकर (भगवान के भेजे दूत) उनके प्रति आभार व्यक्त करने का सौभाग्य मुझे मिले।

62) सुरेखा विनय म्याकल, कर्नाटक

उम्र : 43 साल, लंबाई : 153 सें. मी.

वज़न : 58 किलो, समूह : 72 EWL पूर्व-मधुमेही

23 मई 2019 के परिणाम..			
वज़न :	58 किलो	HbA1c :	5.4
खाली पेट इन्सुलिन :	18.6	कमर की परिधि :	95 सें. मी.

डॉ. जगन्नाथ दीक्षित जी की आहार पद्धति के बारे में मई 2019 में मेरी एक दोस्त ने बताया और आहार पद्धति शुरू करने से पहले डॉ. दीक्षित सर के वीडिओज़ देखने के लिए कहां था। पहली बार देखते ही वे मुझे काफी दिलचस्प लगे और वज़न कम होने के लिए सिर्फ दिन में दो बार भोजन और 45 मिनिटों में 4.5 किलोमीटर चलना ये काफी आसान लगा लेकिन क्या वास्तव में ये होगा? कोशिश करके देखते हैं... यह सोचकर मैंने अपनी जांच करवाई और परिणाम में 'पूर्व- मधुमेही' देखकर मुझे तनाव आया; लेकिन एक वीडियो में डॉ. दीक्षित जी ने कहा था कि, अगर इस आहार पद्धति का अनुसरण करते हैं तो वह (मधुमेह) नियंत्रण में आएगा।

फिर मैंने 1 जून 2019 से वीडियो में दिये निर्देश अनुसार आहार शुरू किया। शुरुआत में यह मुझे आसान लगा, लेकिन वास्तव में आहार में समायोजित होने में मुझे 2 से 3 हफ्तों का समय लगा।

दो भोजनों के बीच मुझे बहुत भूख लगती थी और मुझे चाय पीने की आदत थी। किसी तरह मैंने बिना गुड़ के चाय (हां, मैं गुड़ की चाय पीती हूं) पीने की आदत बना ली। एक हफ्ता मैंने बिना गुड़ की चाय ली। अगले हफ्ते से बिना दूध की और तीसरे हफ्ते से मैंने चाय पीना बन्द किया। वज़न घटने में इसकी काफी मदद हुई।

मैं 1 घंटे में 4 किलोमीटर चलती थी। अब तेज़ रफ़्तार से 50 मिनिटों में ये अंतर पार करती हूं। एक महीने बाद जब मैंने अपना वज़न देखा तब, वह 3 किलो घटा था।

मुझे बहुत खुशी हुई। उसके बाद मैंने इस आहार पद्धति का सख्ती से पालन किया और 3 महीनों बाद मेरा वज़न 6 किलो घटा, इसके अलावा कमर की परिधि 2 सें. मी. से कम हुई।

मुझ में हुआ बदलाव देखकर मुझे बहुत खुशी हुई।

यह अद्‌भुत पद्धति देने के लिए मैं डॉ. दीक्षित जी को धन्यवाद देती हूं।

63) ग्लॅडीस अरान्हा, मुंबई

उम्र : 38 साल, ग्रुप: 57 pre-diabetes

मैंने इस वर्ष मार्च के प्रथम सप्ताह में डॉ. दीक्षित के बारे में एक लेख पढ़ा। बाद में, मैंने यू-ट्यूब में डॉ. दीक्षित के हर एक वीडियो को देखा। मुझे डॉ. दीक्षित की विनोदबुद्धी और जिस तरह से वह विज्ञान को सरल शब्दों में रखते है वो बहुत अच्छा लगा।

मैंने डाएट फॉलो करना शुरू कर दिया। सुबह 8.30 बजे के आसपास मेरा पहला भोजन: भिगोए हुए बादाम और सूखे अंगूर, एक सलाद, एक सब्जी, साइड डिश के साथ 2 चपाती, एक नॉन-वेज डिश, सूरजमुखी के बीज, कद्दू के बीज, तरबूज के बीज, तुलसी के बीज, एक गिलास दूध या एक कप दही। शाम 4.30 बजे के आसपास दूसरा भोजन होता है, ग्रेवी के साथ चावल या साइड डिश के साथ चपाती, एक नॉन-वेज डिश, एक कटोरी ओटस्। हर दुसरे दिन मैं भोजन के साथ-साथ आंवला जूस का सेवन करती हूं। मैंने प्रोसेस्ड फूड का सेवन बंद कर दिया है। 2 भोजन के बीच में मैं सिर्फ पानी पिती हूं।

मैं रोज लगभग 45 मिनट -1 घंटे के लिए तेज और निरंतर चलती हूं। मेरा पानी का सेवन काफी बढ़ गया है।

मुझे माइग्रेन की समस्या थी जो पूरी तरह से गायब हो गई है। मुझे एक दिन में 3-4 कप चाय/कॉफी लेने की आदत भी थी। अब मैं एक हफ्ते में सिर्फ 2 कप का उपभोग करती हूं। यहां तक कि इन 2 कप कॉफी को मैं आसानी से त्याग सकती हूं।

आप संलग्न तालिका में मेरी रिपोर्ट में परिवर्तन देख सकते हैं।

प्री-डायबिटिक रेंज से दवाओं के बिना सामान्य की ओर बढ़ना मेरे लिए एक बड़ी चुनौती और खुशी का क्षण है। सारा श्रेय डॉ. दीक्षित और उनकी अद्भुत टीम को जाता है जो निस्वार्थ काम करती हैं। आप के लिए अरबो धन्यवाद। डॉ. मनीषा का विशेष धन्यवाद जो सभी प्रश्नों को जल्दी हल करती हैं। मैं अपने बाकी जीवन में इस सरल और आसान आहार योजना को जारी रखना सुनिश्चित करती हूं।

64) क्रांति कान्हू पडवळ, वाघोली, पुणे

आयु : 36 वर्ष, लंबाई : 149 सें. मी.

वजन : 84.8 किलोग्राम

व्यवसाय : आईटी प्रोफेशनल (सॉफ्टवेयर इंजीनियर)

मैंने अगस्त 24 अगस्त 2019 में रक्त शर्करा की जाँच की, मेरी रक्त शर्करा 548 थी। जो बहुत ज्यादा थी। इसलिए मुझे पता चला कि मैं डायबिटिक हूं। मैं हैरान और डरी हुई थी क्योंकि मेरे परिवार में किसी को भी मधुमेह नहीं था। तुरंत मैंने एक

डॉक्टर से सलाह ली और मेरे दिमाग में आनेवाली अगली बात यह थी कि मुझे डॉ. दीक्षित के आहार/जीवन शैली की योजना का पालन करना चाहिए। मैंने सितंबर 2018 में डॉ. दीक्षित की मुलाकात एबीपी माज़ा चॅनल पर देखी थी और मैं बहुत प्रभावित हुई थी। उस समय मैंने सिर्फ टीवी चैनल पर उपलब्ध कराए गए वाट्सएप नंबर को सहेजा था। इस समय मैंने श्री. संजय पाटील इनसे संपर्क किया और अपनी रिपोर्ट और सदस्यता फॉर्म जमा किया। उन्होंने मेरे रिपोर्ट की जाँच की और मेरे साथ सही आहार साझा किया, मुझे सलाह दी और फिर मुझे ग्रुप-91-ईडब्ल्यूएल डीएम में जोड़ा। उन्होंने मुझे कार्बोहाइड्रेट कम करने का और प्रोटीन बढ़ाने का सुझाव दिया।

अगले दिन, 7 सितंबर, 2019 से, मैंने श्री. संजय पाटील और डॉ. दीक्षित सर के मार्गदर्शन के बाद, इस जीवन शैली का अनुसरण करना शुरू किया। तब से मेरे शर्करा के स्तर और HbA1c की रिपोर्ट में काफी सुधार हुआ है। अक्टूबर 2019 के बाद से, मेरे HbA1c में गिरावट आई है और एफबीएस और पीपी सामान्य श्रेणी में बने हुए हैं, क्योंकि मैंने इस आहार योजना का सख्ती से पालन किया है और रोजाना 4.5 - 5.0 किमी पैदल चल रही हूं।

मेरी रिपोर्ट इस प्रकार हैं। आज तक रिपोर्ट की तालिका देखें इन 4.5 महीनों के दौरान, मेरा वजन 84.8 किलोग्राम से घटकर 81.6 किलोग्राम हो गया। कोलेस्ट्रॉल कम हो गया है, और पेट की परिधि 47 इंच से घटकर 44 इंच हो गई है।

19 जनवरी, 2020 को मेरी रिपोर्टों के अनुसार, मेरा HbA1c सामान्य श्रेणी में है। यह अब अपने शुरुआती 12.9% से कम होकर 4.9% हो गया है। जो मेरे लिए बहुत बड़ी उपलब्धि है। यह सब 'एफर्टलेस वेटलॉस और डायबिटीज कंट्रोल टीम' के प्रयासों से संभव है। मैं धन्यवाद देती हूं डॉ. दीक्षित सर और श्री. संजय पाटील सर को।

श्री. संजय पाटील सर ने समय-समय पर मुझे प्रोत्साहन, मार्गदर्शन और समर्थन दिया और मुझे यह सफलता हासिल करने के लिए सक्षम बनाया। समय-समय पर हमारे ग्रुप एडमिन ज्योति वाकडे ने हमारा मार्गदर्शन किया और हमारे सवालों को हल किया।

2019 के दिसंबर में, मुझे अपनी कंपनी में, डॉ. दीक्षित के व्याख्यान में भी भाग लेने का मौका मिला और यह बहुत प्रेरणादायक था। उस दिन, डॉ. दीक्षित सर से मिलने और बात करने के बाद, मैं अभिभूत हो गई।

मधुमेह से छुटकारा पाने के बाद से, मुझे बहुत राहत मिली है और जीवन भर के लिए इस जीवन शैली का मैं पालन करूंगी। मैं सितंबर 2019 से निम्नलिखित दवाओं पर हूँ रिपोर्ट की तालिका देखें मैंने 29 जनवरी 2020 को पूना डीआरसी सेंटर मे रजिस्ट्रेशन किया। वहाँ का अनुभव बहोत बेहतरीन था। वहाँ के डॉक्टर संजय गांधीजी

ने मेरी नवीनतम HbA1c रिपोर्ट देखकर मेरी दवाई की मात्रा कम की। मैं अपना पहला भोजन दोपहर 12 बजे और दूसरा रात 8:30 बजे लेती हूँ। बीच में मैं सिर्फ ग्रीन टी और पानी पीती हूं। शुरू में, मैंने छांस भी ली, लेकिन कुछ दिनों के बाद मैंने छांस लेना बंद कर दिया। मैं रोजाना 55 मिनट में 4 से 4.5 किमी पैदल चलती हूं।

पहले भोजन के लिए मैं 2 चपातियाँ और साइड डिश (शाकाहारी या नॉन वेज) और 1 कटोरी सलाद (सब्जियाँ और अंकुरित अनाज, गाजर और चुकंदर बिना), बिना चीनी वाली चाय लेती हूँ। दूसरे भोजन में, 2 चपातियाँ या 2 जवार रोटी और साइड डिश लेती हूं। दोनों भोजन के दौरान कभी-कभार छांस लेती थी। मैं मांसाहारी हूं और सप्ताह में दो बार मांसाहार करती हूं। मैंने इन 4.5 महीनों के लिए मिठाई खाने से परहेज किया। लेकिन दिवाली के दौरान मैंने दो बार मिठाई खाई। भूतकाल में, मैंने वजन घटाने के लिए विभिन्न आहार योजनाओं का पालन किया था। ये सब आहार योजना विफल क्यों हो जाती है, इसका जिकर डॉ. दीक्षित ने अपने व्याख्यान में किया हैं। मैंने जीएम आहार योजना का पालन किया, मैं जिम गई, मैंने एक सुसंगत आहार योजना का पालन किया, जहां हमें हर 2 घंटे में भोजन करना था, इसके बाद मैंने नाश्ते और दोपहर के भोजन के लिए 2 महीने तक केलॉग्स स्पेशल कॉर्नफ्लेक्स खाया, लेकिन सभी विफल रहे। मेरा वजन फिर से बढ़ रहा था। लेकिन अब इस जीवन शैली के साथ, मेरा मानना है कि मैं अपना वजन भी कम कर लूंगी और यह पहले से ही कम होने लगा है। मैं इन परिणामों से बहुत खुश हूं।

समूह पर पोस्ट की गई सभी सफलता की कहानियाँ बहुत ही प्रेरणादायक हैं और मैं हमेशा सोच रही थी कि मेरी सफलता की कहानी कब प्रकाशित होगी? मैंने कभी सोचा नहीं था कि मैं इतनी जल्दी अपनी सफलता की कहानी पोस्ट करूंगी। मैं अपने परिवार और दोस्तों को यह शैली अपनाने की सलाह देती हूं। मेरे परिवार के दो सदस्य इस जीवन शैली का पालन करना शुरू कर चुके हैं।

मैं डॉ. जगन्नाथ दीक्षित सर, श्री. संजय पाटील सर और स्वर्गीय डॉ. श्रीकांत जिचकर सर को तहे दिल से धन्यवाद देती हूं।

65)शिवाजी दत्तात्रय सूर्यवंशी, मूल ग्रामः पेठ, तालुका लातूर, वर्तमान निवासस्थान : पूना

उम्र : 46, लंबाई : 168 सें. मी.

व्यवसाय : कंपनी में नौकरी, समूह : 87-ईडब्ल्यूएल डीएम

डॉ. जगन्नाथ दीक्षित सर के बारे में मुझे अक्टूबर 18 में पता चला, उसके बाद मैंने यू-ट्यूब पर उनके भाषण सुने लेकिन बहुत दिल पर नहीं लिया। जनवरी 2019

में, मेरे डॉक्टर मित्र ने मेरे कुछ परीक्षण किए, जिसमें शुगर नॉर्मल थी। जुलाई 19 में, एलआईसी द्वारा पॉलिसी निकालने के लिए मेरे रक्त परीक्षण किए गए थे और मुझे बताया गया था कि आपकी पॉलिसी नहीं निकल सकती क्योंकि आपकी रक्त शर्करा अनियंत्रित है। फिर मैंने 26 अगस्त 2019 को HbA1c, फास्टिंग इन्सुलिन और शुगर जैसे टेस्ट किए। रिपोर्ट देखने के बाद, मेरे पाँव के नीचे की जमीन खिसक गई।

HbA1c :	13.8%
फास्टिंग इन्सुलिन :	3.3
रक्त ग्लूकोज फास्टिंग :	273 मिलीग्राम/डीएल
रक्त ग्लूकोज पोस्ट prandial :	448 मिलीग्राम/डीएल

डॉक्टरों ने कहा कि गोली आज से शुरू की जानी चाहिए, आप मधुमेही हैं और शुगर बेकाबू है। मैं बहुत डर गया था। दूसरे दिन, मैंने यू-ट्यूब पर डॉ. दीक्षित सर और डॉ. श्रीकांत जिचकर के भाषण फिर से सुने और शास्त्रीयता को समझा। सर के भाषण में कुछ मोबाइल नंबर दिखाई दिए। मैंने पहली बार डॉ. संतोष ढुमणे सर को एक वाट्सएप मैसेज किया। उन्होंने मुझे संजय पाटील सर का नंबर दिया। मेरी रिपोर्ट की तस्वीरें मैंने पाटिल सर को भेजीं और उन्होंने तुरंत जवाब दिया। उन्होंने मेरी रिपोर्ट नंदकुमार हाडगेकर सर को भेजी और उन्होंने भी जवाब दिया और फोन पर बात भी हो गयी। उन्होंने कहा हम बिना किसी दवा के एक महीने का प्रयोग करेंगे और यह तय करेंगे कि अगले महीने दवा लेनी है या नहीं। दोनों ने बहुत अधिक मनोवैज्ञानिक सहायता प्रदान की और इस आहार योजना को अपनाने के लिए कहा। डॉ. हाडगेकर सर ने कहा था, डरते क्यों हो मै हु ना मुझे बहुत पसंद आया और मैंने 29 अगस्त 2019 से आहार योजना शुरू की, जो इस प्रकार है:

1. सुबह 3.5 से 5 किमी पैदल चलना
2. सुबह 7 बजे ग्रीन टी
3. शुरुवात में 8.30 बजे पतली छाछ, बाद में वो भी बंद कर दी
4. ऑफिस में 10.00 बजे ब्लैक टी,
5. 1.00 बजे दोपहर का खाना,
6. दोपहर 3.30 बजे फिर से ब्लैक टी,
7. शाम 7.30 बजे ग्रीन टी,
8. रात में 9.00 बजे खाना

एक महीने बाद, 2 अक्टूबर 2019 को, रक्त परीक्षण किया गया और एक आश्चर्यजनक रिपोर्ट सामने आई और उत्साह दोगुना हो गया।

HbA1c :	10.2%
फास्टिंग इन्सुलिन :	6.5
रक्त ग्लूकोज फास्टिंग :	91 मिलीग्राम/डीएल
रक्त ग्लूकोज पोस्ट prandial :	130 मिलीग्राम/डीएल
Estimated Average Glucose :	246.04 मिलीग्राम/डीएल

3 नवंबर 2019 की दूसरी रिपोर्ट भी बहुत अच्छी थी।

HbA1c :	7.2%
फास्टिंग इन्सुलिन :	5.3
रक्त ग्लूकोज फास्टिंग :	82 मिलीग्राम/डीएल
रक्त ग्लूकोज पोस्ट prandial :	125 मिलीग्राम/डीएल
Estimated Average Glucose :	159.94 मिलीग्राम/डीएल

3 दिसंबर 2019 को तीसरी टेस्ट की, उसकी रिपोर्ट इस प्रकार थी।

HbA1c :	6.3%
फास्टिंग इन्सुलिन :	5.9
रक्त ग्लूकोज फास्टिंग :	107 मिलीग्राम/डीएल
रक्त ग्लूकोज पोस्ट prandial :	127 मिलीग्राम/डीएल
Estimated Average Glucose :	134.11 मिलीग्राम/डीएल

4 जनवरी 2020 को चौथी टेस्ट की, उसकी रिपोर्ट इस प्रकार थी।

HbA1c :	5.7%
फास्टिंग इन्सुलिन :	9.5
रक्त ग्लूकोज फास्टिंग :	116 मिलीग्राम/डीएल
रक्त ग्लूकोज पोस्ट prandial :	99 मिलीग्राम/डीएल
Estimated Average Glucose :	116.89 मिलीग्राम/डीएल

पहले दो रिपोर्टों में, HbA1c में भारी कमी आई लेकिन पिछली दो रिपोर्टों में यह बहुत कम नहीं हुआ क्योंकि ईमानदारी से मैं यह कहना चाहूंगा कि रिश्तेदार की शादी और कुछ अन्य कार्यक्रम और मेरे अति आत्मविश्वास के कारण, मैं आहार योजना का सख्ती से पालन नहीं कर सका। अगर मैंने ऐसा किया होता, तो मैं तीसरी रिपोर्ट में ही मधुमेह-मुक्त होता, लेकिन HbA1c 5.7% आया, जिसका

मतलब है कि मेरी अगली रिपोर्ट मधुमेह-मुक्त होगी। इसी तरह, वजन 77.9 किलोग्राम से घटकर 74.2 किलोग्राम हो गया। आश्चर्य यह है कि यह जादू बिना किसी दवा या किसी गोली के हुआ। इस संपूर्ण यात्रा में मेरी पत्नी तनुजा का बहुत बड़ा योगदान रहा है। उसका समर्थन भारी है। इसके लिए उसका धन्यवाद, मेरे सहकर्मियों ने भी मुझे इस आहार योजना को करने के लिए प्रोत्साहित किया। साथ ही, इसका श्रेय डॉ. जिचकर सर और डॉ. दीक्षित सर, संजय पाटील सर, डॉ. नंदकुमार हाडगेकर और डॉ. संतोष ढुमणे सर को जाता है।

66) विजय सुखदेव वानखेडे, मलकापूर जि. बुलडाणा

आयु - 40 वर्ष, ग्रुप - 51EWL-DM

5 सप्टेंबर 2018 के दिन मुझे बुखार था, मैं बीमार था। दवाईयों का कोई असर हो नहीं रहा था। इस कारण मेरी रक्तशर्करा का परीक्षण करवाया। इस पश्चात मेरी रक्तशर्करा की दवाईयां शुरू हुई। मेरे डॉक्टर ने मुझे बताया कि मेरी रक्तशर्करा तभी नियंत्रण में रहेगी जब मेरा वजन कम होगा। अब मेरा वजन कम करने के प्रयत्न शुरू हुए। मेरे सहकारियों ने मुझे डॉ. दीक्षित जी के विषय में बताया। जब मैं बीमार था और मुझे सलाइन चढाया जा रहा था, तब मैं ने सर जी के युट्युब विडीयो देखें, और 30 सप्टेंबर 2018 पर परीक्षण कर के मेरी आहार योजना शुरू हुई। उस समय मेरा परीक्षण रिपोर्ट इस प्रकार था:

लंबाई :	171 सें.मी.	वजन :	89 किलो
पेट की परिधि :	43 इंच	HbA1c :	6.9
फास्टिंग इन्सुलिन :	20.46		

प्रतिदिन 6 किमी तेजी से चलना, और सुबह 9 बजे एवं शाम को 7 बजे भोजन। दो भोजन के दरम्यान केवल पानी एवं कभीकभार ग्रीन टी लेना। यह मेरी दिनचर्या हो गई। प्रत्येक महीने के बाद परीक्षण किये तब पाया की तीन महीनों के पश्चात मेरा वजन 13 किलो कम हुआ था। मेरे डॉ. ने मेरी रक्तशर्करा की दवा बंद की। HbA1c कम होकर जब पुनः 6.9 हुआ तब मैं ने एडमीन जी से बात की और आवश्यक बदल किये।

दिनांक 25 फरवरी 2019 के दिन मेरा परीक्षण रिपोर्ट इस प्रकार था:

HbA1c :	6.5	वजन :	76 किलो
फास्टिंग इन्सुलिन :	21.07	पेट की परिधि :	39 इंच

वजन और पेट की परिधि कम होने के कारण मेरा उत्साह बढा था, और मैंने आहार योजना का शिस्तबद्ध पालन जारी रखा।

दिनांक 19 ऑगस्ट 2019 के दिन मेरा परीक्षण रिपोर्ट इस प्रकार थाः

HbA1c :	6.1	वजन :	73 किलो
फास्टिंग इन्सुलिन :	18.40	पेट की परिधि :	38 इंच

दस महिनों में मेरा पेट की परिधि 5 इंच कम हुई। वजन 16 किलो कम हुआ। और अहम बात यह है कि मैं मधुमेही में से पूर्व-मधुमेही हो गया। इन परिणामों से मुझे बहुत आनंद हुआ। सचमुच, दीक्षित जी की आहार योजना बहुत परिणामकारक है। इस कारण मैं उनके और उनके सहयोगियों का बहुत बहुत आभारी हूं। मेरे माता-पिता, पत्नी, बच्चे - इन सब ने मुझे यह जीवनशैली अपनाने के लिए प्रोत्साहित किया, एवं इस आहार योजना के पालन में सहकार दिया। उन सब के भी बहुत आभार। मुझे इस समूह में शामिल करने के लिये श्री कुलकर्णी जी के आभार। सब समूह के मार्गदर्शक एवं ग्रुप एडमीन के भी आभार। एक नयी जीवनशैली का परिचय देकर हजारों लोगों के जीवन में सकारात्मक बदलाव लानेवाले हम सब के आदरणीय डॉ. दीक्षित जी के इस महान कार्य को सचमुच मनःपूर्वक नमन। मैं आगे भी मेरे जीवन में इस जीवनशैली का शिस्तबद्ध अनुसरण करता रहूंगा, एवं पूरा आयुष्य मधुमेह-मुक्त रहकर इस जीवनशैली का अवलंबन करता रहूंगा।

67) श्वेता उमाचिगी, ठाणे

उम्र : 38 साल, लंबाई : 5'2

वजन : 79 किलो, व्यवसाय : गृहिणी, वाट्सएप ग्रुप : ईडब्लूएल डीएम 054

2014 में मुझे थायरॉईड की तकलीफ शुरू हुई और इसलिए थायरोनॉर्म 50 मिग्रा टैबलेट शुरू हुई। 2015 में उच्चरक्तचाप की भी तकलीफ होने से सिप्लार 10 मिग्रा लेना भी शुरू हुआ। उस समय मेरा वजन था 82 किलो। वजन कम करने के लिए मैंने जिम में जाना शुरू किया। लेकिन कोई ज्यादा फर्क नहीं पडा। 2016 में हम मुंबई शिफ़्ट हुए। यहाँ आने पर झुम्बा और कुछ देर बाद योगा क्लास में जाना शुरू किया। साथ ही एक घण्टा पैदल चलना भी शुरू किया, जो आज भी चल रहा है। मेरा वजन 79 किलो पर आ गया।

ऐसे में 12 जनवरी 2019 को मालूम हुआ कि मुझे मधुमेह भी है। खून की टेस्ट की तो रक्तशर्करा 475 यह जानने के बाद मैं तो हक्की बक्की हो गई। फिर सभी तरह की जाँच की। उस के परिणाम निम्नानुसार हैं:

HbA1c :	9.5	खाली पेट रक्तशर्करा :	250
खाने के बाद रक्तशर्करा :	450	इन्सुलिन :	12.5

उसी दौरान डॉ. दीक्षित सर का एक वीडिओ देखने में आया और मन में आया कि यह आहार योजना करनी चाहिए। मैंने तुरंत ही 13 जनवरी 2019 से इस आहार योजना पर दिल से अमल करना शुरू किया। उस समय के मेरे टेस्ट के परिणाम उपर दिए ही हैं। तभी मेरी दवाईयाँ निम्नानुसार थीं :

थायरॉईड के लिए - सोमवार से शुक्रवार - 75 मिग्रा व शनिवार, रविवार 150 मिग्रा, उच्च रक्तचाप के लिए - सिप्लार 40 मिग्रा, मधुमेह के लिए - मेटफॉर्मिन 1000 मिग्रा

इस आहार योजना के चलते, सितम्बर तक मेरी दवाईयों की मात्रा धीरे धीरे कम होती गई। तभी फिर से टेस्ट्स कीं। तो HbA1c 5.7 पर आ गया था। तभी तक थायरॉईड की दवाई का डोस 25 मिग्रा व उच्चरक्तचाप की दवाई का डोस 25 मिग्रा पर आ चुका था।

रिपोर्ट्स देख कर डॉक्टरने मेरी मधुमेह व उच्चरक्तचाप की दवाईयाँ पूर्णतः बंद कर दीं।

इस के बाद अक्तूबर में फिर एक बार रक्त परीक्षण किए। तो HbA1c - 6 पर, इन्सुलिन 5.2 पर और रक्तचाप सामान्य स्तर पर आ गया था। तब डॉक्टर ने थायरॉईड की दवाई का डोस 12.5 मिग्रा पर लाया व यही आहार योजना चालू रखने के लिए कहा।

ऐसे देखा जाए तो यह आहार योजना मैं ने मधुमेह से मुक्त होने के लिए शुरू की थी, लेकिन इससे मेरी मधुमेह की दवाईयाँ तो बंद हो ही गई, लेकिन साथ ही उच्च रक्तचाप की भी दवाई बंद हो गई और थायरॉईड की दवाई का डोस कम से कम पर आ गया। अब मेरा वजन 68 किलो है और अभी लॉक-डाऊन में भी घर पर ही कसरत कर के मेरा आहार व वजन नियंत्रण में है।

लगभग 9 महिनों में मेरा इन्सुलिन 7.3, HbA1c 3.5 और वजन 11 किलो कम हुआ। इस सभी के लिए मैं डॉ. दीक्षित और उनकी टीम की बहुत बहुत आभारी हूं।

68) प्रकाश मोतीलाल परदेशी, ठाणे

उम्र : 53 साल, लंबाई : 160 सें. मी.

वज़न : 65 किलो, व्यवसाय : नौकरी

समूह : EWL-मधुमेही-034

मेरे जांच के परिणाम इस प्रकार –			
HbA1c :	6.1	खाली पेट खून में शक्कर :	250
खाने के बाद खून में शक्कर :	375	कमर :	90 सें. मी.

मैं खाने का शौकीन हूं और मीठे पदार्थों का सेवन करना मुझे बेहद पसंद है। मैं मांसाहारी हूं।

डॉ. जगन्नाथ दीक्षित समूह में शामिल होने के बाद, पहले मुझे यकीन नहीं था कि, दिन में दो बार भोजन की इस पद्धति का पालन कैसे किया जाए? क्योंकि मैं निजी क्षेत्र में बहुत तनाव में काम कर रहा था। धीरे धीरे किसी तरह मैंने इस पद्धति को शुरू करने की हिम्मत जुटाई।

दिन में दो बार भोजन का समय :

सुबह : 9.00-10.00 शाम : 6.30-7.30

शादी ब्याह में, पारिवारिक संमेलन में सचमुच मैंने खुद पर नियंत्रण किया। इस योजना पालन के अवधि के दौरान खून में शक्कर की कमी होने का अनुभव मैंने किया।

खाली पेट शक्कर : 65 खाने के बाद शक्कर : 90

उसी तरह रैंडम शक्कर असमान रूप से नापी गई; लेकिन धीरे धीरे HbA1c कम होने लगा। मैंने यह बात मेरे डॉ. को बताई, उससे मेरी दवा की गोलियां 4 से 1 इतनी कम हुई। मैं Jalra 500/50 यह गोली और Azulix1 MF यह गोली सुबह, शाम खाने से पहले लेता था। अब Jalra यह दवा पिछले 3 महीनों से बंद की गई और Azulix 1 MF यह दवा की मात्रा कम होकर 1/2 सुबह, 1/2 शाम हो गई।

आखिर का खून में शक्कर का स्तर निम्नलिखित था...

खाली पेट खून में शक्कर - 115 खाने के बाद खून में शक्कर - 135

69) निखिल कार्येकर, कल्याण

उम्र : 32 साल, लंबाई : 172 सें. मी.

व्यवसाय : नौकरी, समूह क्र.: ईडब्लूएल पीडी-050

4 दिसंबर 2018 से मैंने डॉ. दीक्षित आहार योजना का पालन करना शुरू किया। मेरे दायें घुटने में मोच आयी थी। इसका कारण था मेरा मोटापा, मेरा ट्रेकिंग और एक दुर्घटना।

मैंने जिम जाना शुरू किया। लेकिन मेरे घुटने के दर्द की वजह से मैं पैरों कि कोई भी कसरत प्रकार नहीं कर पाता था। इस कारण मैंने जिम जाना बंद कर दिया। इस दौरान मैंने बहुत लोगों से डॉ. दीक्षित का नाम सुना और उन के बारे में और

जानना चाहा। मैंने गूगल से उन के बारे में जानकारी हासिल की और मेरी उत्सुकता बढने के कारण उनके पुणे और बेलगाम के वीडिओ देखें। फिर मैंने मेरे पिता जी से, जो विज्ञान के शिक्षक है, उन से बात की और वैज्ञानिक दृष्टि से समझने की कोशिश की। फिर मैंने 3 महिने के लिये यह आहार योजना का पालन कर के परिणाम अनुभव करने का निश्चय किया।

4 दिसंबर 2018 के मेरे रिपोर्ट इस प्रकार थे।

वजन :	89 किलो	पेट की परिधि :	106 सें. मी.
HbA1c :	6.2	फास्टिंग इन्सुलिन :	6.7

मुझे हर प्रकार का खाना पसंद है और दिन में 6/7 बार चाय पीने की मुझे आदत थी। इस के कारण शुरुवात में इस आहार योजना का पालन करना मेरे लिए बहुत कठिन था। लेकिन मैं ने इस आहार योजना का पालन करने का दृढ निश्चय किया और मुझे कोई कठिनाई नहीं हुई।

मैं पहले नाईट ड्युटी करता था और बाद में दिन में ड्युटी करने लगा। इस के कारण भोजन का समय मैं निश्चित नहीं कर पा रहा था। फिर मैं ने सुबह का नाश्ता मेरा पहिला भोजन होगा और 10 घंटों के बाद दुसरा भोजन होगा, ऐसा निश्चय कर लिया। इस प्रकार मैंने सुबह 10 बजे और रात को 8 बजे भोजन करना चालू किया।

भोजन में मैं 2 चपाती या भाकरी और एक वक्त चावल खाता हूँ। पहिले भोजन में 2 अंडे और दुसरे में अंकुरित धान या सलाद लेता हूँ। इस के अलावा, 50 मिनट दौडना और जॉगिंग करना इस प्रकार की कसरत करता हूँ। उस में 7 किमी का अंतर पार करता हूँ। पहले मैं 1 कि.मी. तक भी दौड नहीं लगा सकता था, पर अब 7 किमी की दूरी भी तय कर सकता हूँ।

दो भोजनों के बीच मे मैं पानी, छाछ और 2 कप ग्रीन टी का सेवन करता हूँ।

3 महिनों के पश्चात 6 मार्च 2019 के मेरे रिपोर्ट इस प्रकार रहे।

वजन :	75 किलो	पेट की परिधि :	90 सें. मी.
HbA1c :	5.5	फास्टिंग इन्सुलिन :	24.1

अब 1 साल बाद मेरे रिपोर्ट इस प्रकार हैं।

वजन :	63 किलो	पेट की परिधि :	83 सें. मी.
HbA1c :	4.6	फास्टिंग इन्सुलिन :	9.09

मैंने 10 किमी के तीन मॅरेथॉन में और 21 किमी के तीन मॅरेथॉन में दौड लगाई। उसमें से मुंबई मॅरेथॉन 2 घंटे 15 मिनट में पार की।

डॉ. ने मेरी बीपी की गोली बंद कर दी हैं।

मैंने इस आहार का पालन हमेशा करने का फैसला किया हैं। समय समय पर मेरी शंका का समाधान करने के लिये टीम के सदस्यों का मैं आभारी हूँ। इस अभियान की शुरुआत करने के लिए डॉ. दीक्षित जी को मैं धन्यवाद देता हूँ।

मैंने इस आहार योजना की जानकारी मेरे मित्र और सहयोगियों को भी दी हैं और अधिक जानकारी के लिये यू-ट्यूब के वीडिओ देखने की सलाह दी हैं।

मेरे काफी सारे मित्रों ने इस आहार योजना का पालन करना शुरू कर दिया हैं।

70) डॉ. श्रद्धा श्याम सागर, गडहिंग्लज, कोल्हापुर

आयु : 34 साल, लंबाई : 150 सें. मी.

व्यवसाय : वैद्य (बी.ए.एम.एस.), समूह : ईडब्लूएल पीडी-001

मैं सन 2012 से हायपोथायरॉइडिझम (Hypothyroidism) और हायपरइन्सुलिनेमीया (Hyperinsulinemia) से पीड़ित हूँ। तब से मैं वज़न कम करने की कोशिश कर रही हूँ।

इस दौरान मैं दो दवाइयाँ - दोनों की हर दिन एक-एक गोली - लेती थी।

दिसंबर 2019 में मैंने अपने पति डॉ. शाम सागर से डॉ. दीक्षितजी की आहार योजना के बारे में सुना। डॉ. दीक्षित सर की वीडियो देखने के बाद, मैं एक दिन में केवल दो बार भोजन करने लगी। लेकिन मैं आहारयोजना का पालन ठीक से जारी रखने में असफल हुई । इसके बाद मैं वाट्सएप ग्रुप इडब्लूएल पीडी-001 से जुड़ गई और रोज़ाना यशोगाथाओं को पढ़ना शुरू कर दिया। जब मैंने माधवी जोशी मॅडम की कहानी पढ़ी और यह जाना कि कैसे उनकी हाइपोथायरॉइड की दवाइयाँ बंद हो गयी, तब मैंने, प्रोत्साहित होकर अपनी आहार योजना 12-अप्रैल-2020 से ठीक से शुरू की ।

अब मेरे भोजन का समय:

सुबह: 9:30-10:30 के बीच मे और रात: 8-9 के बीच मे

शाम को 5-6 किमी पैदल चलना और साइकिल चलाना।

वजन:

12 अप्रैल 2020 - 84 किलो

16 जून 2020 - 78.2 किलो (यानि 5.8 किलो कम हुआ।)

केवल 2 महीनों के भीतर मैंने अपनी रिपोर्टों में काफी सुधार देखा है।

रिपोर्ट: 30 दिसंबर 2019	
HbA1c :	5.7%
खालीपेट इन्सुलिन :	12.02
टीएसएच (Thyroid-Stimulating Hormone) : (यह टॅबलेट के कारण सामान्य स्तर पर है)	2.42

फिलहाल: 16 जून 2020	
HbA1c :	5.24%
खालीपेट इन्सुलिन :	3.1
टीएसएच : परिणामरूप, मेरी दवाई 100 इकाई तक कम हो गई।	0.15

इन दो महीनों में, मैंने मिठाई पूरी तरह से बंद कर दी और चाय का सेवन कम कर दिया। मैं अब बिना चीनी और बिना दूध की चाय ले रही हूं।

मुझे बहुत आनंद है कि मात्र 2 महीनों में मुझे ये अच्छे परिणाम मिले। मैंने इस आहार योजना को जारी रखने का फैसला किया है, ताकि भविष्य में मेरी हायपोथायरॉइड की दवा और भी कम हो जाए और बंद हो जाये।

क्योंकि मैं एक चिकित्सक हूँ इसलिये मैं हर समय मरीजों के संपर्क में रहती हूँ। लेकिन फिर भी मेरी सेहत अच्छी है। मैं बीमार नहीं होती हूँ, बल्कि मैं स्वस्थ और ताजा महसूस कर रही हूँ।

स्वस्थ और सुखी जीवन देनेवाली इस जीवनशैली को खोजने के लिए और लोगों को प्रेरित करने के लिए डॉ. दीक्षित सर जी और सहयोगियों को बहुत-बहुत धन्यवाद।

71) श्रीमती पल्लवी बद्रीनाथ, बेंगलुरु

आयु : 40 साल, लंबाई : 148 सेंमी

व्यवसाय : गृहिणी

2010 में मेरा वजन 56 किलो था। मैं नियमित कसरत कर रही थी और जिम भी जा रही थी। लेकिन गर्मियों की छुट्टियों में यह जारी नहीं रख पायी और इसलिए मेरा वजन 2017 में 65 किलो तक बढ़ गया।

फिर मेरे एक दोस्त ने मुझे (हर्बालाइफ) पेय लेने की सलाह दी। और उसे शुरू करने के बाद लगभग 7 किलो मेरा वजन कम हुआ और उसे बंद करते ही, मेरा

वजन फिर से बढ़ कर 61 किलो हो गया। बहुत रुपये खर्च किए, लेकिन कोई फायदा नहीं हुआ।

बाद में मेरी बहन ने डॉ. दीक्षित आहार योजना के बारे में बताया और उसका पालन करने का सुझाव दिया। जो बहुत ही सरल और प्रभावी था।

मैंने जून 2019 में इस आहार योजना का पालन करना शुरू किया।

उस समय मेरे ख़ून की जांच के रिपोर्ट इस तरह थे :-

HbA1c :	5.6%
खाली पेट इन्सुलिन :	8.4

मैं डेढ़ साल से हायपोथाइरोइड के लिए एक गोली ले रही थी ।

मेरी रोज की दिनचर्या इस तरह थी-

दिन की शुरुवात 30 मिनिट जॉगिंग के साथ और 20 मिनट कसरत होती है। 10 बजे 2 प्रकार के फल के साथ नाश्ता, 2 बजे मैं छाछ.या नारियल पानी पीती हूँ। शाम 4 बजे ब्लैक टी और 5.30 बजे भोजन करती हूँ। भोजन में सलाद का एक बड़ा कटोरा, दो रोटी या चावल या रागी के साथ बहुत सारी सब्जी खाती हूँ। खूब पानी पीती हूँ।

सप्ताह में एक बार इस आहारयोजना का मैं पालन नहीं करती हूँ।

मेरे ताज़ा जांच के रिपोर्ट :-

HbA1c :	5.4%
खाली पेट इन्सुलिन :	5.1

उपरोक्त आहार योजना का पालन करके, मैंने 1 साल में लगभग 10.50 किलो वजन कम किया और वो भी बिना एक पैसा खर्च किए। और अपने स्वास्थ्य को बेहतर स्थिति में वापस ला पाई।

मैं इस आहार योजना के अद्‌भुत कार्य के लिए डॉ. दीक्षित सर को धन्यवाद देती हूं।

मैं अन्य लोगों से भी आग्रह करती हूं कि, डॉ. दीक्षित आहार योजना का पालन करें।

■■■

7

‘मधुमेह वापसी केन्द्र’ से प्राप्त अनुभव

‘मधुमेह वापसी केन्द्र’ हमारे अभियान की एक महत्त्वाकांक्षी गतिविधि है। उपचार करनेवाले डॉक्टर्स और रोगियों के मिले जुले प्रयत्नों से मधुमेह को वापस भेजना इन केन्द्रों का लक्ष्य है। इस अभियान के कार्यकर्ता सहभागियों का इस अभियान में सुझाए गए जीवन शैली परिवर्तन पर अटल रहने के लिए मार्गदर्शन करते हैं। हम ऐसे दो केन्द्र शुरू कर सकें, 14 सितंबर 2018 को नागपुर में और दूसरा 15 अक्तूबर 2018 को सोलापुर में। DRC नागपुर में जो जानकारी प्राप्त हुई है वह इस अध्याय के अंत में दी गयी है। पंजीकरण किए गए सदस्यों में से कुछ सदस्यों ने HbA1c और खाली पेट इन्सुलिन की टेस्ट कर ली है। उन सभी में अच्छी प्रगति नजर आ रही है। हम यह उम्मीद करते हैं कि इन केन्द्रों की पहली वर्ष गाँठ तक कम से कम 50% मधुमेही दवाइयों से मुक्त हो जाएंगे।

मधुमेह वापसी केन्द्र, नागपुर

नागपुर के मधुमेह वापसी केन्द्र का उद्‌घाटन नागपुर म्युनिसिपल कॉर्पोरेशन के हेल्थ डिपार्टमेंट के चेअरमैन और इस अभियान के प्रेरणास्त्रोत डॉ. जगन्नाथ दीक्षित के हाथों 14 सितंबर 2018 को हुआ। हमने इसके लिए डॉ. श्रीकांत जिचकर जी की जन्मदिन की तारीख को चुना जिन्होंने सबसे पहले 2004 में इस सिद्धांत को सामने रखा और ‘तंदुरूस्ती के अभियान’ के रूप में इसे नागपुर, पुणे और अन्य अनेक शहरों में सफलता से कार्यान्वित किया।

सभी 100 मधुमेही रोगियों ने जिन्होंने स्वेच्छा से इस केन्द्र में पंजीकरण किया था, उन्होंने डॉ. दीक्षित जी से व्यक्तिगत रूपसे मार्गदर्शन पाया। केन्द्र प्रमुख दीपाली बेंद्रे और डॉ. उदय गुप्ते जिनके क्लिनिकल मार्गदर्शन के अंदर रोगियों की जाँच की जाती है और उन्हें सलाह दी जाती है, वह भी अन्य EWL नागपुर के कार्यकर्ताओं के साथ वहाँ पर उपस्थित थे।

मधुमेह वापसी केन्द्र (Diabetes Reversal Centre, नागपुर) का काम 19 सितंबर को पहले 29 उत्साही रुग्णों के साथ सही मायने में शुरू हुआ। केन्द्र प्रमुख दीपाली बेंद्रे, जो चार्टड अकाउंटट के रूप में कार्यरत हैं और अन्य अनेक संस्थाओं के कार्य में शामिल है, एक समर्पित सामाजिक कार्यकर्ता हैं। उन्होंने इस केन्द्र के सदस्यों के पंजीकरण के लिए खास किस्म का सॉफ्टवेअर बनाया है। अद्यतन तकनीक के साथ कदम मिलाते हुए, सभी सदस्यों ने ऑनलाइन पंजीकरण किया। जो सदस्य पहले से अन्य अनेक EWL गुटों में शामिल हुए थे, उन्हें वहाँ से निकालकर इस नये DRC नागपुर गुट में शामिल होने को कहा गया, जिससे सभी सदस्यों से संपर्क करने का और संदेश पहुँचाने का आसान मार्ग प्राप्त हुआ।

डॉ. वैदेही मराठे, जो एक गायनोकॉलॉजिस्ट है, उन्होंने दयालु वृत्ति से अपना क्लिनिक 'माहेर नर्सिंग होम' केन्द्र के लिए उपलब्ध करा दिया।

डॉ. उदय गुप्ते, M. D. (मेडिसीन) सीनियर फिजिशियन ने इस महान सामाजिक कार्य के लिए परोपकारी वृत्ति से अपनी सेवाएँ मुफ्त में देने का प्रस्ताव रखा। उनके पास गत कई वर्षों का व्यापक अनुभव है। उन्होंने CGHS में भी कार्य किया है और वे Director of National Civil Defence College भी रह चुके हैं।

पहले दिन केन्द्र प्रमुख दीपाली बेंद्रे को मिलिंद भालेराव ने जो व्यवसाय से एक बिल्डर है और इस अभियान में वरिष्ठ व्यवस्थापक हैं, अपनी पत्नी के साथ जो फार्मास्युटिकल क्षेत्र से काफी आत्मीयता से जुडी हुई है, हेमंत कालीकर एक उद्योजक और मृणालिनी घाटोल ने सहायता प्रदान की। इन सभी कार्यकर्ताओं ने अपनी मुफ्त की सेवाएँ DRC को प्रदान की।

कुछ लोग EWL बिरादरी के लिए नये होने के कारण सभी को हेमंत कालीकर द्वारा आहार योजना, व्यायाम और रोज की जीवन शैली के बारे में मार्गदर्शन दिया गया। और उनके प्रश्नों को व्यक्तिगत रूप से मिलिंद और स्वाती ने उत्तर दिए।

सभी की शारीरिक और क्लिनिकल जानकारी को एकत्रित किया गया। रोगियों को पहले उनके वजन की जाँच करने को कहा गया बाद में अन्य मापदंडों को निर्धारित फॉर्म में भर दिया गया। डॉ. गुप्ते जी ने हर एक रुग्ण की जाँच कर उनको मार्गदर्शन दिया और उसमें जो भी जानकारी मिली उसे फिर से फॉर्म में भर दिया गया। सभी तरह के मापदंड जैसे व्यक्तिगत मेडिकल इतिहास, पहलेवाले अस्पताल के दाखिले, बड़े जख्म या फ्रॅक्चर्स, अन्य मेडिकल विकार, अल्कोहोल का सेवन, तंबाखू और धूम्रपान बारंबारता के साथ, मधुमेह से संबंधित अन्य प्रणाली की जानकारी या मधुमेह की जटिलताएँ जैसे हृदय, किडनीज्, आँखें, न्यूरोपॅथी और सिरम लीपीडस् को दर्ज कराया गया। इस सभी का रिकॉर्ड भविष्य के संदर्भ के लिए बनाए रखा जा रहा है।

इसके फलस्वरूप उपबोधन के सत्रों को नीचे दी तारीखों पर आयोजित किया गया और समुपदेशित रुग्णों की संख्या को भी बताया गया। कुछ रुग्ण दोबारा आए हुए थे।

क्र.	तारीख	समुपदेशित रुग्णों की संख्या
1	26 सितंबर	13
2	3 अक्तूबर	19
3	10 अक्तूबर	17
4	24 अक्तूबर	10
5	31 अक्तूबर	10

यह केन्द्र बुधवार को सुबह 8 बजे से कार्यरत रहता है। हर सत्र के बाद जानकारी को अद्यतन करके सॉफ्टवेयर में दर्ज किया जाता है और उसके बाद अगले सत्र के लिए रुग्ण का संशोधित कार्ड तैयार हो जाता है।

लगभग 10 रोगियों ने फिर से टेस्ट करवाये और हमने प्रोत्साहित करनेवाले परिणाम पाए। जिन्होंने फिर से टेस्ट करवाएँ हैं, उनमें से बहुत से रोगियों की दवाइयों की मात्रा डॉ. गुप्ते जी ने कम कर दी है। हमें विश्वास है कि डॉ. दीक्षित द्वारा सलाह दी गयी आहार योजना और व्यायाम के नियमित पालन से हमारे सभी रुग्ण मधुमेह वापसी की राह पर चल रहे होंगे।

हमने छः महीने के समय तक इस दल का अध्ययन करने की योजना बनायी है और उसके बाद परिणामों के आधार पर हम मधुमेह वापसी के लिए दूसरे दल को ले लेंगे।

DRC जानकारी 14 सितंबर से 14 नवंबर 2018

जिनको सलाह दी गयी थी ऐसे 69 रोगियों में से 10 रोगियों ने उनके अनुसरण के परिणाम भेजे। अन्य लोग भी जब दूसरे उपबोधन सत्र के लिए आयेंगे, तब अपने परिणाम दाखिल करेंगे। मैं आप को केवल एक नमूने के रूप में यह जानकारी दिखा रहा हूँ।

उनमें से लगभग सभी ने मधुमेह के नियंत्रण में प्रगति की है, ऐसा स्पष्ट रूप से दिखायी देता है। उन में से चार लोगों की मधुमेह की दवाइयों की मात्रा डॉ. गुप्ते जी ने कम कर दी है। अगले साल तक हम और जानकारी के साथ जरूर हाज़िर हो सकेंगे।

क्र.	लिंग	उम्र	लंबाई (सें.मी.)	तारीख	परिणाम				
					HbA1c	खाली पेट इन्सुलिन	वजन (किलो)	कमर (सें.मी.)	टिप्पणि
1	स्त्री	54	157	11/8 16/9	6.8 5.4	10.8 10.8	75 72	107	औषधि की मात्रा घटा दी गयी
2	पुरुष	67	167	10/8 13/9 26/10	6.2 5.5 5.5	11.3 8.83 10.17	72.3 71.0	105 95	औषधि की मात्रा घटा दी गयी
3	स्त्री	49	158	7/9 25/10	11.0 9.1	13.47 12.99	75.5 71.1	110	-
4	पुरुष	57	167	13/9 26/10	9.6 7.8	6.32 10.83	76	101	-
5	पुरुष	55	157	9/8 18/9 19/10	12.0 11.1 10.9	6.53 4.75 4.41	56	90	-
6	पुरुष	55	165	25/8 28/10	8.1 7.3	3.14 14.4	68	90	-
7	पुरुष	53	163	8/9 27/10	7.4 6.6	15.6 9.97	67 65	95	औषधि की मात्रा घटा दी गयी
8	पुरुष	36	176	16/8 18/9 19/10	7.4 5.7 5.3	13.6 34.7 25	96 94	119 115	औषधि की मात्रा घटा दी गयी
9	पुरुष	52	172	8/9 0/10	5.42 5.6	7.77 7.21	68 65	80	-
10	स्त्री	55	160	11/9 30/10	8.0 7.4	5.62 6.2	69 67	90	-

■■■

8
सफलता की अन्य कहानियाँ

मैंने यहाँ पर सफलता की कुछ ऐसी कहानियाँ प्रस्तुत की है, जो इस आहार योजना से मिले अन्य फायदों को दर्शाती है। एक उल्लेखनीय कहानी है शैलेश पुरोहित की जो पुराने पँक्रियाटीटीस से ग्रस्त थे और पुणे के एक प्रसिद्ध मधुमेह विशेषज्ञ से उसे इन्सुलिन पंप का उपयोग करने की सलाह दी थी। इस रोगी का मधुमेह 100 से ज्यादा यूनिट का इन्सुलिन लेकर भी नियंत्रण में नहीं था। इस जीवन शैली परिवर्तन से जो इस रुग्ण ने अपने खुद की जोखिम पर शुरू किया था, उसकी स्थिति में सुधार आया। साथ ही उसके कोलेस्ट्रॉल के स्तर में कटौति हो गयी और थाइरॉइड के कार्य में भी सुधार हुआ। व्यक्तिपरक लाभ जैसे ताज़गी, गहरी नींद, ऊर्जा में सुधार इ. तो हमारे साधारण जाँच-परिणाम हैं। नीचे दी गयी कहानियों से अन्य लाभों की कल्पना प्राप्त हो सकती है।

1) **डॉ. राम कुलकर्णी,** इस्लामपूर, सांगली
उम्र : 59 वर्ष, लंबाई : 167 सें. मी.
व्यवसाय : वैद्यकीय चिकित्सक, समूह क्र : ईडब्लूएल एनडी-062

वैसे तो मैं बचपन से कभी भी मोटा नहीं था। इसके अलावा नियमित कसरत करते रहने के कारण मैं अपना वजन हमेशा ही 67-68 किलो रखने में सफल हुआ। सन् 2015 से मैंने नियमित दौड़ना भी प्रारंभ कर दिया। मैं इस गलतफहमी में था, की इतनी कसरत और दौड़ने से मेरा वजन तो कभी बढ़ेगा ही नहीं। मैंने अपने आहार पर नियंत्रण रखना छोड दिया। मैं अक्सर फास्ट फूड का सेवन भी करने लगा। परिणामस्वरूप मेरा वजन 74 किलो तक बढ़ गया।

इस बीच मैंने दौड़ने के बारे में अध्ययन किया तो पता चला की वज़न कम होना धावक को अधिक सरलता से एवं तेज गति से दौड़ने में फायदेमंद होता है। मैंने इंटरनेट पर उपलब्ध विभिन्न आहार योजनाओं का पालन शुरू कर दिया। इससे मेरा वजन कम तो होता, पर आहार योजना छोड़ने पर पुनः बढ़ जाता। मेरे एक

डॉक्टरमित्र ने मुझे डॉ. दीक्षित जीवनशैली के बारे में बताया। मैंने अपनी नियमित दौड़ और कसरत के साथ-साथ इसे भी अपना लिया। बस, फिर क्या था, देखते ही देखते तीन माह मे मेरा वज़न कम होकर 67 किलो हो गया। इतना ही नहीं, मेरा HbA1c भी 5.8% से कम होके 5.2% पे आ गया।

उसके बाद से अब तक मैं कई मॅरेथॉन पूरी कर चुका हूँ। हाल ही में मैंने 59 साल की आयु मे टाटा-मुंबई पूरी मॅरेथॉन 4 घंटे 52 मिनिटों मे पूरी की है। मेरा यह समय मेरे कई सहधावकों के (जिनकी उम्र मुझसे 10-15 साल कम हैं) नतीजों से बेहतर है।

पिछले कुछ समय से मैंने दीर्घकाल तक भूखा रहने की शुरुआत कर दी है। अब मेरा वज़न केवल 57 किलो है।

मेरी इस उपलब्धि का संपूर्ण श्रेय मेरी इच्छाशक्ती एवं डॉ. दीक्षित सर की आहार शैली को देता हूँ।

मैं सभी लोगों को सावधान करना चाहता हूं की इंटरनेट पर बताए गए खर्चिले विज्ञापनों के शिकार ना बने। डॉ. दीक्षित आहार योजना एक ऐसी सरल व आदर्श जीवनशैली है, जिसका प्रत्येक व्यक्ती को अनुसरण करना चाहिए। वर्तमान में जब पुरे विश्व में कोरोना का आतंक फैला हुआ है तब उच्च रक्तचाप और मधुमेह जैसी बिमारीयाँ प्राणघातक सिद्ध हो सकती हैं। जिन लोगो ने डॉ. दीक्षित जीवनशैली अपनाने के कारण इन बिमारियों से मुक्ती पाई है वो जरूर राहत की सांस ले रहे होंगे।

मैं डॉ. जगन्नाथ दीक्षित तथा उनके सभी सह कर्मियों का, उनके मार्गदर्शन एवं सहयोग के लिये हृदय से आभारी हूँ। धन्यवाद...

2) कल्पना मोहनदास, मुंबई

आयु : 48 साल,

व्यवसाय : सॉफ्टवेअर प्रोग्रामर, समूह : ईडब्ल्युएल एनडी-050

मैं बहोत सालों से मोटी थी। मैंने बहोत सारी आहार योजनाओं को आजमाया है। मैंने जनरल मोटर्स आहारयोजना, किटो आहारयोजना आदी योजनाएं भी आजमायी हैं। आहार के साथ मैंने कसरत भी कि। लेकिन मेरे वजन मे कोई खास बदलाव नहीं आया।

26 मार्च 2018 को मेरे वरिष्ठ साहब ने मुझे युट्युब वीडिओ भेजा। वह डॉ. जगन्नाथ दीक्षित सर का सहजता से वजन कम करने का वीडिओ था। वीडिओ देखने के बाद इस आहारयोजना पर मेरा विश्वास ही नहीं हुआ। उस वीडिओ मे डॉ. श्रीकांत जिचकर सर का जिक्र किया था। इसलिये मैंने युट्युब पर डॉ. जिचकर सर के व्याख्यान ढूंढ़ना शुरू किया। इन सब व्याख्यानों को देखने-सुनने के बाद मैंने

इस आहारयोजना को आजमाना तय किया। इस के तहत मैंने डॉ. दीक्षित सर को 3 अप्रैल 2018 को वाट्सएप पर संदेश भेजा। उन्होने मुझे HbA1c और फास्टिंग इन्सुलिन के रिपोर्ट भेजने को कहा। 9 अप्रैल 2018 को मेरे रिपोर्ट मिलने के बाद, मैंने फिर से डॉ. दीक्षित सर को मेरी पूरी जानकारी दी और मेरे रिपोर्ट भी भेज दिये, उस के बाद 11 अप्रैल 2018 को मुझे वाट्सएप समूह मे शामिल किया गया।

मैंने इस आहारयोजना का पालन 9 अप्रैल 2018 से ही शुरू किया। पहले दिन ही मुझे बहुत सिरदर्द हुआ। जिस व्यक्ति को हर दो घंटे बाद खाने की आदत हो, उसके लिए दिन में सिर्फ दो ही बार खाना मुश्किल था। अगले दिन मैंने तय किया, मैं कम से कम चार बार खाऊंगी। और मैंने सुबह का नाश्ता, दोपहर का भोजन, शाम को नाश्ता और रात का भोजन ऐसा शुरू किया। इसी तरह एक महिने तक मैंने चार बार खाने का सिलसिला जारी रखा। और मुझे आश्चर्य हुआ कि, एक महिने मे मेरा वजन 3 किलो घट गया। किन्तु मई महिने में मेरा वजन ना घटने के कारण मैं निराश हुई। इसलिये मैंने अब दिन में 3 बार खाना निश्चित किया। एक महिने में वजन कम होने के बाद फिर से मेरा वजन स्थिर हो गया। इसलिये अगस्त 2018 में मैंने इस आहारयोजना में बताये गये तरिके के हिसाब से दिन में 2 बार ही खाना शुरू किया।

मैंने दोपहर का खाना 1 से 1:15 बजे के बीच में और रात का खाना 8:30 से 8.45 बजे के बीच में खाती हूं।

मेरी प्रगती इस प्रकार है।

3 अप्रैल 2018 :	80 किलो
3 मई 2018 :	77 किलो
3 जून 2018 :	77 किलो
3 जुलाई 2018 :	73 किलो
3 अगस्त 2018 :	73 किलो
3 सितंबर 2018 :	70 किलो
3 दिसंबर 2018 :	62 किलो
3 अप्रैल 2019 :	60 किलो
3 जून 2019 :	60 किलो

पिछले एक साल से मैंने अपना वजन बनाए रखा है। लेकिन मैं अपने 45 मिनिट चलने अथवा कसरत करने के मामले में बहोत नियमित हूं। लॉकडाऊन में भी मेरा वजन बढा नहीं है। मैं लॉकडाऊन में घर मे ही कसरत करती हूं।

इस आहार योजना की सबसे अच्छी बात ये है कि, मेरा सब मनचाहा खाना, मैं दो बार के खाने में ले सकती हूं।

वजन कम करने मे और मधुमेह से मुक्ती के लिये लोगों को मदद करने के इस आश्चर्यकारक कार्य के लिये, मैं डॉ. दीक्षित सर और उन के पूरे समूह की आभारी हूं।

3) रेखा राजीव जोशीराव, चिमुर, जि. चंद्रपूर

उम्र : 59 साल, व्यवसाय : सेवानिवृत्त प्राचार्य

समूह : इडब्लूएल एनडी-071

सर्वप्रथम डॉ. जगन्नाथ दीक्षित और उनके सहयोगियों को उनके इस महान कार्य के लिये मैं धन्यवाद देती हूँ।

अगस्त 2018 में हमारे पारिवारिक मित्र डॉ. बोगिंनवार ने मुझे डॉ. दीक्षितजी के बिना प्रयास वेटलॉस और विशिष्ट आहार पद्धती के बारे में जानकारी दी। बाद में मैंने अधिक जानकारी पाने के लिये कुछ विडियो देखे, एवं डॉ. दीक्षितजी के भाषण सुने। उस दौरान मैं नौकरी करती थी। इस के कारण मेरे भोजन का समय निश्चित नहीं होता था। थाइरॉइड की तकलीफ होने के कारण जब भी मुझे फुरसत मिलती थी, मैं कुछ खा लेती थी। लेकिन यह विषय डॉ. दीक्षितजी ने बहुत आसानी से समझाया है। यही कारण था कि मैंने डॉ. दीक्षित आहार योजना पालन करने का निश्चय किया।

30 अगस्त 2018 से मैंने मेरी जीवनशैली में कुछ बदलाव लायें। दिनमें 2 वक्त भोजन करना शुरू किया। चाय पीना बिलकुल बंद कर दिया और मीठे व्यंजनों का सेवन काफी कम कर दिया। रोज सुबह और फिर शाम को 1 घंटा चलने जाती हूँ। 1-2 महिनों में मुझे इस के अच्छे परिणाम दिखने लगे। मैं ताजगी और उत्साह का अनुभव करने लगी। नया कुछ करने की इच्छा मनमें जागने लगी।

2018 के अगस्त माह मे, मैं श्री. मोरेजी के वाट्सअप ग्रूप में शामिल हो गयी। मुझें बताने में खुशी होती है कि, माननीय डॉ. दीक्षितजी और उनके सहयोगियों के मार्गदर्शन के कारण, पिछले 24 महिनों में, मेरा वज़न 24 किलो कम हुआ है।

4) प्रतीक सुनिल मोरे, धुलिया, (महाराष्ट्र)

आयु : 22 वर्ष, लंबाई : 178 सें. मी .

व्यवसायः छात्र एम. एससी. (आय.टी.)

समूहः ईडब्ल्यूएल पीडी-017

सबसे पहले, मैं डॉ. जगन्नाथ दीक्षित सर और उनकी टीम को उनके इस महान कार्य के लिए धन्यवाद देता हूँ। 3 महीनों पहले तक मैं अपने बढ़ते वज़न को लेकर

बहुत परेशान था। मुझे अपने मोटापे पर शर्म आने लगी थी। मुझे मीठा खाने का बहुत शौक था। मैंने 16 मार्च 2020 को अपने खून की जांच करवाई, जिसके परिणाम निम्नलिखित हैं।

वज़न :	96 किलो	एचबीए1 सी :	5.90%
खाली पेट इन्सुलिन :	31.9		

इन परिणामों से मुझे पता चल गया कि मैं पूर्व-मधुमेही हूँ। पहले तो मैं इससे चौंक गया। फिर मैंने ठान ही लिया कि मुझे किसी भी तरह से भी अपना वज़न कम करना है। मेरी आंखों के सामने मेरे पिता का आदर्श था। वह पहले से ही डॉ. दीक्षित जीवनशैली का पालन कर रहे थे। इससे उनका वज़न कम हो गया था और उनका मधुमेह भी नियंत्रण में था। उनकी सलाह के बाद, मैंने भी डॉ. दीक्षित आहार योजना को अपनाने का फैसला किया। फिर डॉ. दीपक कुलकर्णी के मार्गदर्शन में मैंने 19 मार्च 2020 से इस आहार योजना का पालन करना प्रारंभ किया। पहले मैंने कड़ी भूख लगने के दो समयों को निर्धारित कर, भोजन के समय निश्चित किये, और भोजन में कार्बो हाइड्रेट की मात्रा कम कर दी। इसके साथ ही मैंने मिठाई, मांस और चपाती का सेवन करना बंद कर दिया। मैंने गेहूं की चपाती की जगह जवार की रोटी खाना शुरू कर दी और अपने भोजन में अंडा, दाल, दही और पनीर की मात्रा बढ़ा दी। मैंने तले हुए खाद्य पदार्थों का सेवन भी कम कर दिया। लॉकडाउन के दौरान मेरे लिए बाहर जाकर कसरत करना असंभव था, इसलिए मैंने अपने घर की छत पर चलना और दौड़ना शुरू कर दिया। शुरू में दौड़ते समय 5 मिनट में ही मेरी सांसे फूल जाती थी, पर अब धीरे-धीरे मुझे इसकी आदत पड़ गई है, और अब मैं एक बार में 50 मिनट तक दौड़ सकता हूँ। मैं मेरी ही इस गलतफहमी को दूर करने में सफल हुआ कि लॉकडाउन ही वज़न बढ़ने का कारण है। यदि हम घर पर हैं तब भी हम बहुत सारी शारीरिक गतिविधियां कर सकते हैं। तीन महीनों तक दीक्षित जीवनशैली का पालन करने के बाद, मैंने 21 जून 2020 को फिर एक बार खून की जांच करवाई, जिसके परिणाम निम्नानुसार हैं।

वज़न :	84 किलो (12 किलो कम हुआ)	HbA1c :	5.3%
खाली पेट इन्सुलिन :	12.7		

मैं डॉ. जगन्नाथ दीक्षित सर, डॉ. दीपक कुलकर्णी और उनकी की पूरी टीम को पुनः धन्यवाद देना चाहता हूँ और संकल्प करता हूँ कि मैं जीवन भर इस जीवनशैली का पालन करता रहूंगा।

5) **डॉ. नितेश पावडे,** गोंदपीपरी, जिला चंद्रपूर, महाराष्ट्र

उम्र : 37 वर्ष, व्यवसाय : नीजी चिकित्सालय

गुट क्र. : ईडब्ल्यूएल एनडी-017

मैंने इस डॉ. दीक्षित जीवनशैली का प्रारंभ 1 फरवरी 2020 से किया।

लंबाई :	170 सेंमी
वजन :	79.5 किलो
पेट का घेर :	89 सेंमी

मैंने एक सीमित समय के किये खुद का बिमा करवाया था। वो उम्र के 80 साल तक था। उस समय मैंने बहुत सोचा था। मैं और कितने साल जिऊंगा!!!

मुझे ऐसा लगा मै ये सब अपने बिवी, बच्चों को लिये ही कर रहा हूँ, अपने लिये कुछ भी नहीं। उसी समय मैंने ये फैसला किया की अब खुद के लिये जीना और तंदुरुस्त रहना।

सबसे पहले कठिनाई थी मेरा बढा हुआ वजन। मैंने उसी को कम करने का फैसला लिया और उसके लिये इलाज ढुंढना शुरू किया।

तब मुझे युट्यूब पर डॉ. दीक्षित सर के कुछ वीडिओ मिले। मैंने वो सारे वीडिओ देखे और उन्होंने बताया हुआ समझ भी लिया और मेरा ये वजन कम करने का सफर शुरू किया।

मैं खाने का बहुत शौकीन था। हमेशा कुछ ना कुछ नमकीन/चटपटी चीजें या तली हुई चीजें खाना बहुत पसंद करता था। संतुलित आहार ना होने के कारन मेरा वजन दिनबदिन बढता ही गया। पहले मैं शाकाहार लेता था लेकिन अब सामिष भोजन भी करने लगा। मैंने युट्यूब पर डॉ. दीक्षित सर के विडिओ देखे। उन्होंने और स्वर्गवासी डॉ. जिचकर सरने जो इन्सुलिन के बारे में बताया वो समझ में आ गया और मैंने उन्होंने बताये तरिकों के अनुसार उसपर अंमल करना शुरुवात किया। आश्चर्य की बात कुछ ही दिनो में इसका असर दिखाई देने लगा। मैंने इस लॉकडाउन का भी पूरा फायदा उठाया।

और अब 30 मई 2020 के दिन मेरा वजन 65 किलो और पेट का घेर 80 सें. मी. ऐसा है। अब मैं तंदुरुस्त हूँ।

मेरा वजन 14.5 किलो कम हुआ और पेट का घेर 9 सेंमी से कम हुआ।

इस के लिये मैं स्वर्गवासी डॉ. जिचकर सर, डॉ. दीक्षित सर और उनके पुरी टीम का शुक्रगुजार हूँ।

■■■

9

मधुमेह का इलाज : क्या हम सही मार्ग पर हैं?

हमने, हमारे अभियान में पंजीकरण किये हुए एक हजार ऐसे रोगियों का अध्ययन किया था जो छः अलग अलग राज्यों से और 27 शहरों से आए हुए थे। हमने सभी को एक आसान सा सवाल पूछा, 'आपको जबसे मधुमेह का निदान हुआ है, तबसे आपमें कौन कौन से बदलाव हुए हैं?' इनमें से अधिकतम रोगियों को मधुमेह विशेषज्ञ ने या फिजिशियन ने उपचार दिए थे। हमने उन सभी प्रतिक्रियाओं को सम्मिलित किया जो हमारे लिए आँखें खोलनेवाली साबित हुई। इन निष्कर्षों के आधार पर मैंने Al Ameen Journal of Medical Sciences में एक संपादकीय लिखा।

मैं यहाँ पर वह लेख प्रस्तुत कर रहा हूँ। मधुमेह पर उपचार करनेवाले डॉक्टरों को आत्मपरीक्षण करने के लिए यह एक अच्छा अवसर होगा।

यह संपादकीय इस तरह से उद्‌धृत किया जा सकता है :

दीक्षित जे. वी. मधुमेह के उपचार और उसका निवारण : क्या हम सही मार्ग पर है? Al Ameen J Med Sci 2018; 11(1):79-81

संपादकीय : मधुमेह के उपचार और उसका निवारणः क्या हम सही मार्ग पर है?

मधुमेह को विभिन्न रोगों के एक समूह के रूप में देखा जाता है, जिसमें पर्यावरण और आनुवंशिक कारणों के एकत्रित कार्य से निर्माण हुई व्याधिनिदान-विज्ञान की विभिन्नता से उत्पन्न क्रोनिक हाइपरग्लाइसीमिया की स्थिति पायी जाती है। इन्सुलिन, एक ऐसा हार्मोन है जो ग्लुकोज, चरबी और ॲमिनो एसिड के चयापचय को नियंत्रित करता है। इन्सुलिन का दोषयुक्त उत्पादन या क्रिया मधुमेह का आधारभूत कारण है।

WHO ने मधुमेह को मधुमेह mellitus, impaired glucose tolerance (IGT) और gestational diabetes mellitus (GDM) ऐसा वर्गीकृत किया है। Diabetes mellitus में हमें इन्सुलिन-dependent (Type 1) diabetes mellitus, non-insulin dependent diabetes mellitus (Type II), malnutrition related diabetes mellitus (MRDM) और अन्य प्रकार भी देखने को मिलते हैं, जो पँक्रिया के रोग के कारण अनुवंशिक असामान्यताओं, दवाइयों या हार्मोन्स के कारण होते हैं।

डॉ. हिम्सवर्थ (1905-1993) ने मधुमेह में इन्सुलिन के महत्त्व का अध्ययन किया और 'insulin-sensitive' और 'insulin-insensitive' मधुमेह की धारणा का आविष्कार किया। अब इसकी क्रमशः Type I और Type II मधुमेह के रूप में तुलना की जा सकती है। आप University College Hospital, Britain में मेडिसीन के प्राध्यापक थे। उन्होंने अपने अनुसंधान का संक्षेप अपने 1939 Goulstonian Lectures में दिया और उसमें मोटापा, हायपरटेन्शन या उच्च रक्तचाप और arteriosclerosis का संबंध 'insulin-insensitive [3]' से होता है, ऐसा बताया है।

इनके अनुसंधान ने यह स्पष्ट कर दिया गया कि Type II मधुमेह में पँक्रियाओं द्वारा काफी इन्सुलिन (यूँ कहें तो बहुत अधिक) स्त्रवित होता है लेकिन वह प्रभावशाली नहीं होता। उनके इस काम को डॉ. गेराल्ड रिवेन द्वारा दोबारा सत्यापित किया गया। डॉ. गेराल्ड एम. रिवेन को 'फादर ऑफ इन्सुलिन रेझिस्टन्स' के रूप में अवगत किया सकता है। उन्होंने 'इन्सुलिन सप्रेशन टेस्ट' को विकसित किया, यह मनुष्यों में इन्सुलिन की मध्यस्थता वाले ग्लुकोज अपटेक (स्वीकार/ग्रहण) को नापने के लिए पहली मात्रात्मक विधि है। इस तकनीक का उपयोग करके, उन्होंने मनुष्य के रोग में होनेवाले इन्सुलिन प्रतिरोध के महत्त्व को सिद्ध किया, और सबसे महत्त्वपूर्ण है कि यह Type II मधुमेह में किया गया।

उन्होंने मधुमेह से मुक्त व्यक्तियों में 1) इन्सुलिन प्रतिरोध/प्रतिपूरक hyperinsulinemia hypertriglyceridemia और नीचतम HDL सांद्रता (Concentrations) का होना 2) यूरिक एसिड का यूरिनरी से कम क्लीयरन्स होना और hyperuricemia 3) LDL particle diameter का कम होना 4) Postprandial lipaemia का बढ़ना और lipoprotein अवशेषों का संचय होना 5) Plasminogen activator inhibitor के स्तरों में वृद्धि होना 6) लवण संवेदनशीलता 7) जरुरी रक्तचाप और 8) sympathetic nervous system activity बढ़ना इन सबके विकास में इन्सुलिन की भूमिका का प्रदर्शन किया।

अब सब यह जान गये हैं, कि मोटापा और मधुमेह में hyperinsulinemia मुख्य अपराधी हैं। अगर विश्व में कहीं पर भी हमें इन दो फैलनेवाले रोगों के साथ जूझना पडे तो हमारा पूरा ध्यान इन्सुलिन के स्तर को घटाने पर होना चाहिए। दुर्भाग्यवश प्रचलित वैद्यकीय सलाह इस सत्य से काफी दूर है।

बहुत से दशकों से हमारे पास मधुमेह की वैज्ञानिक जानकारी है। दुर्भाग्यवश, हम उसे 100% समझ गये हैं यह कहना, तथ्य से काफी दूर है। वर्तमान परिप्रेक्ष्य में मधुमेह के अच्छी तरह से उपचार किए गए रुग्णों का क्या हाल है? इसका अध्ययन करना जरूरी है।

हमने Type II मधुमेह के 1012 रोगियों का जो भारत के 7 राज्यों और 23 शहरों से आये हुए थे, अध्ययन किया। वे सभी DM (Endocrinology) या MD (General Medicine) डॉक्टरों से इलाज पा चुके थे। इन सबमें एक चीज सामान्य थी, जिसे हमने नोट किया कि, उनमें से कोई भी मधुमेह से मुक्त नहीं हुआ था। सभी में यह भी देखने में आया कि शुरू में रुग्ण को एक दवाई दी जाती है लेकिन जैसे जैसे वर्ष गुजरते हैं, दवाइयों की संख्या 2 या कभी कभी उससे अधिक हो जाती है। कुछ रोगियों को इन्सुलिन देना भी शुरू किया गया था। उनमें से अधिकतर लोगों में मधुमेह की अनेकों जटिलताएँ दिखाई दीं। क्या एक मधुमेह विशेषज्ञ का अपने रुग्णों को इस तरह से इलाज करने का इरादा होता है? मैं तो आशंकित हूँ। अच्छे इरादे और आधुनिक नवीनतम वैद्यकीय ज्ञान प्राप्त होने के बावजूद, दुर्भाग्य से मधुमेह के उपचार के परिणाम सचमुच निराशाजनक हैं। क्या यह मधुमेह विशेषज्ञों की जिम्मेदारी नहीं है कि इस समस्या का कुछ हल निकालें?

आजकल रोगी भी मेडिकल साहित्य (literature) पा सकता है। कुछ मधुमेहियों ने उन्हें अक्सर सतानेवाले सवाल सामने रखे हैं। इनमें से कुछ रोगियों ने इन सवालों को अपने उपचार करनेवाले डॉक्टरों से पूछने का साहस जुटाया लेकिन उसके परिणाम भयंकर साबित हुए। मुझे इनमें से कुछ प्रश्नों को लिखने दीजिए :

1) डॉक्टर, आपने मुझे कहा कि मेरे पँक्रियास् काफी मात्रा में इन्सुलिन स्त्रवित नहीं कर पा रहें हैं। कौनसे ब्लड टेस्ट से आपको यह जानकारी मिली?
2) डॉक्टर, आपने कहा कि मेरे पँक्रियास् थक गए हैं। तो फिर आप मुझे ऐसी दवाई क्यों दे रहे हैं, जिससे मेरे पँक्रियास् अधिक इन्सुलिन स्त्रवने के लिए उदीप्त हो जाएं?
3) क्या यह सही है कि आपकी दी गई दवाई से मेरा वजन बढ़ सकता है?
4) अगर दवाइयों के कारण मेरा वजन बढ़ गया तो फिर वह कैसे कम होगा? व्यायाम से या आहार योजना से?
5) बारंबार, थोडा थोडा खाने की सलाह कौनसे वैज्ञानिक तथ्य से उपजी है?
6) कई दवाइयाँ लेने के बावजूद मेरा मधुमेह नियंत्रण में क्यों नहीं आ रहा?
7) आपकी दवाई के कारण मेरी रक्तशर्करा साधारण श्रेणी में है, लेकिन मैं फुर्तीलापन क्यों नहीं महसूस कर रहा?
8) कितने मधुमेहियों की दवाइयाँ आपने बंद कर दी हैं?

इन सवालों को आप अनदेखा नहीं कर सकते। इन सवालों को जिन रोगियों ने अपने डॉक्टर से पूछने की हिम्मत की, अधिकतर उन्हें डॉक्टरों की सज़ीधज़ी केबिनों से बाहर का रास्ता दिखाया गया जिसका कारण स्पष्ट है। वर्तमान परिदृश्य से यह आसानी से पता लग सकता है कि जहाँ तक मधुमेह के उपचारों का सवाल है, कुछ ना कुछ गलत जरूर हो रहा है। मेरे मत से, मधुमेह के निदान और उपचार में नीचे दिए गए मुद्दे शामिल हैं :

1) मधुमेह का निदान काफी पहले नहीं किया जाता। खाली पेट रक्तशर्करा और खाने के बाद की रक्तशर्करा की जाँच की अपेक्षा हमें HbA1c की जाँच पहले करनी चाहिए। केवल खाली पेट और खाने के बाद की रक्तशर्करा की जाँच की अपेक्षा इससे 30% अधिक पूर्वमधुमेही रुग्णों का निदान हो सकता है।
2) डॉक्टर लोग मधुमेहियों को वैज्ञकीय जानकारी नहीं बताते उसके परिणामस्वरूप समाज के सुशिक्षित लोगों में भी अनेक भ्रांतियां व्याप्त हैं।
3) मधुमेह को जरूरत से अधिक उपचार दिया गया है। पर्याप्त सबूत के बावजूद, जो बताते हैं कि 'जीवन शैली में परिवर्तन' Metformin जैसी औषधि के अपेक्षा अधिक प्रभावशाली है। जीवन शैली परिवर्तन को समर्थन तथा पर्याप्त समय देने की अपेक्षा लोगों पर दवाइयाँ थोपी जाती हैं।
4) मधुमेही विशेषज्ञों को नवीनतम अनुसंधान द्वारा समर्थन दिए गए नये व्यवधानों की कोशिश करने में कोई भी दिलचस्पी नहीं होती। कुछ अध्ययनों से यह स्पष्ट होता है कि उस मधुमेही की रक्तशर्करा अधिक अच्छी तरह से नियंत्रित रहती है, जो बारबार थोड़ा थोड़ा खाने की अपेक्षा दिन में सिर्फ दो बार ही खाता है। फिरभी मधुमेह विशेषज्ञों की यह इच्छा नहीं होती कि उनके रुग्ण को, यह स्वयं पर आज़माने की कोशिश करने की अनुमति दे।
5) डॉक्टर और रोगी दोनों इसी में विश्वास करते हैं कि मधुमेह के उपचार में यही लक्ष्य होना चाहिए कि उसे नियंत्रण में रखना और जटिलताओं से बचा के रखना। इस नकारात्मक धारणा में बदलाव की जरूरत है। यह धारणा रोगी को और शायद डॉक्टर को भी निराश कर देती है। खासकर हमारे अभियान के आशाजनक परिणामों को देखते हुए यहाँ पर निश्चित ही खुश होने का कारण है।

हम 2014 से 'मोटापा और मधुमेह से मुक्त विश्व' अभियान को चला रहे हैं। इस अभियान का मूल हमारे डॉक्टर समुदाय के प्रख्यात विचारक स्वर्गीय डॉ. श्रीकांत जिचकर, महाराष्ट्र के कार्य में है। इस अभियान में हम विश्वास रखते हैं कि मोटापा और मधुमेह एक ही रास्ते के अनुवर्ती मील के पत्थर हैं। इन्सुलिन

का बढ़ा हुआ स्तर आपके शरीर पर ग्लुकोज का एक इंधन के रूप में उपयोग करने के लिए जोर डालता है। बारबार खाने के परिणामस्वरूप शरीर में इन्सुलिन का स्तर बढता जाता है। फलस्वरूप, इसका परिणाम इन्सुलिन प्रतिरोध और Type II का मधुमेह होने में हो जाता है। इस समस्या को हल करने का एक ही मार्ग है कि जितना हो सके उतना खाने की बारंबारता को कम करना।

इस अभियान में दी जानेवाली सलाह एकदम से सरल है, 'जब आप को सच्ची भूख महसूस हो तभी दिन में दो बार भोजन करें और इसके दरमियाँ सिर्फ पानी पी लें।' बेशक हम लोगों को इस तरह के अन्नपदार्थों को खाने की या पीने की सहुलियत देते हैं, जिससे इन्सुलिन स्रवता नहीं। ऐसे खाने-पीने की चीजों के लिए, जिनसे इन्सुलिन नहीं स्रवता, हमारा अनुसंधान जारी है। दुर्भाग्यवश पानी के अलावा हमें बहुत कम ऐसे अन्नपदार्थ मिले हैं। इस मोर्चे पर हमारा कार्य प्रगतिपथ पर है और जल्द ही हम हमारे इस अनुसंधान को प्रकाशित करेंगे। इस आहार योजना के साथ ही हम लोगों को कम से कम 4.5 कि.मी. 45 मिनिटोंमें रोज चलने की भी सलाह देते हैं। हम इसे आहार योजना नहीं बल्कि 'जीवन शैली परिवर्तन' कहते हैं।

इस सीधे जीवन शैली परिवर्तन से हमें प्राप्त होनेवाली उपलब्धि देखने लायक है। हमारे प्रकाशित अनुसंधान (5-8) से पता चलता है कि जिन लोगों ने छः महीनों तक इस जीवन शैली परिवर्तन को अपनाया है, उन्होंने औसत से 6.8 किलो वजन कम किया है, इसमें 3 से 28 किलो तक की श्रेणी आती है। शायद यह एकमात्र ऐसी आहार योजना है जिसमें व्यक्ति की पेट की चरबी पहले कम हो जाती है, और गाल कभी सिकुड नहीं जाते। हमारे अनुसंधान से लोगों के कमर की परिधि औसत से छः महीनों में 3.5 सें.मी. से कम हो जाती है, यह भी 1 से 10 सें.मी. की श्रेणी में होता है।

ऐसे मधुमेही जो मधुमेह के प्रतिरोध के लिए अनेक दवाइयाँ या इन्सुलिन की उच्चतम मात्रा लेते थे, ऐसा देखा गया है कि उनकी दवाइयों की मात्रा कम हो गयी हैं। कुछ रोगियों में, अनेक दवाइयों की मात्रा कम हो गयी है। कुछ रोगियों में, जिनका अनेक दवाइयों का सेवन करने के बावजूद मधुमेह नियंत्रण में नहीं आ रहा था, इस जीवन शैली परिवर्तन से उनका मधुमेह नियंत्रण में आ गया। इतनी अविश्वसनीय सहज जीवन शैली परिवर्तन से हमें इतने बेहतरीन परिणाम प्राप्त हो रहे हैं।

हम सबको पता है कि मधुमेह जीवन शैली का विकार है। तो क्या यह सही नहीं है कि उसका उत्तर हम जीवन शैली परिवर्तन में ही ढूँढे? यह बहुत ही महत्त्वपूर्ण प्रश्न है। हमारे देश का भविष्य और शायद पूरे विश्व का, जो हमारे डॉक्टरों और समाज की क्षमता और साहस में रहता है, जो सही जवाब पाने के लिए सही सवाल पूछते हैं।

संदर्भ :

1. WHO, Techn, Rep. Sec. No. 646. WHO 1980.
2. Park K. Park के Textbook of Prevention and Social Medicine, 24th Edition, M/s Banarsidas Bhanot Publishers, Jabalpur, 2017; 410.
3. Himsworth H. P. Mechanism of Diabetes Mellitus (The Goulstonian Lectures), Lancet. 1939; 118-171.
4. Kraemer FB, Ginsberg HN. Gerald M. Reaven MD. Demonstration of the Central Rule of Insulin Resistance in Type 2 Diabetes and Cardiovascular Disease, Diabetes Care, 2014, 37: 1178-1181.
5. Dixit JV. खाने की बारंबारता और वजन घटाना : सार्वजनिक स्वास्थ अभियान, औरंगाबाद में लिए गत छः महीनों के निरीक्षणों के परिणाम. Int J Clin Trials, 2014; 1(2): 67-69.
6. Dixit JV. खाने की बारंबारता और खाली पेट इन्सुलिन का स्तर : औरंगाबाद के एक रुग्ण की रिपोर्ट IJHSR, 2014, 4(8) 309-311.
7. Dixit JV. इंदूरकर एस्. बारंबार खाने का पूर्वमधुमेही भी पर होनेवाला प्रभाव : एक स्वनियंत्रित प्रतिरोधक परीक्षण, International Journal of Clinical Trials, 2017; 171-175.
8. Dixit JV. खाने की बारंबारता का मधुमेह पर होनेवाला प्रभाव : लातूर के एक रुग्ण की रिपोर्ट, International Journal of Education and Research in Health Sciences, 2017; 184-186.

मैं मधुमेह पर उपचार करनेवाले सभी डॉक्टरों से बिनती करता हूँ, कि इस संपादकीय में मैंने जो बाते कहीं हैं वे उनके लिए सही है या नहीं, यह वह खुद अपने आप ही देखें। अगर उन्हें यह बातें सच्ची लगे तो मैंने इस पुस्तक में जो सबूत रखें हैं, उनपर वे एक नजर डालें। अगर किसी कारणवश आप अपने रुग्ण की मदद करने में असफल रहे हैं तो फिर आप हमारे अभियान में बताए गए 'जीवन शैली परिवर्तन' को क्यों नहीं आजमाते?

मुझे पूरा विश्वास है कि सभी डॉक्टर इस पर गंभीरता से विचार करेंगे और समाज के हित के लिए और मुख्य रूप से मधुमेही रोगियों के लिए जो जरूरी है, वह अवश्य करेंगे।

■■■

10
आगे का मार्ग...

मधुमेह की पहेली सुलझाने के लिए कुछ जरूरी चीज़ों को मैं आपके सामने रखना चाहता हूँ। सबसे पहले मधुमेह के स्क्रिनिंग परीक्षा के लिए HbA1c की टेस्ट करना शुरू करना चाहिए। मैंने लातूर के मधुमेह विशेषज्ञ डॉ. सी. वी. अष्टेकर जी के साथ एक अध्ययन का आयोजन किया था, जिसमें पूर्वमधुमेह के लिए HbA1c के स्क्रिनिंग टेस्ट की उपयुक्तता को देखा गया।

यह लेख इस तरह से उद्धृत किया जा सकता है :

Dixit JV, Ashtekar CV, Acharya NA पूर्वमधुमेही के लिए HbA1c को स्क्रिनिंग परीक्षा बनाने की उपयुक्तता (Utility of HbA1c as Screening test for prediabetes) MedPulse International Journal of Community Medicine, October 2018; 8(1): 01-03, https://www.medpulse.in/

अनुसंधानात्मक लेख का शीर्षक : Utility of HbA1c as a Screening test for prediabetes

परिचय : खाली पेट रक्तशर्करा, खाने के बाद की रक्तशर्करा और HbA1c इन तीन परीक्षणों का उपयोग पूर्वमधुमेह के निदान के लिए किया जाता है। सामान्यतः खाली पेट रक्तशर्करा और/या खाने के बाद की रक्तशर्करा के परीक्षणों को स्क्रिनिंग परीक्षा के रूप में लिया जाता है। रक्तशर्करा के परीक्षणों से पिछले 24 घंटों के समय की स्थिति का अंदाजा मिलता है। लेकिन HbA1c हमें पिछले तीन महीनों के औसत रक्तशर्करा के बारे में बताता है। इसलिए HbA1c पूर्वमधुमेह के निदान के लिए अधिक अच्छी स्क्रिनिंग परीक्षा है।

कार्यप्रणाली : लातूर के एक मधुमेह विशेषज्ञ के अस्पताल में इस अध्ययन का आयोजन किया गया। उनके OPD में जो भी नये रुग्ण आए, उन्हें इस अध्ययन में पंजीकृत किया गया। इन सभी रोगियों के खाली पेट रक्तशर्करा, खाने के बाद

की रक्तशर्करा और HbA1c के परीक्षण किए गए। इन जाँचों का तुलनात्मक सांख्यिकीय विश्लेषण किया गया था।

परिणाम : यह देखा गया की खाली पेट रक्तशर्करा और/या खाने के बाद की रक्तशर्करा के परीक्षणों की अपेक्षा 30% से अधिक रुग्णों के पूर्वमधुमेही होने का निदान HbA1c के कारण हुआ।

निष्कर्ष : खाली पेट और खाने के बाद की रक्तशर्करा से तुलना करते हुए HbA1c परीक्षण पूर्वमधुमेह के निदान के लिए अधिक कार्यक्षम स्क्रिनिंग टेस्ट है। किसी भी बीमारी के लिए संदिग्धों की अधिकतम संख्या का निदान करने के लिए एक स्क्रिनिंग टेस्ट किया जाता है। इसमें कभी कभी ओवर डायग्नॉसिस (जो पूर्व मधुमेही नहीं हैं उनका पूर्व मधुमेही होने का निदान करना) है। जब हम केवल पूर्वमधुमेहियों के लिए जीवन शैली में परिवर्तन की सलाह दे रहे हैं और किसी भी तरह की कोई दवा नहीं दे रहे हैं, वहाँ पर इस तरह का ओवर डायग्नॉसिस स्वीकार्य है।

अगर हम HbA1c को एक स्क्रिनिंग हथियार की तरह उपयोग में लाते हैं तो और अधिक पूर्वमधुमेहियों का निदान हो सकता है। इस सीधे-साधे जीवन शैली परिवर्तन से, वे कुछ ही महीनों में मधुमेह से मुक्त की स्थिति में बदल सकते हैं। इसके पहले, इस उद्देश्य के लिए HbA1c का उपयोग करने के लिए इसकी लागत चिंता का विषय हो सकती थी, लेकिन अब इसकी लागत कम हो गयी है और अगर हम मधुमेह के उपचार करने के लिए लगनेवाली बड़ी सी लागत के साथ इसकी तुलना करें तो यह लागत नगण्य है।

आइए अब हम उपचार किए जानेवाले रोगियों के ग्लइसेमिक नियंत्रण की निगरानी के लिए एक महत्त्वपूर्ण परीक्षण के रूपमें HbA1c के उपयोग पर विचार करें। मुझे यह देखकर बहुत आश्चर्य हुआ कि कुछ डॉक्टरों ने HbA1c में कटौति हुई देखकर खाली पेट रक्तशर्करा और खाने के बाद के रक्तशर्करा के आधार पर रोगी की मधुमेह की दवाइयों की मात्रा बढ़ाई।

रोगियों को hypoglycemia के बारे में शिक्षित करना भी अधिकतम महत्त्वपूर्ण है। मैंने यह निरीक्षण किया है कि क्लिनिक में रोगियों की बड़ी तादाद होने के कारण मधुमेह पर उपचार करनेवाले कुछ डॉक्टर्स अपने रुग्ण को hypoglycemia के बारे में शिक्षित नहीं करते। साथ ही यह समझ लेना भी बहुत जरूरी है कि अगर रोगी दवाइयाँ ले रहा हो और उसको 'hypoglycemia' किसी विशिष्ट समय पर शुरू होता है (अगर रोगी हमारी जीवन शैली परिवर्तन की योजना का पालन कर रहा है, तो यह निश्चय ही होकर रहता है।) तो उसकी मधुमेह विरोधी दवाइयों की मात्रा को कम करने का यह सही समय होता है।

चलो, हम यह विश्वास कर लेते हैं कि जीवन शैली विकार के लिए जीवन शैली परिवर्तन यही एक समाधान है। 'मधुमेह प्रतिरोध कार्यक्रम' ने किसी भी आशंका के परे जाकर यह सिद्ध किया है कि पूर्वमधुमेही से मधुमेही बनना metformin जैसी दवाइयों की अपेक्षा जीवन शैली परिवर्तन से अधिक अच्छी तरह से रोका जा सकता है। चलो, अब हम हमारे रोगियों को उनकी जीवन शैली बदलने के लिए समझाए। सभी डॉक्टरों द्वारा 'कम, बारबार' खाने की सलाह दी जाती है। मुझे आशा है कि आप लोगों ने ऐसे बहुत से मधुमेही देखे होंगे जो यह सिद्ध करें की इस तरह से खाने से उनका मधुमेह वापस जाने के लिए, उनको कोई मदद नहीं मिल रही है। तो फिर हम इस विकल्प को क्यों ना आजमाएँ? वैसे भी, ऐसे अध्ययन किए गए हैं, जो कहते हैं कि मधुमेह के जो रोगी दिन में केवल दो बार भोजन करते हैं उनकी रक्तशर्करा अच्छी तरह से नियंत्रण में रहती है, ना की उन रोगियों में जो दिन में छः बार खाते हैं।

अंत में, मुझे उन डॉक्टरों से एक सविनय बिनती करनी है, जो मधुमेह के उपचार करते हैं। मैंने आपके पुर्नविचार और आत्मपरीक्षण करने के लिए बहुत से सबूत दिए हैं। कम से कम इस जीवन शैली परिवर्तन को केवल एक महीने के लिए ही सही, नये सिरे से निदान किए गए Type 2 मधुमेही पर आजमाएं (उस समय उसकी रक्तशर्करा तथा HbA1c की चिंता किए बगैर) साथही ऐसे रोगियों पर भी जो अनियंत्रित मधुमेही हैं, जो आपसे बहुत सी दवाइयाँ या इन्सुलिन के इंजेक्शन्स् भी लेते हैं, लेकिन फिर भी उनमें कोई प्रगति नहीं दिखती। अगर आपको एक महीने में अच्छे परिणाम मिलें तो इसे कायम रखिए। इसके बाद आप उचित देखभाल करते हुए इसे अन्य रोगियों पर आजमा सकते हैं। अगर आपको अच्छे परिणाम प्राप्त हुए तो फिर मधुमेह का उपचार करने के लिए आप इसे अपना संलेख (protocol) बनाएं।

अगर मधुमेह का उपचार करनेवाले सभी डॉक्टर्स अपने 5 से 10 रोगियों के बारे में अपने अनुभवों का दस्तावेज बनाएं, तो मुझे विश्वास है कि इतनी अत्याधिक सामग्री के कारण यह मधुमेह के उपचार के लिए एक संलेख (protocol) बन जाएगा। ऐसा होने की मैं आशा रखता हूँ।

■■■

मधुमेह रोग विशेषज्ञोंद्वारा कुछ शब्द...

डॉ. तुषार बंडगर

MD (General Medicine), DM (Endocrinology),

Consultant Diabeatologist and endocrinologist

Professor and Head, Department of Endocrinology

Seth G. S. Medical College and K.E.M. Hospital, Mumbai

प्रिय डॉ. दीक्षित,

मोटापा, मेटाबॉलिक सिन्ड्रोम और Type 2 मधुमेह के क्षेत्र में आपकी सफलता के लिए आपका हार्दिक अभिनंदन। आपके स्वास्थ्य अभियान ने पूरे देश को अपनी गिरफ़्त में ले लिया है और मैं इस अभियान के आरंभिक दिनों से ही इससे जुड़ा हुआ हूँ, यह सच में मेरे लिए बहुत गर्व की बात है। मुझे व्यक्तिगत तौर पर ऐसा लगता है कि हम साउथइस्ट एशिया में रहनेवाले लोगों की इन जीवन शैली पर आधारित विकारों से बाधित होने के लिए एक आनुवंशिक प्रवृत्ति है, लेकिन इसका सबसे मुख्य कारण अधिक न्यूट्रिशन या अधिक खाने की प्रवृत्ति (बारंबार खाने की प्रवृत्ति) है, जो समाज में अब एक प्रतिमान बन गयी है। जरूरत से अधिक खाना अब समाज द्वारा स्वीकार्य व्यसन बन गया है, जो समाज के विभिन्न गुटों से समर्थन प्राप्त करता है और वही मुख्य अपराधी है। इस महामारी से निपटने के लिए हमारे पास ढ़ेरों पुस्तकें, परिकल्पनाएँ और स्वास्थ्य संबंधी बुनियादी ढाँचे हैं लेकिन वह मधुमेह और उससे उत्पन्न होनेवाली जटिलताओं का प्रतिरोध करने के लिए लाभदायक साबित नहीं हुए हैं। इन घातक विकारों का आलेख अभी भी चढता ही नजर आ रहा है।

इसके लिए हमारे पास शिक्षा और अध्ययन की सीधी, किफ़ायती, व्यावहारिक पद्धति होनी जरूरी है, जो हमारे समाज के अधिकांश वर्ग के लिए लागू हो सकती है। वही पद्धति 'मधुमेह से मुक्ति : नयी आशा' यह पुस्तक प्राप्त करने का वादा करता है और इसके परिणाम दृष्टिगोचर होते हैं। इन्सुलिन प्रतिरोध की भूमिका, भारत में जीवन शैली पर आधारित विकारों के रोगजनन में अच्छी तरह से जानी जाती है और जैसा इस पुस्तक में स्पष्ट किया गया है, उसी तरह से उसे सीधे, व्यावहारिक, किफ़ायती रूप से निपटाना चाहिए। इससे लोगों को उनके आग्रह/चेतना (अधिक खाने की) को नियंत्रित करने के लिए मदद मिलेगी, जो इस महामारी के व्यवस्थापन का सबसे महत्त्वपूर्ण हिस्सा है।

दिन में मात्र दो बार भोजन करना सच में काम करता है और लोग इसके तकनीकी क्रिया के बारे में बहस कर सकते हैं। हमें इस में शामिल तकनीक की तलाश करने के लिए एक यादृच्छिक नियंत्रित परीक्षण की आवश्यकता है, लेकिन उसके बावजूद, समाज के प्रमुख वर्गों के स्वास्थ्य में एक सामान्य व्यावहारिक तरीके से सुधार करके, यह एक अभूतपूर्व काम कर रहा है।

हमें पता है और हमने देखा भी है कि यह आहार योजना काम करती है। हम पूरी बारीकी से उसके पीछे के सटीक विज्ञान का पता लगाकर इस अभियान का समर्थन करना चाहते हैं।

आपको और आपके सहयोगियों को शुभकामनाएँ।

डॉ. संजीव इंदूरकर, MD

Consultant Diabetologist Since 1998

Ex-president, Maharashtra RSSDI, Chapter,

Founder President, Aurangabad Dialectologists Association

मोटापे से संबंधित विकार जैसे मधुमेह, उच्च रक्तचाप और इससे संबंधित जटिलाताएँ दिन ब दिन बढती जा रही हैं। और अब यह विकार युवावस्था में ही पाए जा रहे है। उनका उपचार और प्रतिरोध बहुत ही महत्त्वपूर्ण है और दवाइयों के अलावा जीवन शैली परिवर्तन और वजन का व्यवस्थापन करना अनिवार्य है।

इन विकारों के लिए वजन घटाना ही मुख्याधार है। वजन अनुकूलन महत्त्वपूर्ण है। इस पहलू में इन्सुलिन प्रतिरोध प्रमुख कारक है। दवाइयाँ तो उपयुक्त होती है लेकिन आहार का परिवर्तन इस में एक महत्त्वपूर्ण भूमिका निभाता है। दुर्भाग्यवश इस विषय में मीडिया में तथा सेहतमंद लोग और ऐसे विकारों से ग्रस्त रोगीयों के बीच होनेवाले व्यक्तिगत वार्तालापों में बहुत ही संभ्रम तथा गलतफ़हमी फैली दिखाई देती है।

इस सब की पार्श्वभूमि में कुछ समय पहले, मेरी डॉ. दीक्षित जी के साथ चर्चा हुई। उन्होंने रक्त में होनेवाले इन्सुलिन का स्तर, आहार लेने की पद्धति (Pattern), रक्तशर्करा, वजन घटाना और मधुमेह के नियंत्रण के बारे में बताया। उनके द्वारा जोर दी गयी बातें मेरे मन में बनी रही और क्लिनिक में रोगियों को देखते वक्त वह ऊपर आने लगी। उसके बाद, हमने आहार के हस्तक्षेप द्वारा पूर्वमधुमेह से मुक्ति और इन्सुलिन प्रतिरोध में प्रगति के अध्ययन पर काम किया, जो हमारी आँखें खोलनेवाला था। डॉ. दीक्षित जी ने उनके सिद्धांत 'दिन में' मात्र दो बार भोजन से वजन घटना, इन्सुलिन और रक्तशर्करा का कम होना या उसमें सुधार होना इसको लेकर बहुत बड़ा अभियान शुरू किया। डॉ. दीक्षित जी के भरसक प्रयत्नों के कारण,

मीडिया के द्वारा यह मोटे लोगों में और मधुमेहियों में आग की तरह फैल गया और पूरे भारत वर्ष के हर एक वैज्ञानिक मंच पर यह एक चर्चा का विषय बन गया।

इस सिद्धांत की व्यापक जागरूकता के बाद, मेरे पास आनेवाले रोगी पूछने लगे 'यह कैसा है?', 'क्या हम इसे अमल में ला सकते हैं?' शुरू में, मेरे लिए यह कुछ मुश्किल सा साबित हुआ कि जो भी लोग इसे करना चाहते हैं, उन सबको मैं अमल करने के लिए कैसे कह दूँ। इसके बाद मैंने इसे ऐसे रोगियों पर आजमाना शुरू किया जो इन्सुलिन नहीं ले रहे थे, जिनमें कुछ जटिलताएँ नहीं थी और जिनका वज़न कम होना जरूरी था। उसके बाद, जो भी इस आहार योजना का पालन कर रहे थे, उनका वजन कम होता, इन्सुलिन में और ग्लुकोज के स्तर में सुधार होना दिखाई देने लगा और उनकी मुँह से लेनेवाली दवाइयाँ भी कम होने लगी। जिनको दिन में दो बार भोजन करनेके समय से अतिरिक्त समय में भूख लगती थी और यह आहार योजना बर्दाश्त नहीं कर सकते थे, उन्हे हटाके पूर्व स्थिति पर लाया गया। मोटे तौर पर अधिकांश रोगियों ने सफल परिणामों के साथ इसे स्वीकार किया और सहन किया।

मैं एक वक्ता के रूप में अनेकों जगहों पर जाता हूँ, वहाँ पर मुझे डॉक्टरों, रोगियों, चिकित्सकों, Endocrinologists और अर्थात रोगियों और अन्य कई लोगों से टिप्पणियाँ और प्रश्न पूछे जाते हैं। सबसे दिलचस्प बात यह है कि बहुत से डॉक्टर इस आहार योजना को अपने खुद पर और परिवारवालों पर आजमा रहे हैं और अच्छी तरह से वजन घटा रहे हैं, जो मधुमेह के लिए भी सबसे महत्त्वपूर्ण सूचना है। इसके परिणामों से लगभग सभी खुश हैं। अभी कुछ डॉक्टर्स इसे अपने रोगियों पर आजमा रहे हैं। उनमें से कुछ लोगों ने टिप्पणी के साथ मुझे यह भी सवाल पूछे, '55 मिनिट क्यों? दिन में दो बार भोजन क्यों? केवल 4.5 कि.मी. का चलना ही क्यों? दो भोजनों के बीच केवल कुछ खास पदार्थ खाने की ही सलाह डॉ. दीक्षित क्यों देते हैं?'

मैंने उन्हें बताया कि हर एक प्रश्न का हमारे/डॉ. दीक्षित के पास वैज्ञानिक उत्तर है जो कि सबूत पर आधारित है। मैंने उन्हें समझाने की कोशिश की और कहा कि अगर आप संतुष्ट नहीं हैं तो आप उनसे बात कर सकते हैं। मेरे कुछ सहयोगियों ने कहा अगर इस आहार योजना अपनाना है तो रोगी को इसे कठोरता से अपनाना होगा तभी उसे इसके फायदे मिलेंगे। रोगी इसके बारे में सकारात्मक है क्योंकि यह दवाइयों के बगैर है, किफ़ायती है और परिणाम दिखानेवाला है। मैं उन्हें हमेशा बताता हूँ कि जब आप को इस आहार योजना को अपनाना है, तब इसे वैज्ञानिक और सुरक्षित बनाने के लिए आप अपने डॉक्टर के साथ मिलकर तय करे। दुर्भाग्यवश कुछ डॉक्टर्स इसके बहुत ही अधिक खिलाफ़ हैं, जिसका कारण शायद उन्हें खुद ही पता हो। सबूतों को सामने रखकर हम शायद उनके दृष्टिकोण को बदल सकते हैं।

अंत में, मुझे ऐसा लगता है कि हमारे देश में मोटापा और उससे संबंधित विकार एक आम सी बात है, और हर व्यक्ति सही डॉक्टर के पास सही समय पर नहीं पहुँच पाता या बुरे परिणामों के साथ लंबे समय तक दवाइयाँ नहीं ले सकता, इसलिए यह एक अच्छा, सुरक्षित व्यावहारिक और दवाइयाँ विरहित साधन है। इसलिए इसका उपयोग उन सभी के लिए किया जाना चाहिए जो उच्च रक्तचाप के साथ मोटापे से ग्रस्त हैं, मधुमेही हैं और इन विकारों के उपचार प्रबंधन या रोकथाम के लिए सैद्धांतिक रूप से इन्सुलिन प्रतिरोधी है।

डॉ. चंद्रशेखर अष्टेकर

Consultant Diabetologist, लातूर

सन 2001 से मैं Diabetologist की हैसियत से लातूर में कार्य कर रहा हूँ। पहले कुछ वर्ष उत्साह से भरे थे। मैं आसपास के गाँवों, कस्बों में जाकर मधुमेह के रोगियों को देखा करता था। मैंने मधुमेह से संबंधित अनेक जागरूकता कार्यक्रमों का संचालन किया था। एक रोग के रूप में ही मैं मधुमेही रोगियों का मार्गदर्शन करता था और उपचार के साधन बताता था।

मुझे यही सिखाया गया था कि मधुमेह जीवन भर का साथी है और यह विकार वृद्धिंगत होता जाता है। इसके बाद मैंने अपने अनेक रोगियों में पाया कि मधुमेह की दवाइयों की मात्रा और संख्या लगातार बढ़ती ही जा रही थी। शुरू में पहले एक दवा, बाद में दो और उसके बाद तीन और बाद में इन्सुलिन इंजेक्शनस्। अपने रोगियों को यह अवस्था देखकर मैं बहुत निराश हो जाता था। अपने रोगियों से बात करते वक्त भी यह हताशा ध्वनित हो जाती थी, क्योंकि उनकी भी इसी तरह की भावनाएँ रहती थी। 'क्या यह दवाई मुझे उम्रभर लेनी होगी?' रोगी के इस सवाल ने मुझे सताना शुरू कर दिया।

सभी तरह की पैथियों जैसे आयुर्वेद, होमिओपैथी और आधुनिक मेडिसीन में मधुमेही की इस समस्या का समाधान ढूंढने के लिए काफी शोधकार्य हो रहा है। नये औषधिशास्त्र में नयी तकनिकों के कारण अनेक नयी दवाइयों का निर्माण किया गया। इसके परिणामस्वरूप मधुमेह के रोगियों की जिंदगी कुछ हदतक आसान और आनंदमय हो गयी।

हाल ही में मेरे अस्पताल में आनेवाले मधुमेह से ग्रस्त लोगों की बढ़ती संख्या मधुमेह के विभिन्न प्रकार लेकर आ रही थी, लेकिन मैं संतुष्ट नहीं था। मेरे रुग्णों की हताशा और व्यथा मुझे बेचैन करती थी। अपने रुग्ण के जिंदगी में खुशियाँ लेकर आनेवाली अन्य उपचार पद्धति की मुझे तलाश थी। इस काल में मैंने अपने रोगियों

पर 'smoothie' के भी प्रयोग किए। इससे मेरे अनेक रुग्णों को अच्छे परिणाम मिले लेकिन मेरी समझ में आया कि ऐसी जीवन शैली हमेशा रहनेवाली नहीं है और रोगी इसे अधिक समय तक अनुसरण करनेवाले नहीं हैं।

2017 में, मैं डॉ. जगन्नाथ दीक्षित जी के संपर्क में आया। हम दोनों यह समझ नहीं पाएं कि जो मीटिंग केवल दस मिनिटों के लिए तय की गयी थी वो दो घंटों तक लगातार कैसे चलती रही। हमने मधुमेह की बहुत सारी चीजों पर चर्चा की। मैंने डॉ. दीक्षित जी का 'जीवन शैली परिवर्तन' का सिद्धांत अपने रोगियों के मधुमेह का प्रतिरोध करने के लिए आजमाने का निश्चय किया। शुरू में मैंने पूर्वमधुमेही रोगियों के लिए इस आहार योजना का समर्थन किया। इसके परिणाम बहुत ही प्रेरणादायी थे। मेरा आत्मविश्वास भी बढ़ा। बाद में मैंने इस अभियान का बडे पैमाने पर प्रचार करने के लिए डॉ. दीक्षित जी का साथ देने का निश्चय किया। मैंने डॉ. दीक्षित जी के व्याख्यान का एक बड़ा कार्यक्रम लातूर में आयोजित किया। इसमें हजार से अधिक संख्या में लोग उपस्थित रहे, जिसमें अधिक तर मेरे रुग्ण और उनके रिश्तेदार शामिल थे। इसके बाद मैंने अपने मधुमेही रोगियों के सामने इस आहार योजना की हिमायत करनी शुरू की, वहाँ पर भी मुझे बहुत अच्छे परिणाम मिलें।

मैंने ऐसे रोगियों का अध्ययन किया जिन्होंने डॉ. दीक्षित जी के जीवन शैली परिवर्तन के बाद ABG (Ambulatory glucose profile) का पालन किया। इसमें सेन्सर की मदद से दो हफ्तों तक रुग्ण की रक्तशर्करा हर 15 मिनिटों बाद नापी जाती है। इस मशिनद्वारा रुग्ण के रक्तशर्करा के स्तर का 14 दिनों का ग्राफ लिया जाता है, जिसका बाद में अध्ययन किया जाता है। इन रोगियों में, प्रो. शाम लेंडवे, जो डॉ. दीक्षित जी की आहार योजना का पिछले डेढ़ साल से पालन कर रहे हैं और वह भी किसी भी तरह की मधुमेह की दवाई लिए बगैर, उनके ABG का परिणाम पूरी तरह से सही था। उनका HbA1c 10.3 से 5.5 तक घट गया और उनका वजन 14 किलो से घट गया था और पेट की चरबी 6 इंच से कम हो गयी थी। इस परिणामों को देखकर मुझे इस आहार योजना पर पूरी तरह से यकीन हो गया। अगर रोगी खुद इस आहार योजना को इमानदारी से पालने का निश्चय करें, तो मुझे विश्वास है कि किसी भी तरह की दवाई के बिना, नये निदान हुए मधुमेही में, हम यह रोग खत्म हो जायेगा ऐसी आशा रख सकते हैं।

डॉ. दीक्षित महोदय का यह अभियान बहुत तेजी से केवल भारत में ही नहीं बल्कि सीमाओं को लांघकर पूरे विश्व में फैल रहा है। इनकी यह आहार योजना हर जगह बहुत ही लोकप्रिय हो गयी है। इससे मोटापे और मधुमेह की रोकथाम में एक नयी आशा की किरन दिखाई दे रही है।

मेरे विचार से जिन लोगों को पूर्वमधुमेह है उन्हें इस जीवन शैली परिवर्तन से 100% सफलता मिल सकती है। साथ ही मधुमेह के अनेक रोगियों को इससे फायदा मिल सकता है। अब तक, इस आहार योजना में केवल पानी, छाछ और ब्लैक टी जैसे अन्नपदार्थों को ही दो भोजनों के बीच लेने की अनुमति दी जाती है। मधुमेह के कुछ रोगियों को इसके कारण इस आहार योजना का पालन करना कठिन प्रतीत होता है। अगर हमें अन्य कुछ अन्नपदार्थ मिलें जो सुरक्षित रूप से इन दो भोजनों के बीच ग्रहण किए जा सकते हैं, तो निश्चय ही यह आहार योजना मधुमेह के रोगियों के लिए संजीवनी साबित हो सकती है।

डॉ. दीक्षित महोदय और उनके अभियान को मेरी हार्दिक शुभकामनाएँ।

डॉ. नितिन घैसास

MD (मेडिसिन). MRCP (Ireland)

Consultant Diabetologist, Nashik

एक फिजिशियन के लिए मोटापे से ग्रस्त रोगियों का उपचार करते हुए, जो पूर्वमधुमेही या मधुमेही, हायपरटेक्सीव या IHD भी हो सकते हैं, ऐसे बहुत से रोगियों के उपचार में वजन का मुद्दा केन्द्रीय और बिकट हो सकता है। साथ ही यह बहुत समय लेनेवाला, भ्रामक और अक्सर पर्याप्त रूप से नहीं संबोधित किया हुआ होता है। आजकल उपलब्ध अनेकों आहार योजनाओं में से डॉ. दीक्षित जी द्वारा बनाई गयी 2 वक्त भोजन की योजना तार्किक दृष्टि से ठीक और व्यावहारिक दृष्टि से अमल में लाने के लिए भी आसान लगती है। यह मोटापे से ग्रस्त, पूर्वमधुमेही और नये सिरे से निदान हुए मधुमेहीं (जिन्हें इन्सुलिन या Sulfonylurea दवाई की आवश्यकता नहीं होती) के लिए आसानी से प्रयोग में लाई जा सकती है।

बहुत से रोगी इसे आसानी से अमल में ला सकते हैं, क्योंकि इसमें किसी भी तरह का उलझा हुआ खाद्यपदार्थों का चुनाव या कैलेरी की गिनती नहीं है, उनके रोज के भोजन पदार्थों से इस योजना का पालन किया जा सकता है, और किसी भी बहुत बढिया या महंगे खाद्यपदार्थों की इसमें जरूरत नहीं है। इसकी एक और अच्छी बात यह है, कि मैं रोगियों को मूल सिद्धांत 3-4 मिनिटों में समझा देता हूँ और उन्हें व्याख्यान सुनने के लिए वेब लिंक दे देता हूँ। सामान्यरूप से इस व्याख्यान को सुनने के बाद अगर कोई प्रश्न हो तो मुझसे फिर से मिलने के लिए मैं रोगियों को कह देता हूँ। दवाओं को एक दिन में दो भोजन की योजना के अनुरूप दिया जाता है। वाट्सएप गुट से मिलनेवाला समर्थन भी बहुत मूल्यवान है।

कुछ लोगों को दो भोजनों के बीच के अंतराल में बहुत ही अधिक भूख लगती है। अगर मुद्दा hypoglycemia का है तो दवाइयों की मात्रा कम करने से वह सुलझाया जा सकता है। अगर कुछ दिनों तक कोशिश करने के बावजूद भी भूख सता रही हो, तो किसी फल का छोटा सा हिस्सा लेने की मेरी सलाह रहती है। मुझे कुछ रोगी ऐसे भी मिले हैं जो दिन में मात्र दो बार भोजन बरदाश्त ही नहीं कर सकते। जिन्हें आयुर्वेद में बताए गए 'पित्त' की परेशानी होती है, उन्हें कम से कम एक छोटा तिसरा खाना खा लेना चाहिए।

लगभग एक वर्ष से भी अधिक समय तक इस योजना को अपने बहुत से रोगियों पर आजमाते हुए, मेरा अनुभव काफी संतोषप्रद है। दवाओं का पर्याप्त और कभी कभी नाटकीय रूप से कम होना और इन्सुलिन के इंजेक्शन लेने की जरूरत न रहना सामान्य अनुभव है। BSL, HbA1c के स्तर और वजन घटने में सुधार की पुनरावृत्ति रोगियों के लिए बहुत ही संतोषजनक होती है। बढ़ते हुए जानकारी के संग्रह के साथ हम इसके उपयोग को और परिष्कृत कर सकते हैं, और सफलता के दर में सुधार कर सकते हैं। सोशल मीडिया का रचनात्मक उपयोग इस अभियान के तेजी से हुए प्रसार का प्रमुख कारण है। मैं डॉक्टरों को इस आहार योजना को, पहले खुद के लिए और अगर उन्हें खुद के लिए उपयोगी सिद्ध हुई तो कुछ रोगियों के लिए सच्ची आजमाइश देने के लिए प्रोत्साहित करूंगा। जब अधिक डॉक्टर्स इसमें सहयोग देंगे और पद्धतिबद्ध रेकॉर्डस् रखेंगे तो कुछ वर्षों के बाद वैज्ञानिक डेटा का संचय हो जाएगा। उस समय के आने तक अनुभवसिद्ध लाभ विश्वास दिलाने के लिए काफी हैं। इस पद्धति में एक बड़े पैमाने पर अभियान के रूप में सफल होने की सरलता है और इसी के द्वारा हम फिर से एक कम मधुमेह प्रचलित राष्ट्र बनने की यात्रा के लंबे रास्ते को पार कर सकते हैं।

Gynaecologists और Physicians से प्रतिपृष्टि (फीडबॅक)

डॉ. वंदना गांधी

Gynaecologists

गांधी हॉस्पिटल, अकलूज

'भारत वर्ष को मोटापे से और मधुमेह से मुक्त कराना' डॉ. जगन्नाथ दीक्षित जी के द्वारा शुरू किए गए इस महान अभियान के प्रति उनका समर्पण और बड़ी मेहनत की मैं अत्यधिक सराहना करती हूँ। उनके द्वारा बताए गए तरीके से की गयी सच्ची मेहनत से बहुत से लोगों की जिंदगी में चमत्कार हुआ है। मैं एक व्यस्त Gynaecologist हूँ और polycystic ovary विकार से ग्रस्त किशोरावस्था की युवतियाँ तथा प्रौढ महिलाओं की संख्या बढ़ती हुई देख रही हूँ। मोटापा सह-रुग्ण कारक (को-मॉर्बिड फैक्टर) है, जो PCOS की आग में इंधन डालने का काम करता है। जबसे मैंने इनका व्याख्यान सुना है और उनकी 'बिना तकलीफ़ वजन घटाना (Effortless Weight Loss)' पुस्तक पढ़ी है, मैंने अपने वन्ध्यत्व के रुग्णों पर खासकर 'Obese PCOS' की श्रेणी में आनेवाले रुग्णों पर अगस्त 2016 से इस आहार योजना को आजमाना शुरू किया। मैंने डॉ. जगन्नाथ दीक्षित जी को सम्मान देने के लिए इसका नाम 'J. V. Protocol' रखा है। मेरी रिकॉर्डों से और निरीक्षणों से यह दिखाई देता है की जो इमानदारी से इस आहार योजना का पालन करते हैं, उनका 8-12 किलो तक वजन घट जाता है।

साथ ही मेरा यह निरीक्षण है और मैंने दस्तावेज भी बनाया है कि इन केसेस में से कुछ नियमित रूप से डिंबरक्षण (Ovulation) अधिस्थापन (Induction) औषधि के बिना ovulate करती थी। जिन केसेस में 4-5 महीनों के बाद मासिक धर्म होता था वह उनमें अब नियमित रूप से महीने के महीने होने लगा। मेरी 30-40 PCOD के रुग्ण की छोटीसी श्रृंखला में से दो रुग्ण बिना किसी औषधि के मात्र इस आहार योजना के कारण गर्भित हो गयी। मुझे विश्वास है कि इस JV प्रोटोकॉल के तर्कसंगत तरीके से ना केवल मोटापे पर ही विजय पाने में मदद मिल सकती है, बल्कि जो महिलाएँ PCOS से ग्रस्त हैं उनके शारीरिक (Physiological) हार्मोनल प्रतिवेश (milieu) को वापस लाने में भी इससे मदद हो सकती है। इस कल्पना के लिए बहुत ज़्यादा दस्तावेज़ों और अनुसंधान की जरुरत है। इस आहार योजना के कारण मोटापे के मामलों में बहुत से चमत्कार हो सकते हैं। PCOD की बहुत से रुग्ण मात्र डॉ. दीक्षित जी के मार्गदर्शन के अनुसार 'बिना तकलीफ़ वजन घटाना

(Effortless Weight Loss)' की इस आहार योजना का पालन करके, मातृत्व का आनंद पा सकती हैं।

मैं इस अभियान की बडी सफलता के लिए शुभकामनाएं देती हूँ।

डॉ. नूतन भाई शहा

MD (Medicine)

श्री जी हॉस्पिटल, नंदूरबार

मैं सन 1982 से नंदूरबार जिले में वैद्यकीय सेवाएँ दे रहा हूँ। इस क्षेत्र का सब से वरिष्ठ फिजिशिअन होने के नाते इस क्षेत्र के हजारो रोगियों से मिलने का मुझे अवसर मिला। चूँकि मैं लायन्स क्लब का प्रेसिडेंट था, मुझे अपनी सेवाओं को और भी अधिक विस्तृत करने का मौका लायन्स क्लब द्वारा आयोजित किए गए स्वास्थ्य शिविरों में मिला। मेरे वैद्यकीय कार्य की प्रदीर्घ यात्रा में अपने समाज की प्रचलित समस्याओं को जैसे कि मोटापा और हर स्तर के मधुमेह को देखना पडा। मैं हमेशा इन समस्याओं का समाधान खोजने की कोशिश करता रहा। मैंने अपने प्रयत्नों में, खुद को योग-साधना और समान विचारवाले मित्रों के साथ हास्य क्लब से जोड दिया।

इसी समय के दौरान मुझे डॉ. जगन्नाथ दीक्षित जी के बारे में पता लगा। मैंने उन्हे यू-ट्यूब पर सुना और बाद में उनके वाट्सएप गुट में शामिल हुआ। मैंने उनसे कभी कभार बातें भी की और उनकी आहार योजना और इस अभियान के बारे में जानना चाहा। मैंने इस क्षेत्र के लोगों को लाभ मिलने के उद्देश से उनका व्याख्यान नंदूरबार में आयोजित करने का सपना देखा था और 22 जुलाई 2018 को मेरा यह सपना सच हुआ, जब 'लायन्स क्लब ऑफ नंदूरबार' के द्वारा नंदूरबार में उनका व्याख्यान आयोजित हुआ। यह कार्यक्रम पुरी तरह से सफल हुआ।

इस आहार योजना के बारे में डॉ. दीक्षित ने सीधी, सरल और सभी की समझ में आये ऐसी भाषा में बताया। उनके इस व्याख्यान ने मुझे यह आहारयोजना खुद के लिए पालन करने के लिए प्रेरित किया। मुझे खुद अच्छे परिणाम प्राप्त हुए। इसके बाद मैंने अपने कुछ खास रोगियों को इस जीवन शैली परिवर्तन की सलाह देना शुरू किया। मुझे बताने में बड़ी खुशी होती है कि उनका वजन भी कम हुआ और उनकी मधुमेह की दवाइयाँ भी कम हो गयीं। मुझे पुरा एहसास हुआ कि हमारे समाज को इस जीवन शैली परिवर्तन की जरूरत हैं।

बहुत से विकारों का मूल कारण मोटापा है। हम रोगियों को बीमार होने के बाद वजन कम करने की सलाह देते हैं। इसके बाद रोगी जिम, अनेकों आहार योजनाएँ, जनरल मोटर्स आहार योजना, योग आदि की आजमाइश करते हैं। उन्हें तत्कालिक

सफलता तो मिल जाती है, लेकिन वे दीर्घावधि के लिए बुरी तरह से विफल हो जाते हैं। वजन के, या तो स्थिर रहने से या बढ़ने से वे निराश हो जाते हैं। इस पार्श्वभूमि में, डॉ. दीक्षित जी द्वारा सुझायी गयी जीवन शैली परिवर्तन आहार योजना सही मायने में सफलता की चाबी है। दिन में केवल दो बार भोजन की यह आहार योजना अपनाने के बाद नंदूरबार के कई लोगों का वजन 10 किलो कम हो गया है, वह भी मात्र 1 या 2 महीनों में, यह मैंने खुद देखा है। मैं सच्चे दिल से ऐसा महसूस करता हूँ कि हर एक मोटे व्यक्ति ने इस जीवन शैली को अपनाना चाहिए।

मधुमेह भी एक निराशाजनक यात्रा का सामना कर रहा है। रुग्ण को मधुमेह का निदान होने के बाद जैसे-जैसे वर्ष गुजरते हैं, उनकी दवाइयों की और उसकी मात्राओं की संख्या बढ़ती जाती है और अंत में इन्सुलिन के इंजेक्शन लेना शुरू हो जाता है। उपचार करनेवाले डॉक्टर की हैसियत से हम मधुमेह के रुग्ण को उनकी रक्तशर्करा को नियंत्रण में रखने के लिए बारंबार खाने की सलाह देते हैं। डॉ. दीक्षित जी को सुनने के बाद, मैंने इस जीवन शैली परिवर्तन को मेरे कुछ विशिष्ट रोगियों पर आजमाया और उसके अच्छे परिणाम प्राप्त हुए। उनका वजन कम हो गया, रक्तशर्करा का स्तर नियंत्रण में आया, इतना ही नहीं HbA1c में भी सुधार हुआ। मैं दृढतापूर्वक महसूस करता हूँ कि अगर मधुमेह के रोगियों ने अपने उपचार करनेवाले डॉक्टर से सलाह मशवरा कर के इस योजना को अपनाया, तो निश्चित ही उन्हें लाभ होगा। अधिकाधिक लाभ पाने के लिए 45 मिनिटों में 4.5 किलोमीटर का चलना भी उतना ही जरूरी है।

डॉ. दीक्षित महोदय ने यह सीधी सादी और परिणामकारक 'जीवन शैली परिवर्तन' योजना हमारे समाज को दी है, जो अच्छे स्वास्थ्य की मास्टर कुंजी या गुरु मंत्र है। मुझे ऐसा लगता है कि समाज को इसे स्वीकार कर लेना चाहिए और जरूरी समर्थन दे कर हम डॉक्टरों को उन्हें धारण करने के लिए उत्साहित करना चाहिए।

यह मितव्ययी और परिणामकारक 'जीवन शैली परिवर्तन योजना' समाज को प्रदान करने के लिए मैं डॉ. दीक्षित जी को बधाई देना चाहता हूँ। मैं उन्हें उनके 'मोटापा और मधुमेह से मुक्त विश्व' इस अभियान के लिए शुभकामनाएँ देना चाहता हूँ।

डॉ. मुकुंद करंबेलकर

Gynecologist

चालीसगांव

डॉ. दीक्षित महोदय के जोर देने पर जब मैं अपनी सफलता की गाथा लिखने बैठा, मेरी पूरी जिंदगी मेरे आँखों के सामने से एक चलचित्र की भाँति सरक गयी।

जब मैं बीस की उम्र में था, तब मेरी लंबाई 162 सें.मी. थी और वजन हमेशा 51-52 किलो की श्रेणी में हुआ करता था। आगे के 8-10 सालों में मेरे मेडिकल कॉलेज के काल में वह 55-56 किलो हो गया। मैंने 29 की उम्र में अपनी सेवा देनी शुरू की, इसी समय के दौरान मेरी शादी हो गयी।

उस दौरान मुझे सूखी खाँसी हुई थी। मैंने उसे रोकने के लिए steroids लिए और मेरा वजन एकदम से बढ़कर 65-66 किलो हो गया। कभी कभी व्यायाम तो कभी आहार योजनाएँ जिस तरह का मूड रहता था उस तरह यह भी बदलता रहा और मेरा वजन 65 से 68 की श्रेणी में मँडराता रहा। जब मैं 50 तक पहुँचा, यह बढ़कर 72-73 किलो हो गया। फिर एक बार मेरी सीने में बड़ा दर्द हुआ। सभी टेस्ट के परिणाम साधारण (Normal) थे लेकिन यह झटका आत्म परीक्षण के लिए काफी रहा। आहार योजना के पश्चात और स्विमिंग से मैंने अपना वजन 62 किलो तक कम किया। इसे 2-3 वर्षों तक मैं कायम रख सका।

50 से 60 तक की उम्र के वर्षों में जीवन की चिंताओं का सामना करते हुए, अनजाने में मैं धीरे धीरे खाने का व्यसनी हो गया। बिस्कीटस्, मूँगफली के दाने, मका, कभी कभी वडा-पाव, पिझ्झा, आईस्क्रीम, पनीर, बाहर का खाना सभी कुछ नियंत्रण के बाहर हो गया और मेरा वजन 76 किलो से ऊपर चला गया। मुझे नयी पतलूने सिलवानी पडी। कमर की परिधि 38.5 इंच हो गयी। (दर्जी द्वारा बढ़ाने के लिए रखा गया मार्जिन भी खतम हो गया)। इसी दौरान लगभग छः महीने पहले 22 जुलाई 2017 को, मुझे चालीसगांव में डॉ. दीक्षित महोदय का व्याख्यान सुनने का अवसर प्राप्त हुआ। उत्सुकतावश मैंने HbA1c और खाली पेट इन्सुलिन के परीक्षण किए। जिसके परिणाम अनुक्रम से 5.96% और 11.6 आए।

पूर्वमधुमेही! यह मेरे जीवन में एक बहुत बडा धक्का था। मैंने ईमानदारी से इस आहार योजना का पालन करने की शुरुआत की। वास्तव में डॉ. श्रीकांत जिचकर मुझसे केवल 2 वर्ष ही वरिष्ठ थे। मुझे उस वक्त भी उनके इस सिद्धांत के बारे में पता था। अन्य लोगों से भी मैंने इसे सुना था। लेकिन जब डॉ. दीक्षित जी से उनके अनुभवों, जुनून और उनके वैज्ञानिक प्रयोगों के बारे में सुना, तब वे सभी बातें मेरे दिल को छू गयी। और मुझे लगा कि मुझे उनकी बात सुननी चाहिए। आगे के तीन महीनों में बहुत बड़ा बदलाव हुआ।

वजन 76 से 67 किलो हो गया, कमर की परिधि 38.5 से 35.5 इंच हो गयी। (मुझे अपनी पतलूनों को फिर से अल्टर करवाना पडा) खाली पेट इन्सुलिन 11.6 से घटकर 8.67 हुआ। लेकिन HbA1c 6.1% तक बढ़ा। लेकिन बगैर हिचकिचाते हुए मैंने डॉ. दीक्षित जी से सलाह माँगी। उन्होंने पूछा, 'क्या तुम व्यायाम करते

हो?' मैंने कहा, 'हाँ, मै अपनी टेरेस पर चलता हूँ, कभी कभी 45 मिनिटों तक।' वो हँस पड़ें और उन्होंने कहा, 'ऐसे नहीं चलेगा, तुमको 4.5 कि.मी. 45 मिनिटों तक चलना होगा। तभी वह सही तरह का व्यायाम होगा।'

मैंने Health एप डाऊनलोड किया, ईमानदारी से चलने लगा, तो पता चला की मैं 45 मिनिटों में केवल 3.5 कि.मी. चल रहा हूँ। अब मैं 45 मिनिटों में 5.5 कि.मी. चलता हूँ। तब कुछ फरक पड़ा। 11 जनवरी 2018 को मेरा वजन 65.5 किलो, कमर की परिधि 35 इंच, HbA1c 5.6 और खाली पेट इन्सुलिन 11.8 हो गया।

अब मैंने अपनी आगे की पूरी जिंदगी में इस आहार योजना का ईमानदारी से पालन करने का निश्चय किया है। मैं अपने रुग्णों को भी अब यह योजना औषध निर्देशन के रूप में दे रहा हूँ। यह आहार योजना केवल मधुमेह के खिलाफ ही उपयोगी नहीं है बल्कि thyroid और मासिक धर्म के विकारों के लिए भी उपयुक्त है। वास्तव में जिंदगी ना केवल स्वास्थ्यपूर्ण बनी है बल्कि आनंदमय, ताज़ा, संपन्न बन गयी है। खुशियों भरी इस आहार योजना का ईमानदारी से पालन करने वाले लोगों को, डॉ. दीक्षित महोदय ना केवल गुट के माध्यम से अपितु व्यक्तिगत रूप से भी जो प्रोत्साहन मिलता है, वह भी बहुत महत्त्वपूर्ण है। मैं बड़ा गर्व महसूस करता हूँ कि मुझे इस अभियान से जुड़ने का अवसर प्राप्त हुआ।

मैं तहे दिल से उनका शुक्रिया अदा करता हूँ।

डॉ. वैदेही मराठे

Consultant Obstetrician-Gynecologist, नागपुर

इस अभियान की सफलता की कथाएँ विपुल हैं। कुछ असाधारण हैं, कुछ प्रेरणादायी हैं, लेकिन कुछ कथाएँ असामान्य और अद्वितीय हैं। .... मेरी भी ऐसी ही है।

यह एक ऐसी कहानी है जिसमें एक ट्विस्ट है।

मैं वैदेही मराठे जो नागपुर से हूँ, और Gynecologist की हैसियत से कार्य करती हूँ।

तो यह मैं हूँ जो इस अभियान के सदस्य के रूप में इससे जुड़ी, इस आहार योजना का पालन करना आरंभ किया और मैं इससे इतनी अधिक संबद्ध हो गयी कि जब मैं इस का पालन कर रही थी, तब मैंने व्यवस्थापक की ट्रेनिंग भी ली और अभियान के लिए मैंने कार्य करना शुरू किया।

मुझे एक ग्रुप में 250 सदस्य वाले चार समूहों की बागडोर सौंपी गई, जिसमें से हर एक को मुझे संभालना था, अब तक मैंने सैंकडो मधुमेही और पूर्वमधुमेही सदस्यों को सलाह दी होगी, जो अपने आपमें बहुत सारा काम हैं।

आपको मैं बताना चाहती हूँ कि इसके लिए सिर्फ बहुत अधिक समर्पण की ही जरूरत नहीं होती बल्कि आपको बहुत अधिक समय भी देना पड़ता है! एक पूर्णकालिक व्यावसायिक, अपने खुद के प्रसूति और नर्सिंग होम के साथ, कई पाठ्येतर शैक्षणिक और गैर शैक्षणिक गतिविधियों के साथ, यह एक अतिरिक्त कार्य था, जिसने मुझे मेरे पेशे के साथ साथ मेरे व्यक्तिगत समय को भी छीन लिया। चूँकि मैं इस अभियान से और डॉ. दीक्षित जी की दूरदृष्टि से बहुत अधिक प्रभावित हो गयी थी, इस तरह मैंने दोबारा सोचा भी नहीं।

ट्विस्ट तो यहाँ पर हैं। मैं हमारे जैसे अनेकों की तरह फिटनेस सनकी हूँ और वजन कम करने की मेरी कभी न खत्म होनेवाली यात्रा में मैंने जो भी उपलब्ध है उस हर एक चीज की कोशिश की है।

एक साल पहले अंततः मैने संरचित लो कार्ब और केटोजनिक आहार योजना की मदद से वजन घटाया, निश्चय ही इसमें मुझे वजन कम करने के लिए, प्रमाणित मात्रा में और केवल कुछ खास किस्म के अन्न पदार्थ खाने के कष्ट उठाने पड़े। लेकिन मैं खुश थी और इसे करने के लिए प्रेरित थी।

लगभग 9 महीनों के लिए यह सब करने के बाद, यद्यपि इसने मेरे लिए जादू जैसा काम किया लेकिन मुझे drained भी कर दिया क्योंकि मैं हरवक्त कैलोरीज् की मात्रा पर ध्यान देती और मेरे रोज के खाने को 'ना' कहती। मैं अपनी हररोज़ की रोटी सब्जी, दाल-चावल के लिए तड़पती रहती।

और इसी समय मुझे डॉ. दीक्षित जी के योजना के बारे में जानकारी मिली। यह योजना मेरी खोज के लिए एक जादूई उत्तर साबित हो सकती थी।

चूँकि मुझे मधुमेह नहीं है इसलिए अंततः मुझे कैलोरीज और नाप़तोल की चिंता किए बिना अपना साधारण (normal) भोजन लेने की अनुमति मिल रही थी। साथही मैं अपनी जिव्हा को कभी कभार मीठा खिलाकर संतुष्ट कर सकती थी, जो मैंने बरसो से नहीं किया था।

मैंने तीन महीने बड़ी निष्ठा से इस आहार योजना का पालन किया लेकिन वजन नहीं घटा।

सिर्फ मेरी कमर कुछ इंच कम हुई। इस योजना से मुझे बहुत अधिक संतुष्टि प्रदान की क्योंकि मुझे साधारण भोजन के लिए तड़पना नहीं पडता था। अन्यथा मैं कभी कभार के मीठे खाने के साथ अपना साधारण भोजन लेती और 'चटर पटर'

खाती जो मुझे बहुत पसंद है, यकीनन मेरे कुछ किलो बढ़ जाते। इस आहार योजना के कारण अगर मेरा वजन कम नहीं हुआ तो बिलकुल बढ़ा भी नहीं।

मेरी सफलता की कथा चाहे पारंपरिक ना हो, लेकिन उससे मुझे इस अभियान में व्यवस्थापक की हैसियत से काम करने से कोई नहीं रोक सकता।

मैं इस आहार योजना के विज्ञान में विश्वास रखती हूँ, इस योजना की सुंदरता इसकी सरलता और पालन करने के लिए आसान पद्धति में है। जिन सदस्यों का मैंने पंजीकरण किया है, उनका वजन बहुत कम हुआ है। ये सदस्य अपने हर महीने की रिपोर्ट मुझे भेजते हैं जिनमें उनके HbA1c में बहुत बडा अंतर दिखाई देता है, उनमें से कुछ लोग अपना इन्सुलिन का इंजेक्शन बंद करने में भी कामयाब हो गए हैं, कुछ लोगों की दवाइयों की मात्रा कम हो गयी है, तो कुछ लोगों की दवाई पूरी तरह से बंद हो गयी है तो कुछ मधुमेही से मधुमेह से मुक्त की स्थिति में आ गए हैं।

मैं इस आश्चर्य की साक्षी हूँ।

अंत में यह एक ऐसी जीवन शैली है जो एकदम सरल, पालन के लिए आसान, किफ़ायती और सबसे महत्त्वपूर्ण कायम रहने वाली है।

एक डॉक्टर होने के नाते मैं, 'एक बार मधुमेही, हमेशा के लिए मधुमेही' इस पर विश्वास करती थी। लेकिन वास्तव में मैंने इसके विपरीत होते देखा।

इससे मुझे एक कार्यकर्ता के रूप में इस अभियान के लिए और अधिक निष्ठा के साथ काम करने की प्रेरणा और उत्साह मिला।

डॉ. दीक्षित जी की दूरदृष्टी से पहला 'मधुमेह वापसी केन्द्र' नागपुर में शुरू करने को गति मिली, और मैं इस महान 'पूरी तरह से मुक्त' उद्दिष्ट की प्राप्ती के लिए, अपने मधुमेही सदस्यों का लाभ होने के हेतु, अपने अस्पताल की जगह इस्तमाल के लिए देने कारण और भी अधिक खुश थी।

मैं बहुत खुश हूँ कि मैं इस महान कार्य का एक हिस्सा हूँ और अपनी तरफ से छोटा सा योगदान दे रही हूँ।

मैं यह आशा करती हूँ और प्रार्थना करती हूँ कि यह अभियान हर एक व्यक्ति के पास पहुँचे और हम 'मोटापे और मधुमेह से मुक्त स्वास्थ्यपूर्ण विश्व' के लक्ष्य को प्राप्त कर सकें।

डॉ. जगन्नाथ दीक्षित और उनकी टीम को गौरव प्राप्त हो, जो इस महान अभियान के लिए निःस्वार्थ रूप से काम कर रहे हैं।

एक आहार विशेषज्ञ की प्रतिपुष्टि

अदिती अमेय हाटे

MSc in Dietetics and Food Service Management

ISO 22000 2005 (Lead auditor in Food Service Management System)

Vile Parle (Mumbai) अब शादी के बाद दुबई में आवास।

मैं मुंबई में अपने माँ के घर गयी थी। वहाँ पर मेरे बहुत सारे रिश्तेदार आए हुए थे। मैंने अपने एक चाचा से डॉ. दीक्षित जी के बारे में सुना। मैंने सुना कि डॉ. दीक्षित लोगों को दिन में केवल दो बार खाने की और 55 मिनिटों में भोजन समाप्त करने की सलाह देते हैं। मैंने आहारशास्त्र में मास्टर्स की डिग्री प्राप्त की है। इसलिए मैंने कहा, 'यह कैसे संभव है?' वजन घटाने के लिए व्यक्ति को कुछ घंटों के अंतराल में छोटे छोटे भोजन करने चाहिए। यद्यपि मैं ऐसा कह रही थी, मैं खुद इसके साथ बहुत सुविधापूर्ण महसूस नहीं कर रही थी। एक बार मैंने जब डॉ. दीक्षित और उनके सिद्धांत के बारे में जाना तो मैंने सारे संभव स्रोतों से इसके बारे में जानकारी हासिल करनी शुरू कर दी। यह मेरी कार्यपद्धति है कि अपनी रुचि के विषय के बारे में जानकारी हासिल करना, उसे परखना और बाद में यह वास्तव में आजमाने के योग्य है या नहीं इसका निर्णय लो। इसलिए मैंने यू-ट्यूब पर डॉ. दीक्षित के बारे में जाँच की और उनके बहुत सारे व्याख्यान उपलब्ध हुए।

उनमें से पहला था, 'एबीपी माझा' चैनल पर 'माझा कट्टा' कार्यक्रम में उनकी बातचीत। जब मैं उनकी बातचीत सुन रही थी, तो मुझे लगा कि इनके विचार मेरे अंतर्मन की आवाज थे। इसके बाद मैंने उनके अनेक व्याख्यान देखें और उनको खुदपर आजमाना शुरू कर दिया। मैंने उनके व्याख्यान का हर एक शब्द ध्यान से सुना और मैं उसके बारे में अधिकाधिक आश्वस्त होती गयी। पहले हमारे यहाँ किसी आहारतज्ज्ञ की जरूरत क्यों नहीं होती थी? क्योंकि लोग स्वास्थ्यपूर्ण जीवन शैली अपनाते थे इसलिए बहुत ही कम बीमार पड़ते थे। दिन में दो बार भोजन करना, दो भोजनों के बीच काफी मात्रा में पानी पी लेना और बहुत व्यायाम करना मानक था। इस स्वास्थ्यपूर्ण जीवन शैली के कारण वे कभी मोटे नहीं हुए।

आधुनिक काल में हमारी जीवन शैली बदल गयी है। भूख न लगने के बावजूद लोग हर वक्त जंक फूड खाते रहते हैं और फिर वजन बढ़ना शुरू हो जाता है। इस दोषपूर्ण जीवन शैली के परिणामस्वरूप अन्य विकार भी होने लगते हैं। लोग आलसी हो गए और उन्हें रोग लगने लगे। और तब जीवन में आहार विशेषज्ञ का प्रवेश हो

जाता है। अगर हम खुद को स्वास्थ्यपूर्ण जीवन शैली में परिवर्तित कर दें, तो हम आसानी से अच्छी सेहत पा सकते हैं और सभी तरह के बुरे परिणाम पलट सकते हैं।

यही डॉ. दीक्षित जी ने सरल भाषा में और समझाने के ढंग में बताया है। हम आसान चीजों को जटिल बनाने के आदी होते हैं, लेकिन डॉ. दीक्षित जी ने चीजों को बहुत आसान बनाया है। आपको सब से अधिक भूख कब लगती हैं? दिन के ऐसे दो समय तय करें और उन्हीं दोनों समय पर भोजन करें। अपना भोजन अधिक से अधिक 55 मिनिटों में समाप्त करें और 45 मिनिटों तक 4.5 कि.मी. चलकर सैर करें। यह सीधी सलाह वह देते हैं, जिसका कोई भी, विश्व में कहीं पर भी, किसी भी जगह पर बिना किसी लागत के बडी आसानी से पालन कर सकता है। मैं इस तथ्य पर बड़ा गर्व महसूस करती हूँ कि बड़े प्रयत्नों से और वैज्ञानिक अनुसंधान से डॉ. दीक्षित इस अभियान का प्रसार कर रहे हैं।

स्वर्गीय डॉ. श्रीकांत जिचकर द्वारा शुरू किया गया यह अभियान डॉ. दीक्षित आगे ले जा रहे हैं। इस जीवन शैली से आपके जीवन में अनुशासन आएगा। यह अभियान हर एक के लिए है। इस जीवन शैली परिवर्तन से आप अपना वजन भी घटा सकते हो और पूर्वमधुमेह और मधुमेह को वापस भी भेज सकते हो। 'आपका शरीर ईश्वर है' इस कहावत का अनुभव लेने के लिए एक स्वास्थ्यपूर्ण जीवन शैली अपनाना जरूरी होता है। 'स्वास्थ्यपूर्ण शरीर ही सच्चा गहना है' यह पूरी तरह से सत्य है।

यद्यपि मैंने अपनी मास्टर्स डिग्री चार साल पहले पूर्ण की, मैंने अभी तक अपना क्लिनिक नहीं खोला है। मुझे हमेशा से यह लग रहा था कि क्लिनिक शुरू करने के लिए मेरे ज्ञान में कुछ अधूरापन है। प्रचलित प्रथा के अनुसार मुझे प्रत्येक सत्र के लिए रोगी से शुल्क लेना होगा। उसे आहार के बारे में मार्गदर्शन करना होगा और उसका फिर आना होगा। कुछ काल के लिए वह कुछ वजन घटा भी लेता है लेकिन उसी स्थिति को प्राप्त करेगा जहां से शुरुआत की थी। फिर मैं उसे फिर से आहार योजना प्रस्तुत करूंगी और उससे शुल्क लेना होगा। यह एक दुष्चक्र है। एक बार उस व्यक्ति ने सलाह का पालन करना छोड दिया, तो फिर से उसका वजन बढ़ जाता है। इस सबके लिए जिम्मेदार कौन है? रोगी या आहारविशेषज्ञ? आहार की सलाह ऐसी होनी चाहिए कि उसका व्यक्ति अपने पूरे जीवन भर के लिए पालन कर सकें। वजन चाहें धीरे से कम हो लेकिन स्थिर रहना चाहिए।

मुझे लगता है कि डॉ. दीक्षित सच्चे आहारविशेषज्ञ है। दिन में दो बार खाओ, जब आपको भूख लगती है, व्यायाम करो और फिर स्वास्थ्यपूर्ण जीवन के साथ सौ साल जिओ, यह उनकी सरल सलाह है। हर एक को इनकी सलाह मान लेनी चाहिए, जिससे पूरा विश्व स्वास्थ्यपूर्ण हो सके। मैं उन्हें 'मोटापे और मधुमेह के खतरे से पूरे विश्व को मुक्त करने के' उनके अभियान के लिए अनेक शुभकामनाएँ देती हूँ।

www.ingramcontent.com/pod-product-compliance
Lightning Source LLC
LaVergne TN
LVHW050857051026
849532LV00006BA/2291